ANTISOCIAL

ANTISOCIAL

BLACKBOY

 A. DEL VAL

MÉXICO · BARCELONA · BOGOTÁ · BUENOS AIRES · CARACAS · MADRID
MONTEVIDEO · MIAMI · SANTIAGO DE CHILE

ANTISOCIAL. BLACKBOY
Primera edición, julio de 2014

D.R. © 2014, A. del Val

D.R. © 2014, Ediciones B México, por las ilustraciones
Ilustraciones: Erik Gutiérrez

D.R. © 2014, Ediciones B México, S.A. de C.V.
Bradley 52, Anzures DF-11590, México
www.edicionesb.mx
editorial@edicionesb.com

ISBN 978-607-480-645-8

Impreso en México | Printed in Mexico

—*¿Celebraremos qué?*
—*La iniciación.*
—*¿Y qué es eso?*
—*Es jurar que nos defenderemos unos a otros y no diremos nunca nuestros secretos, aunque nos den de cuchilladas. Y que mataremos a cualquiera que le haga daño a uno de nosotros.*

Mark Twain, *Tom Sawyer*

ANTISOCIAL

BLACKBOY

PARTE I

CÓMIC E
ILUSTRACIONES: **ERIK GUTIÉRREZ**

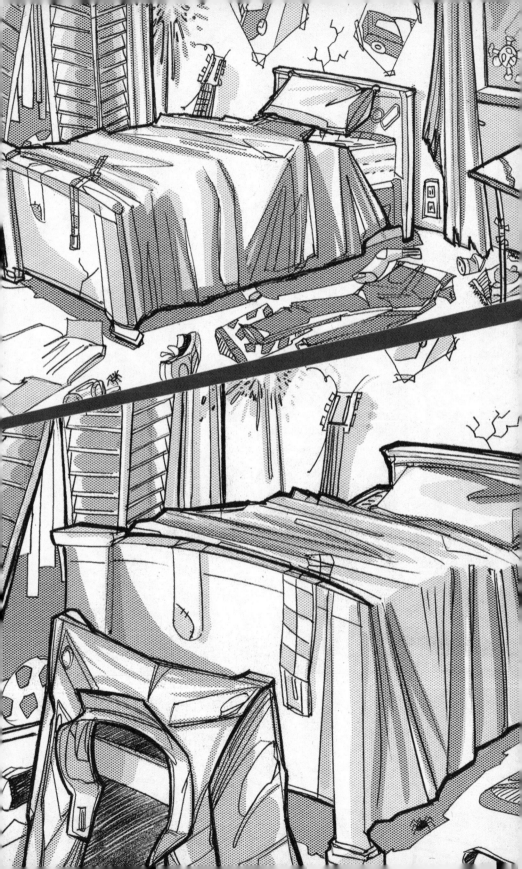

CONTINUARÁ...

PRIMERA PARTE

1

La ciudad insurrecta de anuncios luminosos
flota en los almanaques,
y allá de tarde en tarde,
por la calle planchada se desangra un eléctrico.

"PRISMA"
Manuel Maples Arce

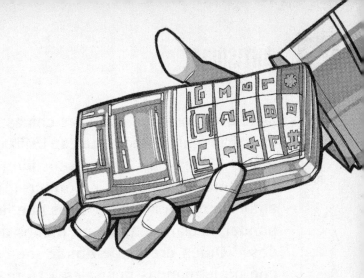

ME DESPERTÓ el sonido de un mensaje. Bostecé. La esquina de la pantalla de la computadora parpadeaba. Eran las cuatro con trece del sábado, según el reloj de la pared. Bebí un trago de agua. No recordaba en qué momento me había dormido. Hice memoria: puse a bajar un juego (japonés y medio clandestino, del tipo que cuenta con muñequitas por un lado y tentáculos por otro) a eso de la una. Y como tardaría al menos otra hora (mi conexión no era veloz, pero resultaba aceptable considerando que me colgaba del inalámbrico de los vecinos) me tiré en la cama y esperé. Ni siquiera me había quitado la sudadera.

Decidí averiguar quién me buscaba a esa hora. No sería alguna urgencia, me dije, o hubieran marcado al teléfono. Nadie faltaba en la casa: ni padres ni hermana ni abuelo. Quizá fuera alguna de las veinte desconocidas que había añadido a mi cuenta luego de enamorarme de su foto de perfil. Aunque las conversaciones con esas chicas rara vez funcionaban (quiero decir: nunca). Utilizaras la entrada que utilizaras, así fueras sensible ("Hola, te ves lindísima en la foto") o cómico ("Te pareces al amor de mi vida"), ellas, si es que llegaban a responder, decían siempre, en menos de diez segundos: "¿Quién eres? ¿De dónde me conoces? ¿Por qué no le mandas mensajes a tu madre?". Y a mi madre la llamaban, luego, de modos que a nadie le gustaría escuchar.

Me quité los tenis y estiré los pies. El suelo frío de la madrugada quizá diera suerte con las desconocidas. El pronóstico era tan ridículo que me reí. Abrí la ventana parpadeante. El nombre de quien me buscaba era imposible: Carlitos.

Ya, ya sé que hay cinco millones de ellos, tres en cada familia, sé que así se llaman el lateral de la selección de futbol, el novio de tu hermana la de en medio y dos de tus primos de Puebla. Pero éste, a cuyo nombre aleteaba un mensaje en mi máquina a las cuatro de la mañana, no podía ser Carlitos. Porque el único entre mis contactos con ese nombre era Carlitos Serdán, mi vecino y compañero de escuela y de futbol de toda la vida, de equipo en equipo.

Y aquella noche, cuando el mensaje apareció, Carlitos tenía meses muerto.

> **CARLITOS** 4:13
> ¿Estás, List?

> **LIST** 4:24
> Quién chingados eres

> **CARLITOS** 4:26
> Jajaja

Entonces se desconectó.

Me quedé allí sentado una hora antes de darme cuenta de que la sudadera que llevaba encima era, de hecho, suya: la había olvidado en casa en su última visita. No olía a nada relacionado con mi amigo; mi madre la había echado a la lavadora diez o doce veces.

Era una sudadera negra, amplia, con muchos bolsillos, útil.

Ya no podría devolvérsela.

Me afané en el jueguito de los tentáculos.

Ustedes tampoco habrían dormido.

Lo primero que hice al salir del velorio de Carlitos Serdán fue dar vuelta a la esquina y vomitarme en los zapatos. Mucho hice con resistir entero la misa de cuerpo presente y las infinitas horas en la funeraria, entre cempasúchiles apestosos y llantos familiares.

Mi amigo Maples nunca tuvo nada de sentimental, pero me vio tan mal ahí, agachado, arrojando por la boca el café y los tacos de la madrugada, que me ofreció un cigarro por primera vez en la vida. Un cigarro barato robado de la cajetilla de su madre o su tía. Aspiré el humo a través del algodoncito del filtro. Quise tragarlo. Fracasé. Tosí tanto que terminé por vomitar otra vez y hasta una hojita de cilantro sin mascar quedó por ahí, pegada al concreto. Maldito tabaco. ¿Cómo se supone que hacen los fumadores, esas secretarias con los pelos pintados de rojo, esos maestros de español de dientes amarillos y aliento de perro, para enviciarse con algo que sabe tan mal?

Maples me miraba con esos ojos suyos de sapo escapándose de unas cejas como cepillos. Imagino que estaba asustado. Hice un gesto de alivio para tranquilizarlo. Regresamos a la funeraria y nos dejamos caer en los escalones de entrada, junto a unas coronas de flores, seguramente carísimas, que no estaban allí en honor de nuestro Carlitos, sino en el del muerto que ocupaba la sala principal. "Para el querido Pachito, INOLVIDABLE, de sus amigos del

Sindicato Único de Trabajadores del Vidrio y el Cristal (SUTVC), Zona Centro", decía el listón de la corona mayor, un atado de claveles multicolores.

El querido y mayúsculo Pachito debió ser todo un rey en su planeta, porque una multitud de tipos bigotones y tripudos, que parecían policías, pasó la noche en vela en el pasillo y los sillones, escoltando a unas mujeres de vestido negro que bostezaban sin separar la vista de la pantalla de sus celulares.

—Ésas deben ser la viuda y las hijas —especuló Maples, escaneándolas con gesto de experto.

—La señora debió estar bien en sus tiempos: las hijas están piernudas —concluyó.

Los compañeros del equipo de futbol tratamos de cooperarnos para llevar unas flores al velorio (Carlitos era un jugador pésimo pero animoso y, carajo, era nuestro amigo) pero solamente reunimos lo suficiente para unas cervezas y eso porque la madre de Maples nos prestó los envases. Nos las bebimos en el andador para agarrar valor. Vestimos en el funeral las corbatas, sacos y pantalones de nuestra graduación de la secundaria. Los hombres, quiero decir. A ellas les bastó un suéter negro y cara de mustias para cumplir.

De Carlitos nos enteramos por la radio. Mejor dicho, la radio le informó a quienes eran capaces de comprender sus noticias. Lo que explicaron al aire fue algo como: "Esta mañana, en el transcurso de una aparente riña, se desató una balacera en el interior del mercado Comonfort, al sur de la ciudad, dejando como saldo la muerte de un menor y heridas a dos personas más. Los presuntos responsables se dieron a la fuga a pie y son ya buscados por las autoridades. La víctima, de quince años, respondió en vida al nombre de (...)". El locutor comenzó entonces a quejarse de la inseguridad y a rogarle al auditorio su opinión sobre la magnífica posibilidad de que se impusiera la pena de muerte a todos los pillos y sinvergüenzas del mundo.

El mercado estaba a unas cuadras de los andadores habitacionales donde vivíamos, pero al otro lado de una avenida colmada a todas horas por autobuses, peseros y tráileres. No escuchamos la balacera. La identidad del muerto la descubrió la tía de Maples, que se tomó la molestia de anotar los apellidos porque le parecieron conocidos.

Entre los asistentes al funeral se daba por sentado que la culpa del incidente en el que Carlitos murió era de Max, su hermano mayor. Max suena a nombre de muñequito de goma con brazos de acero, y Máximo (así era su nombre completo) le hacía honor, porque era un tipo correoso y renegrido. Había heredado la rosticería de su padre en el mercado Comonfort pero pronto descubrió que la venta de películas y programas piratas resultaba mejor negocio que pasarse el día despiezando pollos, sonriendo a la clientela y sofriendo pechugas, alas y cogotitos.

En el tenderete de Max podían comprarse estrenos de cine, juegos de moda, programas necesarios para hacer la tarea y, según algunos, también películas importadas de Asia que eran capaces de dejar sin habla incluso al Patas Fuentes (un vecino que había sido el terror de las mujeres de los andadores durante quince años y tenía fama de pellizcador, majadero y exhibicionista).

Max ganaba fortunas o al menos las presumía. Pero también era bueno para hacerse de enemigos. Acosó a la hija de los dueños de la carnicería hasta que el tablajero se le plantó en el puesto y le agitó en las narices el cuchillo de filetear. Vendió mercancía a menos de la mitad del precio sólo para echar del negocio al hijo de los verduleros, a quien le había parecido buena idea poner su propia mesa de películas piratas. Los dueños de un pequeño tinglado de aparatos eléctricos del mercado pasaron años acusándolo de la rotura de sus candados y el robo de tres televisiones durante un puente de la Independencia. Por si no bastara, Max era un apostador compulsivo: le metía dinero a los resultados del futbol nacional, el español y el inglés, a la Serie Mundial, a las carreras de Fórmula Uno y al basquetbol.

Nuestro Carlitos era pacífico y no hubiera robado ni siquiera las guayabas que caían de los frutales raquíticos del camellón frente al mercado. Ayudaba con el puesto el fin de semana porque Max salía por las noches, se bebía uno o dos litros de lo que

ANTISOCIAL

fuera y no quedaba en condiciones de abrir antes de las doce.

Las chicas, en el funeral, decían que unos tipos de la colonia Tabacalera habían ido al mercado a reclamarle un dinero, no se sabía si el de una apuesta ganada o el de alguna mercancía particular que el hermano de nuestro amigo les había vendido y cobrado pero no entregado. Max se hizo de palabras con ellos. Suponíamos que, como suele pasar en esos casos, alguien habrá dicho algo indebido sobre la madre de otro.

Lo siguiente fue que Carlitos cayó al suelo con una bala en la cabeza.

El lunes llegué puntualmente al Ultramarina, el centro comercial en el que Maples y yo trabajamos desde que la secundaria terminó. No, no éramos unos buenos para nada por voluntad. Maples hizo trámites a la preparatoria de artes y ciencias, pero con sus calificaciones, eso equivalía a que Cuco, su viejo y costroso perro, hubiera competido para ser el centro delantero del Barcelona.

Yo, que no tenía un promedio tan malo como el suyo, me presenté en dos escuelas diferentes: artes y ciencias y el bachillerato tecnológico. No me alcanzó el talento para ser bien calificado en el examen de admisión y tampoco salí en las listas. Me

consolaba saber que a Maples le había ido peor. Ni siquiera fue capaz de salir en la nocturna, aunque supongo que se hubiera negado a estudiar a la hora en que los demás cenan y miran la tele.

El Ultramarina era la alternativa elegante al mercado Comonfort. Vaya: las chicas que clasificaban a los seres vivos según el lugar en el que compraran la ropa, podían declarar sin problema al Ultramarina como aceptable, pero se habrían dejado morir de hambre antes que admitir al mercado del barrio como el lugar de venta de lo que llevaban puesto encima.

Para llegar al centro comercial había que caminar diez cuadras hasta el metro o alcanzar la avenida y tomar un autobús que no diera vuelta en la esquina de Castillo Peraza, sino que siguiera hasta Circunvalación (todos los habitantes de los andadores lo sabíamos de memoria; nuestros padres y hermanos se habían encargado de insistirnos en ello, porque de otro modo uno corría el peligro de subir al autobús que daba la vuelta y alcanzaba la Tabacalera, conocida entre los vecinos como la Tabaca, un lugar de miseria y horrores tan míticos que habrían preferido que un ovni nos secuestrara a que nos perdiéramos por sus calles).

Nuestras familias habían decidido que trabajaríamos mientras se presentaba la oportunidad de regresar a la escuela. Luego de varias entrevistas desalentadoras, conseguí empleo como "asociado", una mezcla de vendedor y cajero, en la Gran Papelería Unión. También logré que Maples fuera admitido. El horario laboral era de once de la mañana a siete de la tarde, con cuarenta y cinco minutos para correr a la avenida y comer unos tacos cada medio día.

Éramos, desde luego, unos esclavos, pero no podíamos quejarnos de maltratos excesivos. Nos permitieron faltar el día del funeral de Carlitos y el gerente me envió de regreso a la casa una mañana que aparecí con catarro. Podíamos, en cambio, lamentarnos de la pésima paga y del trabajo, que era aburridísimo por las mañanas, cuando todos los niños estaban en la escuela, y enloquecedor por las tardes, cuando salían de ella como abejas asesinas en busca de forrar cuadernos, comprar lapiceras y, sobre todo, sentarse en las máquinas con Internet para hacer la tarea.

Mis mejores días eran aquellos en los que podía quedarme en el mostrador y esperar sentado en un banquito a que alguna madre de familia y su hijo se aparecieran para solicitarme plastilina verde o medio metro de listón. Pero el gerente había llegado a la conclusión de que mi verdadero talento consistía en resolver los millones de pequeños problemas que el uso del Internet les plantea a los escolares.

Como a la Gran Papelería Unión lo que le convenía era que se comprara más tiempo de uso de las máquinas, no establecía restricciones sobre ninguna página. Así, nuestras máquinas estaban siempre llenas de virus, porque los niños terminaban de copiar su tarea y se dedicaban a meterse a toda clase de sitios peligrosos.

Olvídense de desnudos o sexo más o menos explícito: un niño, con los datos de la tarjeta de crédito de su padre, encontró la manera de comprar en línea una droga llamada "Sales de baño", que tenía fama de convertir a sus consumidores en caníbales y puso a nuestro local como domicilio de entrega. Al vendedor, que era un tipo flaco, altísimo, con ojos de loco y vestido con un abrigo negro en pleno calorón de la tarde, hubo que explicarle la situación durante media hora antes de que entendiera el error y se largara.

Aquella mañana, la papelería lucía despoblada. Maples sorbía un chocomilk servido en bolsita. Esperé a que lo terminara antes de alarmarlo.

—El sábado, en la madrugada, me apareció un mensaje de Carlitos en la máquina.

Frunció sus cejas negras y tupidas, un par de ratones sobre el puente de la nariz. Sacó el popote de la bolsita y se lo dejó en la boca.

— ¿Un mensaje perdido?

—No. Alguien entró con su cuenta y me mandó un: *"¿Estás, List?"*. Eran las cuatro de la mañana.

—¿Te llamó por el apellido?

—Como hacía Carlitos.

—Madres.

Me miró como si un pájaro se hubiera meado en mi cabeza.

ANTISOCIAL

No volvió a decir nada hasta la hora de la salida. Caminamos a la avenida, subimos al autobús, bajamos donde debíamos y llegamos a los andadores. Nuestras casas estaban una al lado de la otra, con un caminito de pasto pisoteado en medio. Allí habíamos pasado los últimos quince años.

—Hay que bajarnos un programita para ver desde dónde escribe.

—No tengo idea de cómo.

Maples ensayó una cara de inteligencia.

—Llámale a tu amigo el fresa. ¿Javier? Ese güey sabe todo lo que hay en el Universo ¿no? Pues que nos lo resuelva.

Conocí a Javi O'Gorman en la doctrina católica, mientras nos aleccionaban para la primera comunión. La tía de mi madre, sor María de las Nieves, una venerable monjita medio parapléjica, era profesora de religión en el Colegio Alpes Suizos, uno de esos repletos de niños rubios a los que nunca verás en el metro. Los jerarcas del lugar le facilitaban un salón las mañanas de los sábados para "preparar" a los que harían la primera comunión. Nunca existió la menor posibilidad de que yo hubiera sido alumno del Alpes Suizos, pero el padre Novo, director y amo todopoderoso de aquella escuela, le concedió el permiso a mi tía para salvar mi alma

uniéndome al grupo de los adoctrinados y fui bienvenido al lugar.

La primera vez que vi a Javi, él se concentraba en los muslos de la catequista que auxiliaba a sor María de las Nieves llevándola en su silla de ruedas de aquí para allá. La chica era morena, sonriente, muy peinada, con un par de piernas largas como el pecado. Platicado, Javi podría ser chocantísimo: era capitán del equipo de volibol del Alpes Suizos (cuya mascota era una cabrita), hablaba con naturalidad sobre sus vacaciones en Colorado o Sao Paulo y era capaz de repetir las genealogías de todos los colegiales que nos rodeaban desde la Conquista hasta el día de ayer.

Pero la realidad es que no era ningún pelmazo. Nos hicimos amigos porque tenía fama de gran peleador por haberse enfrentado a golpes (exitosamente) con Pablito Novo, el sobrino del director, y porque fue capaz de hacer que mi tía echara espuma por la boca al sostener, en plena catequesis, la imposibilidad de que la humanidad se reprodujera tal y como dice el Génesis que sucedió, ya que nunca se habla en la Biblia de otra mujer más que Eva hasta que sus nietos comienzan a casarse. Él lo atribuyó a algo que insistió en llamar "el incesto ritual" antes de que mi pobre tía amagara con caerse muerta de la silla, a la que estaba atada desde que su camioneta de monjitas volcó en la carretera, mucho tiempo atrás. Javi sólo se contuvo al percatarse de que la auxiliar le hacía señas de súplica. A ella le sonrió. Y se calló la boca.

Habían pasado años desde entonces. A fin de cuentas, conseguí escaparme de la misa de comunión y el trajecito blanco pero seguí viendo a Javi de cuando en cuando, ya fuera en el caserón de su familia (perro en el jardín, una alberca del tamaño de mi casa y una hermana, Gina, que era una diosa digna de la fama del Alpes Suizos) o en el estadio.

Lo del estadio era importante. A Maples maldita la gracia que le había hecho Javi (eran caricaturas opuestas: uno, moreno, trompudo y con cejas de cepillo; el otro, de piel lechosa, pelos sedosos y facha de atleta) hasta que supo que su padre tenía un palco. Y si bien no había manera de que entráramos en los juegos importantes, en la mayoría de los intrascendentes ir allí no representaba problema. Javi, como Maples (y como yo mismo), era un fanático. El hecho de que nuestros tres equipos fueran enemigos acérrimos no borraba el placer de aplastarse en uno de los silloncitos del palco y mirar los pelotazos en primera fila.

La idea de Maples, aquel día en la papelería, era simple: que nos presentáramos en las casa de los O'Gorman, le echáramos una mirada a Gina (en días de calor era bastante posible encontrársela en la alberca), preguntáramos si había partido el fin de semana y, de paso, le contáramos a Javi sobre la fantasmal aparición de Carlitos y lo interrogáramos sobre los métodos para rastrearla.

Debíamos elegir entre el autobús o el metro y, en cualquier caso, caminar cuadras y cuadras para llegar a la casa. Elegimos el metro para ahorrar y porque nos daba tiempo de discutir qué le íbamos a contar a Javi, que apenas conoció a Carlitos y cuya fe en la vida ultraterrena no había aumentado precisamente desde las épocas en las que acusó a Eva de haber cometido pecados innombrables con sus chamacos.

Decidí que le contaría la verdad y que intentaría saludar a Gina de beso, algo que había conseguido postergar, dolorosamente, a lo largo de los cinco años que llevaba de tratar a su hermano. El enorme portón de madera de la casona de los O'Gorman me pareció, por vez primera en la vida, una buena señal.

Pulsé el timbre.

—*Señorabuenastardessoyarturolistyvengoconjavi* —dije, tan atropelladamente que Maples se rió.

No hubo otra respuesta más que un chasquido eléctrico y la lenta apertura del portón. En la alberca, sin embargo, no estaba Gina. Es decir, no estaba sola. Cinco pupilas del Alpes Suizos retozaban en el agua y las tumbonas que la enmarcaban. Maples calló y se negó a dar un paso más.

—Que salga el fresa y acá lo esperamos.

Tuve que darle una amistosa patada en el culo para que se moviera. Las chicas, que serían uno o dos años mayores que nosotros, si es que eran de la edad de Gina, se veían muy saludables en los trajes de baño. Aunque nos esforzamos por hacernos notar, ellas nos ignoraron del mismo modo que habrían pasado por alto a los jardineros.

La habitación de Javi siempre me recordó a los bungalows que mi padre insistía en que alquiláramos cada verano, durante nuestros cinco días anuales de playa: una puerta corrediza de vidrio cubierta por una cortina la separaba del área de la alberca. Golpeé el marco de aluminio con una moneda. Sonó metálico y hueco.

Javi, echado en una silla de cuero y mirando alguna película en la computadora, lucía unas patillas rubias que, como las de un héroe de la Independencia, le alcanzaban la quijada. Se había puesto de moda verse así. Decenas de tipos de quince años tenían las mismas patillas en los palcos junto al de Javi en el estadio, en los salones junto al suyo en el Alpes Suizos, en las casas vecinas. Tuvimos que reírnos.

—Pinche Iturbide.

—Pinche Juárez —se defendió él.

—Yo no parezco Juárez.

—Le digo al pinche Maples. Tú pareces pinche Niño Héroe.

Nos estrechó la mano sin levantarse de su lugar. Mi madre me habría aventado un florero a la cabeza si me hubiera visto hacer algo así. Detestaba justamente la clase de descortesía que a Javi le salía tan natural.

—Vienen tus pumitas este viernes al Azul, pinche Maples Juárez. Si mis papás se van al Lago con sus amigos, le caemos.

Se trenzaron en una discusión sobre los méritos de sus equipos. Que si el Chato era más rápido que el Zoclo pero el Pitarcas siempre se perjudicaba al Mastodonte, etcétera. Preferí asomarme por la ventana y espiar a Gina y sus amigas. Pero estaban metidas en el agua y apenas se les veía.

—¿Y esa sudadera? —reparó, de pronto, Maples, alarmado y sin que viniera a cuento—. No es tuya.

Era la que Carlitos se había olvidado para siempre en casa. La tenía puesta de nuevo. Se lo dije. Me miró con reproche.

—Por eso se te aparece, pinche List.

Javi me miraba, en espera de una explicación.

—Necesitamos un paro —comencé.

Escuchó, derrumbado en su silla de cuero, mi historia sobre la visita de los matones de la Tabaca al mercado Comonfort, su pleito con Max, la muerte de Carlitos y su reaparición en forma de mensaje, en Internet y de madrugada.

Javi se rascó la cabeza.

—Yo no usaría esa sudadera nunca en mi vida —dijo.

Maples hizo un gesto con las manos que significaba "yo te lo dije primero".

—La sudadera no tiene que ver con el mensaje. Carlitos no mandó el mensaje, obviamente, porque está muerto. Sólo quiero saber quién los manda.

—Quema esa cosa. O revísale los bolsillos, de menos.

Me crucé de brazos para dejar en claro que no iba a hacerles el menor caso. Maples se rascó la garganta, como si fuera a escupir al piso, pero una mirada furibunda de Javi evitó que lo hiciera. Volvió a tragarse la saliva.

—A ver, abre tu cuenta y mándale un mensaje tú. Pregúntale algo que sólo tu amigo supiera.

—Ya se lo dije —se enorgulleció, falsamente, Maples.

Javi me cedió su sitio ante la pantalla. Su silla era comodísima. Como hecha a la medida. Pasé la mano por el suave reposabrazos. Seguro que igual se sentiría acariciar a su hermana Gina, esa piel perfecta...

Abrí mi cuenta y busqué el contacto de Carlitos. Aparecía conectado pero inactivo.

—Salúdalo.

LIST	18:15
¿Carlos? Qué pues.	

No sucedió nada. Repetí el mensaje dos veces. Quien fuera el responsable de tener esa cuenta abierta debería enterarse, al menos por el sonido, de que lo buscaba.

La madre de Javi (una mujer guapa, con un cuerpo desproporcionadamente apetecible para su edad) llegó junto con una muchacha que llevaba una bandeja con

Coca-Cola y vasitos. A Javi le avergonzaba tanta cortesía, supongo, pero a Maples se le deben haber ocurrido todo tipo de malas ideas con la señora, porque no le retiró la mirada de sapo durante toda su visita. Y cuando la puerta se cerró tras ella, lanzó el zarpazo.

—Oye, qué mamá tienes.

Antes de que Javi pudiera asesinarlo con la pura mirada, llegó la respuesta.

> **CARLITOS** 18:37
> Qué pasó. List. Ya suelta al Mapletorpe.

Era, claro, un pésimo apodo, pero indudablemente producido por el ingenio del muerto. Así le había dado por llamarlo en los últimos tiempos, antes de que lo mataran. Tuve que responder.

> **LIST** 18:38
> Carlangas, dónde estás.

Pasaron cinco minutos de silencio. Javi dejó de torcerle el cuello a Maples con la vista y ambos permanecieron de pie frente a la máquina. Cedí el asiento al anfitrión, que comenzó a abrir ventanas de navegador y a buscar seis cosas a la vez.

—Podría con esta página que encontré, pero solamente si te mandara los mensajes desde mi mismo servicio. Y es otro. Hay una web que ofrece rastrear cualquier dirección de IP. Pero cuesta. Y no tengo tarjeta. Es muy difícil meterse con los protocolos de estos servicios. Lo que puedo buscar es si hay alguna aplicación que... Ay, cabrón.

Señalaba la pantalla, erizado.

> **CARLITOS**   18:45
> En la tienda, como siempre.

En esa tienda, claro, lo habían matado.

Dónde más se conectaría a Internet.

La ventana de conversación se cerró en aquel momento, por suerte, porque me hubiera caído muerto si la plática hubiera seguido adelante. Maples, que se había puesto todo lo pálido que le era posible a su piel de rinoceronte africano, se dejó caer a los pies de la cama. Javi se hundió en su silla de cuero, haciéndola chirriar.

Es seguro que no íbamos a decir nada importante, pero de hecho ya no pudimos decir nada porque alguien golpeó el vidrio de la puerta y, sin esperar la respuesta del interior, desplazó la cortina y se introdujo. Era Gina, espléndida en jeans y zapatos de piso. Tras de ella apareció una chica alta, morena, con el cabello muy corto y una faldita mínima que nos hizo dar un brinco.

—Oigan, Gaby vino a hacer una tarea pero ya se tiene que ir. No sean así y acompáñenla al metro y a su casa porque no la puedo llevar hoy.

Javi iba a replicar cualquier cosa cuando la chica dio un paso al frente y me señaló.

—Bien que me conoces. Vivo en el andador del fondo. Iba con Raquel, tu hermana, en la secundaria.

La reconocí con dificultad pero era indudablemente una de las vecinas. Mi madre no la hubiera dejado pasarse a la sala con esa falda. Yo, en cambio, la hubiera dejado llevarse todas mis cosas y hasta el reloj de pared que el abuelo se trajo de Viena cuando escapó de allí, sesenta años atrás.

Javi prometió "encargarse" de nuestro fantasmal asunto y corroborar si habría espacio en el palco el viernes. Gina le dio un beso en el cachete a su amiga, muac, y se largó sin esperar a que yo superara mis terrores y la besara, modestamente, como despedida.

Nadie nos acompañó a la puerta. Cruzamos la alberca, ya oscurecida, y el pasillo final, y un mozo nos abrió el portón. Salimos a la calle en silencio. Había llegado a la conclusión de que sería mejor no preguntarle nada a Gabriela, a la que mi propia hermana, que era una histérica, consideraba de trato muy difícil, sino esperar a que ella contara lo que le pegara la gana. Pero no me había puesto de acuerdo con Maples y mi amigo nunca fue un estratega.

—¿A poco estudias en el Alpes Suizos? Has de ser becada.

Gabriela caminaba más rápidamente que nosotros; costaba mantenerle el paso.

—Hace un año. Acabo de comenzar segundo de prepa.

Comentamos algunas obviedades sobre lo preferible que era el colegio al resto de las escuelas del mundo conocido, aunque yo no estaba muy convencido de ello, porque Javi sostenía que el nivel educativo era una porquería y todo el mundo reprobaría en el Alpes Suizos si sus padres no pagaran buena lana por lo contrario. De hecho, los suyos habían tenido que echar mano de su fortuna y reputación para evitar que lo echaran cuando se agarró a golpes con Pablito Novo, el sobrino del director.

Alcanzamos la estación de metro con la luna ya en alto. Tuvimos suerte y encontramos asientos libres en uno de los vagones finales. Gabriela se sumergió en su celular; Maples miraba su propio reflejo en la ventana, como ponderando sus posibilidades de acercarse a la dueña de aquella faldita (y quizá esforzándose por no clavarle la vista en los muslos demasiado explícitamente). Cuando el metro se detuvo en la estación previa a la nuestra, Gaby volteó y me señaló. Yo estaba sentado al otro lado del pasillo.

Su gesto era de sorpresa, quizá de enfado.

—Esa sudadera no es tuya.

Señalaba, sí, la de nuestro muerto.

—No. Era de Carlitos Serdán. La olvidó en mi casa.

—Claro que es de Carlitos. Yo se la regalé.

Los andadores en los que vivíamos fueron construidos en una época de optimismo. El gobierno, que los financió, pensaba que a la gente no le importaría vivir encimada con sus vecinos a cambio de ser propietaria de lo que fuera. Por ello, entre las puertas de una casita y la de al lado apenas había un par de metros; por ello, las ventanas laterales de unas viviendas estaban enfrentadas directamente con las de otra; por lo mismo, uno se enteraba de qué matrimonio peleaba, cuál niño tenía gripa, quién celebraba a gritos los goles de su equipo (o lloraba los del rival) y a quién le daba por cantar reclamos amorosos a la quinta cerveza.

Gaby nos llevó a un jardín bastante reseco, repleto de montones de escombro, atrás de las últimas casas de su andador. Ninguna ventana miraba hacia allí. Una lámpara sola arrojaba un chorrito de luz.

—Está perfecto para traerse a la novia— dijo, delicado, Maples.

—Aquí venía yo con Carlitos a platicar —confesó Gabriela.

ANTISOCIAL

Antes de que pudiéramos imaginarla entre los brazos de nuestro difunto, a quien era difícil relacionar con cualquier mujer, quiso aclararse.

—Éramos amigos. Platicábamos de cosas que no les hubiera contado a ustedes.

—Seguro que estaba enamorado de List. O de mí. Segurito. Nos miraba en las regaderas.

Gabriela miró a Maples sin ninguna expresión. Él se contuvo apenas tres segundos antes de partirse de risa.

—Eres un asco. No te voy a decir nada.

Tuve que recurrir a toda mi diplomacia para tranquilizarla. Le pedí a Maples que se largara pero se negó. Sacó del bolsillo uno de los cigarros apestosos que robaba a su madre o tía y se echó junto a un árbol a fumarlo.

Traté de recobrar la charla donde se había detenido.

—Entonces, tú se la regalaste.

Gaby le dedicó otro gesto de molestia a Maples antes de responder.

—Sí. En su casa lo regañaron porque se le perdió un suéter, algo que le tejió su mamá. Carlos se puso mal. Platicamos de eso porque pasó muchos días triste. No por el suéter sino porque no lo dejaban en paz. Su hermano lo jodía todo el tiempo. Y por eso le regalé la sudadera. La vi en el Ultramarina, en la tienda donde trabajo, y me gustó, porque siempre le daban cosas que se veían viejitas y esta era diferente.

Me asaltó una cierta vergüenza por llevarla puesta, como si me hubiera asomado a una plática a la que no estaba invitado. Por otra parte, Carlitos era nuestro amigo mucho antes de serlo de Gaby y debería habernos contado lo que sucedía a nosotros, aunque la posibilidad de que alguno le regalara ropita para contentarlo era, digámoslo, nula.

No contó demasiado (ni quiso responder la inquietante y un poco estúpida pregunta de Maples), pero Gaby terminó por narrarnos cómo se hicieron amigos porque se topaban por las tardes en el jardín del fondo, en el que se refugiaban cada vez que alguno de los dos (o ambos) tenían problemas en casa. Carlitos era el menor en una familia en la que todos habían sido comerciantes desde tiempos de los toltecas pero lo angustiaba la posibilidad de crecer y convertirse en lo mismo que su padre o su hermano, puesteros broncos y malhablados.

Gaby, por su lado, era lista y bien portada (en serio: así se describía) y había logrado convencer a su padre, con muchos trabajos, de que la dejara pedir beca en una preparatoria mejor que las escuelas públicas a las que estaba destinada (es decir, el Alpes Suizos en lugar de la Tecnológica, por ejemplo). Por si fuera poco, consiguió persuadirlo de que le permitiera trabajar en una de las tiendas de ropa de moda del Ultramarina. Era, me di cuenta, una de esas chicas listas que obtienen todo lo que se les

ANTISOCIAL

ocurre y te dejan convencido, además, de que eso es lo mejor que puede ocurrir.

La noche se caldeó. No soplaba el aire. Todo me parecía triste: la confesión de Gaby, el destino horrendo de Carlitos, la preocupación de Maples de que le vieran las nalgas en las regaderas. Tanta confusión me llevó a hacer una oferta que era, a todas luces, idiota: me quité la sudadera y se la extendí a la chica.

—Quédatela.

Ella estaba cruzada de brazos, con la barbilla caída sobre el pecho. Maples, de pie a su espalda, le miraba las piernas. Inclinaba la cabeza. Los ojos de sapo se le desorbitaban.

—No. Mejor guárdala tú. Si Carlos se la dejó en tu casa, habrá querido que la tuvieras.

Ahora me sentía ridículo.

Gaby levantó la vista al cielo y Maples aprovechó para fingir que no la miraba.

—Adiós —dijo ella y se marchó del terregoso jardín.

2

Tú y yo
coincidimos
en la noche terrible...

"PRISMA"

Manuel Maples Arce

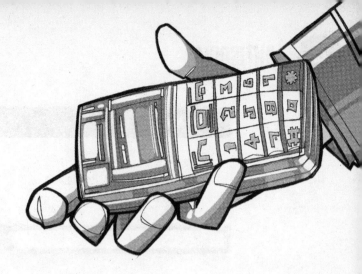

JAVI LLAMÓ A LA CASA el jueves, ya muy tarde. Menos mal que mi hermana, que hacía cinco segundos había colgado con el novio, respondió al primer timbrazo, antes de que nuestro abuelo se despertara.

—No respondes el celular— me acusó la voz ligeramente afectada de mi amigo.

Lo saqué del bolsillo. Estaba, sí, apagado. Volví a encenderlo.

—Tenemos el palco el viernes. Mis papás se van al Lago.

Maples sería feliz pero a mí me estaba dando más o menos lo mismo.

La pantalla de mi celular brillaba con destellos rojos. Tuve que espantarme.

—Hay un mensaje de Carlitos, güey.

Escuché el bufido de Javi en el teléfono.

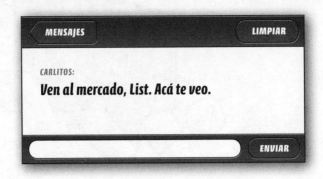

CARLITOS:
Ven al mercado, List. Acá te veo.

—¿Eso dice?

—Solamente. Lo mandó hace dos horas pero no lo vi.

Era su número, el mismo que tenía registrado de toda la vida.

Convencí a mi madre de que había olvidado comprar un cuaderno y debía ir con urgencia a la farmacia nocturna para ver si lo encontraba. Salí a la oscuridad de los andadores y corrí. Tuve la impresión de que alguien me seguía pero al voltearme solamente vi una silueta negra al fondo del jardín. Quieta. Se alejó.

Tardé menos de diez minutos en alcanzar la pequeña mole del mercado Comonfort. Cerrado, sin luz, apestaba al cloro rebajado con el que los puesteros barrían antes de cerrar. El pavimento de la calle contigua estaba roto por el desfile habitual de camiones de carga y cada bache estaba inundado de cloro espumoso, grasiento. Unos gatos, que lameteaban el líquido que escurría desde unos

contenedores de basura del tamaño de automóviles, eran toda la vida evidente.

Había unos guardias uniformados en el Comonfort, según recordaba, pero jamás aparecieron por allí. Pegué la cara a la reja lateral. A través de un agujero podía ver que, al final de un pasillo, había luz en el puesto de los Serdán, una luz azulada que podría ser la de una pantalla de computadora.

O la de un alma sin sosiego.

Pese a mis esfuerzos, el candado no cedió. Tampoco podía escalarse la reja, porque ni mis pies ni mis manos cabían en los huecos entre el metal. Di una vuelta entera al mercado en busca de un paso libre pero no pude dar con él. Mi madre comenzaría a preocuparse en diez segundos. Me asomé una última vez. La luz azul había desaparecido. Eso me asustó lo suficiente como para volver a casa a la carrera.

Cada perro entrevisto en el camino de regreso me pareció una amenaza. La silueta negra al fondo del jardín había desaparecido. La maldije. Pasé a mi habitación sin dar explicaciones.

Me tendí en la cama. Algo estaba mal. No era posible que un amigo muerto me estuviera buscando la cara. Le marqué a Javi al celular pero respondió el buzón. Se habría dormido. La ventana de Maples, en la esquina de su casa, estaba apagada. Me di cuenta de que no había encendido la luz del cuarto, como si eso pudiera ocultarme de lo que fuera que me había llamado al mercado y brillaba allí, al fondo del pasillo, como un foco olvidado y aterrador.

La sudadera de Carlitos yacía en el respaldo de la silla: parecía un cadáver de perro echado allí a reposar para siempre. Mi madre era implacable para lavar todo lo que encontrara sin doblar o fuera del cajón. Tomé la sudadera para guardarla antes de que pasara de nuevo por el ciclo. Tuve la impresión de tocar algo pequeño y sólido en un bolsillo. Como había varios, por dentro y fuera, pasé un rato esculcando el tejido de la prenda en la oscuridad hasta dar con él.

Era una llave. Pequeña, sucia, con los dientes mellados, como si hubieran tratado de abrir la cerradura equivocada. Podría ser de Carlitos, claro: de su casa, de algún cajón en su escritorio, del viejo armario de la secundaria donde guardaba su uniforme de futbol o de la reja del puesto de Max en el mercado. La sostuve un minuto entre los dedos y me atacó un asco repentino, como si una mano podrida, aceitosa, me la hubiera entregado. La devolví al bolsillo en donde la había encontrado. Mi madre, después de todo, no lavaba la ropa tan bien como presumía.

Estaba a punto de acostarme cuando revisé de nuevo el celular.

Otro mensaje:

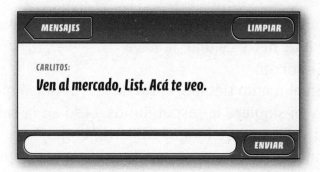

Tampoco esa noche dormí.

Maples y Javi vociferaban y se llevaban alternativa-
mente las manos a la cabeza, según sus equipos
retrocedieran o avanzaran. Adán, el tío del anfitrión, un tipo cuarentón, canoso y bajito que salu-
daba con una mano floja como un pescado y usaba
pants, había aceptado acompañarnos porque a tres
menores solos no se les permitía entrar. El tío, afor-
tunadamente, no dijo nada y se dedicó a jugar en
su celular y a mandarse mensajes con alguien que
debía traerlo de un ala, porque aplaudía cada vez
que recibía una respuesta.

Yo no tenía ánimos para interesarme por el partido ni por las vecinas de palco, unas rubias con las
tetas más operadas que las narices, a las que Maples
escaneaba con ojos de sapo cada vez que el balón
se detenía. Seguía dándole vueltas a las apariciones,

cada vez más horrorosas, de Carlitos. Los mensajes por Internet y celular, la llave.

El horror.

En el medio tiempo, el tío de Javi anunció que se iba y ni siquiera le respondimos. Besó en la cabeza a su sobrino, que lo apartó de un empujón, y ante mí inclinó la cabeza, como un mesero. Le repliqué el gesto. Él sonrió y bajó las escaleras al trote.

—A ver cuándo nos vuelves a sacar de paseo con tu tío el joto —reprochó Maples.

—Eres un pinche enfermo —le escupió Javi— Adán es un tipazo.

—Lo mismo dice el que lo está besando.

Volteamos. El tío Adán abrazaba, de modo más bien cariñoso, a un sujeto alto, moreno, con la playera de los Pumas, que me resultó conocido aunque no podría decir por qué. Siguieron bajando la escalera y salieron del estadio. Maples prefirió callarse antes de que le reviraran que el amigo del acusado compartía con él preferencias futbolísticas. Javi no dejó de notarlo.

—Orgullo puma ¿no?

Más tarde, consumiendo junto a la alberca de los O'Gorman las cervezas que Maples pagó como apuesta perdida por la derrota de los suyos (y que un mozo debió comprar en la tienda, porque era ilegal venderle alcohol a menores), los puse al tanto de los mensajes de celular y de mi visita nocturna al mercado Comonfort.

—Qué pinche miedo —susurró el derrotado, aban-
donada su pose de valentón.

—Lo de la luz sí está para cagarse —agregó Javi,
rascándose las patillas de insurgente.

Ambos coincidieron en que el hallazgo de la llave
era una pésima señal.

—Busca a Gaby y se la das. Si tan amiga era del
Carlitos, que sea ella la que se la eche a la tumba.

Maples se ofreció, incluso, como voluntario para
negociarlo.

—Igual, si Gaby era tan amigota del Charly, pues
la puedo llevar a platicar al jardincito culero ese y
que un ladrillo sea nuestra almohada.

La tarde había sido ventosa. Ahora comenzaba a
darme calor. Me quité la chamarra y apareció la
sudadera negra bajo ella. Mis amigos respingaron.

—Y tú sigues usando eso, pinche loco —dijo Javi—.
Por eso te sigue el fantasma. Usas sus cosas. Tienes
su llave.

Comenzaba a disfrutar su preocupación. Para
aumentarla, saqué la mismísima llave del bolsillo
donde la guardaba y la extendí en la palma de la
mano. Me pareció incluso más sucia y rayada que
la primera vez. Me eché un largo trago de la segunda
y última cerveza disponible para festejar su silencio.

—Guárdala, mejor —chistó Javi—. Les voy a contar
lo que pasó con el rastreo.

Maples y yo protestamos, porque habían pasado
ya tres días y no nos había advertido nada hasta

entonces. Javi se rascó las patillas y levantó las manos, conciliador.

—Apenas anoche, con ayuda de un cuate de la prepa, encontré una manera de rastrear los mensajes de Internet. Tuve que bajar un montón de aplicaciones, mamada y media, y meterme a páginas de dizque hackers.

Ahora era él quien levantaba las cejas con orgullo. De nuevo era el gallardo capitán de las cabritas del volibol. Se puso de pie y nos pidió que lo siguiéramos a su cuarto. El pasillo olía al cloro de la alberca. Gina no se veía por ningún lado.

La máquina estaba encendida pero asegurada con una pantalla de bloqueo. Javi tecleó su contraseña y entró. Se desplegó un mapa del sur de la ciudad. Reconocí, luego de observar durante un buen rato, la zona residencial en la que estábamos, un estadio, la línea del metro, y hasta el Ultramarina. Una banderita roja señalaba el lugar en donde se encontraba la dirección desde la que se habían mandado los mensajes.

—Es una manzana muy grande. A lo mejor son edificios de departamentos o hasta los andadores en los que viven ustedes.

Maples miraba la pantalla con el mismo desconcierto que tendría un mono ante un juego de química. Pero yo no dudé.

—Eso es el mercado Comonfort. Esta es la avenida, acá está la secundaria y por aquí se baja a los andadores.

Javi se recargó en el respaldo de su silla de cuero, con las manos enlazadas detrás de la cabeza. Maples sacó un cigarro torcido del bolsillo y se lo dejó en la boca, sin encenderlo.

—El pinche fantasma está en el mercado. Ya lo sabíamos. ¿Para eso tanto irigote? Te manchas, pinche fresa.

Soñé que me encontraba en el Ultramarina con Gina. Llevaba uniforme escolar azul y parecía más chica, como la primera vez que comí en su casa. Caminábamos por el centro comercial. No había nadie allí aparte de nosotros. Los escaparates de los locales cerrados brillaban con una luz azul. Gina caminaba con los brazos cruzados sobre el pecho y yo sabía en el sueño que lo hacía así para no tomarme la mano. Pero sabía también que tendría por delante muchos años para intentarlo.

Sentía una especie de paz en la que irrumpió una necesidad de tocarla, de besarla. Podía olerla (olía como el cloro de su alberca pero por alguna causa eso me parecía perfecto), la sentía a menos de un metro, como se siente la cercanía del agua. Ella no sonreía, tampoco se alejaba. Subimos una escalera larga y yo me decía que debía mantenerme a su lado y no atrasarme, como hubiera hecho Maples, para mirarle las piernas o espiarle bajo la falda. Finalmente llegamos al final de los escalones y nos detuvimos en una suerte de balcón. A nuestros pies estaba el Ultramarina, vacío, silencioso y azul.

Gina me miraba. Parecía triste.

—Si te matan, te vas a quedar aquí. Siempre.

Desperté muerto de frío. Me empujé de un trago el vaso de agua. Había un nuevo mensaje en el celular. No quise leerlo. Volví a recostarme. Y antes de caer dormido, estiré la mano y lo revisé. No era de Carlitos: era una oferta de cualquier cosa que no me interesaba y borré de inmediato.

Al menos.

Desperté con la sensación de llevar un tenedor en el estómago. Eran las nueve y media del sábado. El fin de semana, la Gran Papelería Unión le pertenecía a trabajadores eventuales, unos pobres sujetos peor pagados que nosotros. Mis padres desayunaban; el abuelo tarareaba alguno de sus viejos cantos en el incomprensible (para mí) alemán de su infancia. Me urgía salir a la calle, así que me disculpé el desayuno y el baño. Quizá debí cargar con la sudadera de Carlitos, porque el cielo gris hacía pensar en que llovería, pero la recordé sólo cuando había dejado atrás los andadores.

Mi prisa demostró no tener justificación. Cuando llegué al mercado Comonfort, solamente estaban abiertos los tenderetes de verduras y los puestos de comida. El local de los Serdán tenía la reja cerrada, asegurada por un par de candados. Me quedé allí, de pie frente al letrero despintado de la pollería, que ahora decía, en grandes letras rayadas en una cartulina:

> **"TODAS TUS SERIES Y ESTRENOS EN DVD DOBLADAS AL ESPAÑOL Y TODOS TUS PROGRAMAS DE PC Y MAC AL MEJOR PRECIO. NO BUSQUES MÁS SIEMPRE IMITADOS JAMÁS IGUALADOS".**

Eran las diez con cinco. Caminé al local de jugos, unos metros a la izquierda. La vendedora me confirmó que el puesto no abriría antes de las once de la mañana. Me escurrí por un pasillo lateral y busqué un puesto de comida menos repulsivo que sus vecinos. Finalmente di con uno, una pequeña fonda en el rincón del mercado. Pedí café y quesadillas y me senté a esperar.

Carlitos, Maples y yo habíamos sido amigos desde que aprendimos a caminar. Jugamos al futbol en el pasto siempre reseco y lleno de vidrios de los andadores, o en la lija miserable de nuestro equipo infantil, estudiamos en las mismas escuelas, escuchábamos la misma música. Nos distanciamos un poco al salir de la secundaria porque Maples y yo no salimos en listas y terminamos en la papelería mientras pasaba el año y llegaba nuestra segunda oportunidad. Carlitos siempre fue mejor estudiante que nosotros. Era uno de los promedios más altos en el turno de la mañana del bachillerato de artes. Decía que le interesaba la fotografía y Max le había prometido comprarle una cámara profesional si seguía ayudándolo con el puesto. Pero todo había saltado en pedazos el día que le dispararon.

Pagué la comida. Afuera, las nubes matutinas abrían paso a un sol recio, que le sacaba a las frutas los tradicionales aromas a podrido del mercado. El puesto de los Serdán ya estaba abierto y más de diez personas se encontraban curioseando entre las cajas de películas o formadas ante el minúsculo escritorio en donde Max tenía la computadora y las cajas con los discos de los programas que vendía. Un sujeto alto y moreno, que me resultó extrañamente familiar, se estaba encargando de ello. ¿No era el novio del tío Adán, el de la camisa de los Pumas? Creí reconocerlo. No, no lo creí. Era, sin duda, él.

Max Serdán se había alejado tres pasos afuera del local y conversaba con un hombre pálido, bien rasurado, de cabello gris y ropa negra y fina. ¿Un cura redimiendo a un pecador? Me paré junto a ellos para dejar en claro que esperaba mi turno de hablar. Abandonaron la charla. Max me reconoció de inmediato. No dijo nada pero me puso la mano en el hombro y me apretó contra su costado. No era muy alto pero sí fornido, y me lastimó. El tipo elegante era, sí, un cura.

No uno cualquiera, de hecho, sino, como descubrí con espanto, el mismísimo padre Novo, amo y señor del colegio Alpes Suizos y mandamás del destino de sor María de las Nieves y su silla de ruedas. Unos metros allá, otro tipo, más grandulón, se hacía pato entre los puestos. ¿Otro cura? Un guardaespaldas, pensé.

El sacerdote sonrió. Miraba a Max como si hubiera dicho ya todo lo necesario y esperara una respuesta. El hermano de mi amigo se mordía los bigotes. No era imposible que su vida desordenada, y el hecho de que la siguiera llevando luego de la muerte de Carlitos, fuera el motivo de la plática, el silencio y la incomodidad.

Max fue el primero en desviar la mirada. Me palmoteó la espalda y exhaló un pequeño huracán.

—Bueno, padre. Yo lo busco en la semana. Créame que me tomo en serio lo que me dice.

Novo tenía los dedos entrelazados. Se notaba sereno, quizá un poco fastidiado por la terquedad de su oveja negra. Hizo una educada inclinación de cabeza y asintió.

—Muy bien, hijo. Pero no te olvides que hay poco tiempo.

Max hizo el ademán de presentarme pero Novo lo interrumpió.

—Qué me vas a contar de este muchacho, si es sobrino de sor María de las Nieves, maestra queridísima en la escuela. Conozco a sus papás y su hermana. Hasta en la doctrina te tuvimos ¿verdad? Aunque te escapaste de la comunión.

Habían pasado cinco años y todavía no lograba mantener la cabeza en alto ante la voz del padre. Él me revolvió el cabello y estrechó la mano de Max con lentitud, como si midiera fuerzas. San Jorge probando al dragón.

Desapareció luego por el pasillo de las fruterías, no sin aceptar la manzana que una niña le ofreció al pasar, animada por la puestera. El padre le sonrió, se frotó el tributo en la solapa del saco y le hincó el diente sin detenerse. Su guardaespaldas le dio una mirada a Max que no supe si interpretar como amenaza o como un acuerdo tácito de romperle las rodillas cuando no hubiera testigos, y se marchó.

Max cerró los ojos, aunque levantando la nariz y los bigotitos, como un gato venteando. El bravucón que recordaba no parecía haber acudido esa mañana al mercado. El padre Novo lo había desmoronado.

En ese momento me di cuenta de que mi prisa por presentarme allí era una idiotez. No tenía idea de cómo plantearle el asunto a Max sin ofenderlo.

¿Cómo le dices a un tipo que acaba de perder a su hermano que estás recibiendo mensajes de ultra-tumba a su nombre, generados, además, desde el mismísimo sitio en donde lo asesinaron?

Le escupí una serie de preguntas confusas sobre su computadora y la manera en que la mantenía a salvo de ladrones. Él no parecía hacerme el menor caso y respondía con monosílabos. Seguía con la mirada fija hacia el punto preciso del espacio en el que se había visto por última vez al padre y su acom-pañante. O quizá era que le parecía estar viendo y escuchando al hermano perdido revolotear por allí.

—Perdón. ¿Qué dijiste?

—Que cómo andas, güey.

Resopló como si fuera a reír. Volvió a ponerme la mano en el hombro y a palmotearme la espalda. Se cruzó de brazos, con la mirada en el suelo. Pasó un minuto así. Luego se enderezó y se abrió cancha entre quienes revisaban las películas. Agarró cuatro o cinco e hizo un paquete, que me puso en las manos.

—Mira, llévales los estrenos a tus papás.

Tenía la mirada más triste que le hayas podido ver nunca a tu perro.

Ya de vuelta en casa, llamé a Maples y lo cité en casa. Era el mediodía y, sin embargo, mi amigo llegó recién salido del último sueño, despeinado y con una playera arrugada encima, con la que segura-mente había dormido.

—Fui al mercado. Hablé con Max.

Se restregó los ojos.

—¿Le dijiste del fantasma? Pinche List, qué animal eres.

—No le dije un carajo. Estuve revisando la reja y los candados del local desde temprano y le pregunté si todo quedaba bien guardado. Parece que sí.

Maples torció la cara como si me hubiera descubierto en medio de una gran estupidez.

—No habrás creído que el güey que haga esto iba a dejar huellas.

—No lo sé. Pudo dejar alguna señal o que Max notara algo raro. Pero no.

—Nada raro.

—No creo. Se ve que sigue mal. Cuando lo vi, estaba hablando con el padre Novo, el del Alpes. Como que lo había ido a ver y lo regañó.

Mi amigo se dejó caer en el silloncito y subió los pies, metidos en guaraches, a mi cama.

—Pues eso está raro. El padre. ¿De dónde se lo sacaron? Esos güeyes no estuvieron nunca en el Alpes Suizos, no mames. Ahí no van los vendedores de pinches pollos rostizados. Tú, pendejo, nomás por tu tía monja.

Me costaba concederle a Maples la razón, así que me esforcé en replicarle que el colégio recibía cientos de niños de todas partes para adoctrinarlos antes de su primera comunión, así que los Serdán, que eran tan religiosos como el que más, bien podrían haber sido cercanos al padre desde hacía mil años.

—Hablaron Max y el padre como si se conocieran.

—A lo mejor le vende películas.

Creo que a los dos se nos había estado pasando por la mente el mismo chiste, pero fue él, con su mal gusto permanente, quien lo hizo explícito.

—Le debe comprar porno, pinche List. "Monaguillos ardientes". A güevo que sí.

Nos reímos. Pero luego de que Maples se fuera, y de que mi madre sirviera la comida y yo terminara echado en el cuarto, en mitad de un intento de siesta, me di cuenta de que en realidad no había avanzado nada en averiguar quién estaba enviando los mensajes.

Necesitaba novedades. No había ninguna. El teléfono y la computadora no daban rastro alguno del Carlitos fantasma. Quizá jamás sabría la identidad de su remitente. Quizá sería aquella una de esas cosas inexplicables que suceden en el mundo y que se quedan allí, girando.

Un territorio negro en el mapa, un cuarto sin luz.

Tenía frío. Me puse la sudadera heredada y, como siempre que lo hacía, corroboré que la llave estuviera guardada allí, en la bolsa interior. Hice memoria y me di cuenta de que, cuando Carlos murió, hacía meses que no platicábamos de nada importante. Él estaba en la escuela y yo no; él trabajaba en el Comonfort y yo en el Ultramarina, que eran repúblicas muy diferentes. Maples y yo perseguíamos estúpidamente a mil mujeres; a Carlos no parecían preocuparle. Y sin embargo, había conseguido hacerse amigo de Gaby y hasta objeto de sus regalitos. Pensar en la sudadera como un regalo de Gabriela y no como el legado del muerto me hacía sentir, por cierto, muy bien; quizá por eso no dejaba de usarla.

La llave. De pronto supe que era lógico que, si Carlitos abría el puesto los fines de semana, tuviera la llave del candado. Quizá debería, pensé, intentar otra incursión al Comonfort, una vez que hubieran cerrado, e intentar probar mi teoría.

¿Y si abría, que?

Habría comprobado que le pertenecía a esa cerradura y poco más. No podía haber muchos secretos escondidos en un puesto que estaba en servicio cada día durante ocho horas. A menos, me dije de pronto, que la computadora que utilizaba el ayudante para administrar la piratería fuera el lugar para ocultarlos...

Preparé una nueva visita. Me puse la sudadera, en donde la llave pasaría inadvertida. Guardé una de las películas regaladas por Max en una bolsa, para esgrimirla como pretexto para mi regreso si era descubierto (diría que mi aparato de DVD la expulsaba y pediría que me la cambiara). Por alguna razón, que en aquel momento me pareció suficiente, eché a la sudadera un desarmador que encontré al pasar sobre la mesa del comedor. Mis padres habían salido, como muchas tardes, a caminar, y mi hermana estaría en los cines del Ultramarina con sus amigas. El momento era ideal. Pensé, por último, que convendría algún apoyo y crucé el andador para golpear en la ventana de Maples, que me miró con desprecio, como si hubiera ido a venderle una biblia.

—Vámonos de vuelta al mercado.

—Pinche List, estoy viendo el fut.

Ambos hicimos nuestras mejores caras de ofendidos. Lógicamente gané yo. Maples renegó, dijo que se pondría los pantalones y cerró la ventana. Un par de minutos después apareció en la puerta.

—Ya, pues. Vamos.

Cortamos el camino haciendo un zigzag entre los andadores en vez de seguir la línea recta para salir directamente a la avenida. Y por ella subimos hacia el Comonfort. Se veía al fondo de nuestro horizonte, rodeado de cables, irradiando su peste de fruta pasada.

—¿Vamos a pescar al fantasma? ¿En la bolsa llevas pinches crucifijos y agua bendita y balas de plata?

Ni siquiera le respondí. El mercado estaba cerrado pero una de las puertas laterales continuaba en funciones. Me metí por ella sin disminuir el paso. Escuché a Maples rezongar mientras intentaba alcanzarme.

ANTISOCIAL

Todos los locales se encontraban con la cortina bajada y echado el candado. Menos el de los Serdán. Lo envolvía un brillo azul, producto, desde luego, del monitor de la computadora. Frente a la mesa de las películas, como cortando el paso, estaba Max. Su ayudante, aunque alto y fibroso, se agazapaba detrás de la máquina, azorado. Nos ocultamos detrás de unas mesas de verdura cubiertas con grandes lonas y amarradas con mecates y cadenas.

Max, me pareció, discutía con alguien a quien no podía ver, porque otro tenderete nos tapaba. La voz del ser oculto era chirriante. Nos acercamos más: queríamos oír.

—Entonces cómo vamos con eso. Urge.

A pesar de su postura de héroe de cómic, con las piernas bien abiertas y la cabeza alta, Max parecía a punto del desmayo. A medida que nos acercábamos casi podíamos escucharlo respirar con la velocidad de un tren.

Aparecimos en escena.

Se hizo un mínimo silencio.

Lo aproveché.

—Max. Qué pues. Salió mal la de *Fortaleza de acero*. Me mandó mi papá a pedirte que nos la cambies.

A Max y a su ayudante se les desorbitaron los ojos. De la oscuridad de otro puesto ya apagado, saltaron a la luz, desconcertados, sus oponentes. Era alto, el primero de ellos, y de ropas negras: el único y original padre Novo, que nos miraba como

A. DEL VAL

a demonios salidos del último círculo de los infiernos. Cinco metros a su derecha, una sombra negra anunciaba la presencia del otro cura, su nana.

El esfuerzo para dulcificar sus rasgos fue evidente.

—Buenas noches, niños —dijo, tembloroso.

Y volviéndose hacia Max:

—Yo creo que no vuelvo acá, hijito. Ahora será el padre Gilberto quien le dará atención al asunto. Adiós.

Inclinó la cabeza y caminó hacia la salida con la majestad de un dios antiguo.

Desde las sombras, el guardaespaldas sonreía.

Maples se pidió una cerveza para acompañar la cena y Max ni siquiera parpadeó. Yo no lo imité por pura cobardía. Teníamos ante nosotros una pizza del ancho de una tapa de alcantarilla. El hermano mayor de nuestro amigo muerto nos había invitado la cena luego de la desaparición del padre y su perro guardián. Había despachado a su ayudante (que luego de hacer una llamada a alguien a quien denominó "amor" huyó despavorido) y nos condujo hacia las pizzas de la calle Angostura, a un par de cuadras de los andadores. Un local con billar, cerveza y música estentórea y en las paredes decenas de carteles y calendarios viejos con retratos de mujeres desnudas; todos los chamacos del barrio la considerábamos una sucursal autorizada del edén. A mi madre le habría dado un derrame cerebral si hubiera sabido que estaba allí.

Carlitos solía contarnos que Max prácticamente sostenía el local, y que raro era el día que no comiera o bebiera algo allí. La mesera, una morena de unos treinta años, caderona y de rostro amistoso y redondo, lo trataba sin ninguna clase de distancia profesional.

—¿Algo más, amigo?

La pizza estaba ante nosotros, grasienta, crujiente, y los refrescos y cervezas desplegados. Max revisó el frasco de la cátsup. Estaba lleno. Quedó satisfecho.

—Nada. Gracias, reinita.

Volteó la cabeza para mirarle las piernas a la mujer en cuanto se giró. Maples hizo lo mismo. Parecían un dueto de nado sincronizado.

Tuve la certeza de que si no me ponía a hacer preguntas de inmediato, nos limitaríamos a tragarnos la cena sin hablar.

—Qué onda con el padre Novo. Estaba verde. ¿Le debes lana?

Era, claro, un pretexto cualquiera, un balonazo hacia ninguna parte, pero provocó que a Max se le secara la boca. Se echó media cerveza al gañote antes de responder.

—Peor. Pero vale madres.

A. DEL VAL

Habíamos perdido a Maples, que parecía en éxtasis con el queso horneado, el pan aguado y las tetas de las musas de los carteles y perdía la mirada por todas partes. Así que tendría que acorralar a Max yo solo.

Me llené la boca de pizza. Luego levanté las cejas y abrí las manos, señal universal del que pide explicaciones. Max hundió la cara en la contemplación del frasco de salsa cátsup.

—Nada.

Le di un trago al refresco y murmuré.

—A güevo que algo pasa.

Max se limó la uña del pulgar con los dientes y la contempló como si esperara una respuesta de ella. La mesera se acercó para ver si algo nos faltaba y esta vez nadie le espió las piernas al retirarse.

—Traigo problemas. Ondas del negocio.

—Le vendiste porno con viejas en vez de con monaguillos —aventuró Maples, regresando al mundo de los vivos. Se rió de su propio chiste malo. Como siempre.

Max ni siquiera se molestó en responder. Sólo se relamió la grasa del queso de los bigotes ratoniles y se acarició las puntas de los dientes con la de la lengua. Tenía las palmas de las manos caídas sobre la resina de la cubierta plástica de la mesa. Parecía a punto de saltar. Se empujó hasta quedar de pie y sacó la cartera para extraerle dos billetes y echarlos ante nuestros platos.

—Oigan, no los veía desde el velorio. No se me pierdan. Vayan al mercado por las pelis que quieran.

Le sonrió, ancho como un mono, a la mesera y se largó.

—¿Alcanza para otra chela, linda? —preguntó Maples, señalando el dinero con la punta de una rebanada de pizza.

La mesera le guiñó el ojo.

3

Era tan jugosa,
de imposibles su boca.

"ESTACIÓN"

Germán List Arzubide

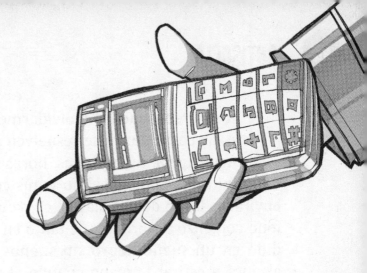

PASARON EXACTAMENTE once días sin noticias de Carlitos luego de nuestra cena con su hermano. Uno se acostumbra fácilmente a olvidar la angustia porque mientras dura nos ocupa la mente por completo. Las rutinas regresan con la mansedumbre del agua y uno se pone a nadar. Sin el nombre de mi amigo apareciendo por sorpresa en mi monitor, las noches eran pacíficas y lentas, y los días de trabajo, interminables y grises. Sin mensajes suyos, el teléfono dejaba de ser una amenaza. No volví al mercado Comonfort y luego de tres noches ni siquiera soñaba con hacerlo.

Maples dejó el tema por la paz, concentrado en el proyecto de comenzar un acondicionamiento físico que lo hiciera un poco menos desagradable (era alargado, flaco y con pecho huesudo) para las chicas. Un sábado me encontré a Gaby cerca de la esquina donde esperábamos el autobús y no me dirigió la palabra, ni siquiera porque llevaba encima la sudadera heredada a nuestro amigo.

En fin: parecía que iba a olvidarme del tema.

Pero las cosas nunca se resuelven así, tan fácil.

La madrugada de un lunes, horas antes de volver a mi mostrador papelero y mis computadoras enviradas luego de dos días de cama y casa, el teléfono comenzó a vibrar. Tardé tanto en notarlo, hundido en un sueño negro sin sueños, que apenas alcancé a estirar la mano cuando el silencio recuperó el poder. Durante un segundo dudé si no habría escuchado el aparato de alguien más. Pero no: era una llamada perdida en el mío lo que encontré y un mensaje iluminando mi rostro con el latido de su foco rojo.

MENSAJES LIMPIAR

CARLITOS:
Aquí sigo, List. Ayúdame.

ENVIAR

Quisiera decir que salí corriendo hacia el mercado en ese mismo instante, pero en realidad me eché las mantas sobre la cabeza y me quedé quieto, como si la Muerte recorriera a caballo los andadores y debiera ocultarme de su garra. Al mismo tiempo, recordé el rostro blanco de mi amigo en el ataúd, el parche con el que maquillaron el agujero de la bala en su frente, sus manos enlazadas sobre el pecho como si se tratara de un faraón. A él lo encontró despierto la Muerte y no hubo forma de que escapara.

Y de pronto lo supe.

El padre Novo era la razón de que mis indagaciones se detuvieran. Mi pánico y el que le escurría de la cara a Max el día en que los encontré por dos veces en el mercado se habían alzado como un tope formidable e impedido el paso.

Tenía que saber algo más de él.

Recurrir a sor María de las Nieves, mi tía, era la única idea que se me ocurría para averiguar por qué el padre acosaba a Max. Dicho así, como el sobrino que visita a su pariente y le saca la sopa, suena facilísimo, pero cualquiera que haya tenido una tía monja sabrá que no hay modo de conseguir por medio de ellas nada que no sean buenas enseñanzas y tamales con atole y eso si uno supera la edad de los jalones de patillas, los coscorrones y las amenazas de fuego infernal.

Sor María de las Nieves estaba postrada en una silla desde el desgraciado accidente del coro de religiosas que dirigía: un chofer somnoliento, en mitad de la carretera a Morelia, "recargó" la caja de su tráiler contra la camioneta de la orden a cien kilómetros por hora y la hizo volcarse; también se estaba quedando sorda y en casa sospechábamos que su vista no era precisamente aguda (confundía a mi madre con mi hermana, a mi padre con el abuelo y al abuelo conmigo).

Como no podía sencillamente plantarme en la casa de oración en la que vivía (un caserón aséptico, adjunto al Alpes Suizos, que se parecía notablemente a un manicomio), tuve que cazar con paciencia la oportunidad. La suerte me ayudó: mi madre necesitaba enviarle a la tía unos zapatos viejos que ella y sus amigas habían reunido durante meses para favorecer el tianguis de caridad del colegio y la encontré, una mañana de sábado, discutiendo durante el desayuno con mi padre, que nunca fue un tipo fácil convencer. Ella le imploraba que le hiciera el favor de entregarlos y mi padre se resistía. Ambos trabajaban y, como siempre, se echaban en cara sus diferentes ocupaciones, como si subieran una escalera, hasta dejarnos a todos convencidos de que eran personas importantísimas. Pero lo que no querían era salir de la casa en día libre.

Los miré allí, enrojecido y molestos. Si así eran para ponerse de acuerdo en todo, mi nacimiento mismo era un absoluto milagro.

—Yo los llevo —ofrecí, poniendo esa cara de fastidio que significa "¿Podemos desayunar en paz?".

A. DEL VAL

A mi padre se le compuso el día y ofreció acercarme en el automóvil y que yo me encargara solamente de entregarle el paquete a la tía y sentarme con ella a conversar. Mi madre, que no me miraba bien desde que había fracasado en mi intento de entrar a la preparatoria, me dio un beso en la frente que me pareció de reconciliación.

Debí pedirle a Maples que me acompañara, pero la perspectiva de visitar la casa de oración le parecería tan cómoda como meterse un guachinango a los calzones. Por otro lado, también era muy posible que sor María de las Nieves se mostrara reacia a decir lo que fuera si le ponían enfrente una cara tan de a tiro pecadora como la de mi amigo. Así que me puse un pantalón de pinzas, camisa de botones y un suéter azul que me daba aspecto de acólito. En mi vida se me ocurriría salir a la calle así pero era el aspecto apropiado para tener contenta a la monjita.

Como si de un designio satánico se tratara, me topé con Maples nada más salimos al andador. Mi padre llevaba la enorme bolsa de basura negra llena de zapatos viejos y yo caminaba a su lado.

—Qué guapo —chifló mi amigo desde su ventana.

A mi padre le dio una oportuna tos que maquilló su risa.

Puse mi mejor cara de odio.

—Vamos a visitar a mi tía, la monjita.

—No, pues buena suerte. Te traes tamales.

ANTISOCIAL

No podía detenerme para explicarle al pendejazo que la visita era necesaria para nuestra indagación. Ya me vengaría.

Por el camino, mi padre puso el radio en una de sus estaciones de viejo rock de hacía mil años y chifló las obras completas de Zeppelin y los Beatles y cosas del tipo hasta que llegamos a nuestro destino.

El manicomio (quiero decir, la casa) lucía en plena actividad. Algunas monjas lavaban las camionetas, otras daban instrucciones a un jardinero, que se rascaba la cabeza, perplejo, ante la petición de darle a un ficus la forma general de san Juan Bautista. Una portera nos interceptó y tuvimos que declararnos parientes de sor María de las Nieves para que nos permitiera el paso. Mi padre se despidió en aquel punto, luego de ponerme en las manos la bolsa de los zapatos viejos y burlarse, otra vez, de mi suéter celeste.

Una monja rechoncha y simpática, que tendría unos veinte años, me guió por los pasillos hasta el umbral del saloncito en el que encontraría a mi tía. Allí me dejó. Mientras se alejaba me pregunté qué clase de persona se refugiaría en un lugar como ese en lugar de buscarse un novio y un empleo.

—Los caminos del Señor son misteriosos —rechinó la voz de sor María de las Nieves.

No es que mi tía leyera la mente, sino que un par de monjas jóvenes y acongojadas le estaban avisando de la muerte del gato pinto de la bodega.

A. DEL VAL

—Pobre animalito, ya está con el Señor.

Supongo que algún teólogo se retorcería de ira al escuchar tal seguridad en que la gracia divina era extensible a los animales, cosa que en la doctrina nos habían dejado bien claro que era imposible, cada vez que nos concentrábamos en molestar a la catequista auxiliar con preguntas como "¿Mi pez se va a ir al cielo si es bueno?".

Dejé caer el bolsón de zapatos en el sueño y las monjas jóvenes se fueron, como palomas espantadas por el ruido. Sor María de las Nieves hizo girar su silla hacia mí y me enfocó con dificultad, entrecerrando los ojos y mostrando la punta de la lengua por la comisura.

—Soy su sobrino, le vine a traer unos zapatos para el tianguis de parte de mi mamá.

Su expresión no cambió. Lo mismo le podría haber dicho "Mene, Mene, Tekel, Uparsin".

—Tía: soy su sobrino, le vine a...

La monja me lanzó un guantazo con la velocidad de un puma y me atinó en la oreja derecha. Era la versión devota de un golpe ninja: me tambaleé y tuve que dar dos pasos atrás.

—Ye te escuché, no estoy sorda.

Sus ojos entornados, como los de un mandarín, se me enterraban en el cerebro. Tenía la boca torcida y le asomaban unos dientes inmensos, de mula, que siempre fueron amarillos aunque fueran falsos.

—¿Cómo están en tu casa? ¿Tu hermana ya tiene novio? Debería cuidarse. ¿Se cuida?

Me mantuve de pie, con las manos colgando a los costados mientras ella giraba en torno mío, revisándome pantalones, zapatos y suéter, a los que daba pequeños tirones para acomodarlos.

—No lo sé, tía. Nosotros no...

—Nah, eso siempre se sabe. Hasta el olor les cambia. Yo nomás espero que no le vaya a dar una pena a tu mamá, pobrecita.

Pude escapar quince minutos después, sin haber podido boquear media palabra más allá de "adiós". Me precipité hacia lo que pensaba que era la salida, pero debo haberme confundido de pasillo porque terminé en un patio muy iluminado, con una fuentecita de cantera en medio. Iba a volver sobre mis pasos cuando me topé de frente con el padre Novo. A su lado, como siempre, iba el otro cura, enorme como un ropero. Se ocultó tras un árbol al verme llegar.

Novo iba de sotana negra y alzacuello y sonreía.

—Muchacho ¿qué andas haciendo?

Dos minutos después estábamos en la calle.

—Seguro que tu mamá te pidió que te vistieras así para no asustar a sor María. Bueno, yo ya me iba, te acerco a tu rumbo.

Le hizo una seña a su ayudante, quien no nos siguió. Me revisó, eso sí, el pantaloncito de pinzas y el suéter con el mismo detenimiento que la monjita.

Subimos a su auto, un modelo nuevo pero no muy caro. Me ordenó que me pusiera el cinturón. Novo manejaba con la parsimonia de una viejita y escuchaba la misma estación de viejo rock que mi padre.

—Algunas personas en la iglesia piensan que estas canciones son satánicas o, de menos, que son oscuras y malvadas y habría que prohibirlas. Pero yo digo que toda la música puede ser una celebración del Señor.

Lo imaginé en mitad de un aquelarre de jovencitos en cueros, dando de voces y danzando con death metal de fondo. La verdad es que daba un poco de pena.

Por fortuna, el padre Novo no tenía la menor idea de dónde vivía yo y se detuvo ante la mole en miniatura del mercado Comonfort.

—¿Aquí te queda bien?

Asentí con la cabeza y me retiré el cinturón. El padre me puso la mano en la pierna.

—¿Eras muy amigo de Carlitos, verdad?

Sentí lo que deben sentir las chicas cuando El Patas Fuentes se abría los pantalones frente a ellas. Al padre se le había agotado el gesto de simpatía.

—Dile a su hermano que no se me ha olvidado. Nada.

Arrancó lentamente, con la misma velocidad de viejita con que había conducido.

ANTISOCIAL

Max no estaba en el puesto. Espié un rato desde un local de jugos (en el que me atraganté un choco-milk o dos, para el susto) y, finalmente, reconocí a su ayudante, que estaba encargado aquella mañana del negocio, el sujeto con camisa de los Pumas que habíamos visto abrazar a Adán, el tío de Javi.

Como para confirmarlo, el mencionado apareció en aquel momento. Iba de pants y chancletas, un poco despeinado y con la ropa descompuesta, como si se hubiera levantado un minuto antes. Revisó las películas de la mesita de estrenos sin voltear hacia donde el ayudante de Max lo vigilaba con alguna tensión. En lugar del cálido abrazo del estadio, ape-nas inclinaron la cabeza, uno y otro, cuando cruza-ron la mirada. Adán eligió un par de películas, las pagó y se alejó de allí. Me había visto y reconocido, sin duda, y prefirió no dar pasto a mis inevitables chismes.

Salí del mercado luego de retirarme el suéter, desfajarme la camisa y desabrocharle los botones del cuello, para que nadie reparara en que venía de visitar a una monjita. Los andadores estaban bas-tante solitarios a esa hora de la mañana; unos niños jugaban futbol y un par de mujeres conversaban en tono airado sobre el volumen de la música de otra. En casa no había nadie. Mi madre me había dejado un trozo de pan de chocolate en la mesa como pre-mio.

Lo comí sin hambre y me dieron agruras.

No: no entendía un carajo de lo que estaba pasando.

Por la tarde decidí visitar el jardín del fondo. Allí estaba Gaby, en una jardinera, leyendo algo que ocultó en cuanto me vio llegar. Se había arreglado de un modo un poco estrafalario para la moda de los andadores: llevaba una blusa negra sin mangas y una falda mínima, negra también. Se había pintado los ojos de un morado tan oscuro que se le veían pesados y duros, y calzaba unas botas de cuero con unos cierres de metal del tamaño de los de una mochila. A mi madre le habría parecido un monstruo y le habría atribuido, sólo de verla, más pecados de los que hubiera podido recontar sor María de las Nieves en sus oraciones. Ya había visto a gente vestida así antes, en el metro, el mercado y el Ultramarina. Los llamábamos *blackies* o, mejor, oscuritos. Solían ser, tanto flaquitos como gordos, gente esquiva y que parecía disfrazada. Nunca pensé que Gaby, siempre correcta, fuera una de ellos.

—¿Qué haces?

—Leo. Ni me preguntes qué.

No pensaba preguntarle. Ella metió el libro en su bolso, también negro y claveteado con broches metálicos.

—¿Tu papá no te mata o algo así por la ropa?

Se encogió de hombros.

BLACKBOY

—No está hoy.

No agregó más.

Me senté a su lado y ella no parpadeó. De inmediato me alejé: no quería comportarme como el padre Novo.

—Aquí platiqué muchas veces con Carlos. Nos prestábamos libros.

—Nomás no me digas que Carlitos era un *blackie*.

Gaby me miró divertida.

—¿Un *blackie*? ¿Y sería malo, si lo era? Qué poquito lo conocían ustedes, en serio.

—¿Pero era uno?

—¿No deberías saberlo, si eran tan amigos?

Lo sentí como una ofensa.

—Ni madres. Jugamos futbol toda la vida. Siempre fuimos juntos a la escuela, hasta que ya no salimos en listas Maples y yo. Pero lo conocíamos. Si él no nos contó algo, muy su asunto. Tú tampoco sabes nada de mí y has vivido siempre a veinte metros de mi cama.

Había subido la voz y me callé, de improviso. El silencio fue violento. Ella miraba el pasto. No parecía afectada.

—Sí, es cierto. Pero yo no quería decir que no fueras amigo de Carlos por no conocer todo de él. Sólo me da risa que lo querían por lo que conocían pero él no les contó muchas cosas.

—¿Usaba ropas negras?

—Sí. Yo se las guardaba.

—¿Carlitos era un *black boy*? Carajo.

Aquella me parecía la confesión más dura que había escuchado sobre mi amigo.

—Pero ropas de hombre... —me preocupé, de pronto, un poco imbécilmente.

Su risa sacudió el aire.

—¿También te preocupa si te espiaba en la regadera, como al pendejo de Maples?

Me di cuenta, claro, de que me miraba la sudadera negra heredada. Hacía frío.

—No. Sólo quiero saber quién era.

—Pues Carlos. Era él, como lo conocías. Sólo que también era capaz de otras cosas.

Nos quedamos mirando el cielo. O ella, más bien, porque yo miraba el enjambre de moscos que se debatían en torno del foco del alumbrado.

—¿Sabes algo sobre el padre Novo y Max?

Hundí las manos en los bolsillos de la sudadera. Me sentía más nervioso que si le hubiera preguntado a Gabriela si podía besarla.

—No sé qué sepas tú.

—Nada. Sólo que algo está mal.

Ella se puso de pie. Se cruzó de brazos.

—No me cuentas nada y esperas que yo lo haga. A lo mejor yo debería hacer las preguntas primero.

No tenía fuerzas para discutir. Así que hice algo estúpido e inesperado: metí la mano en su bolso, tomé el libro que había ocultado y me eché a correr rumbo a mi casa. Las largas piernas de Gabriela, un poco estorbadas por el peso de las botas, no la ayudaron a impedirlo.

—¡Idiota! —oí que me gritaba.

No me importó: ni ella ni nadie se habría atrevido a presentarse ante mi madre con esas ropas de villana de película porno.

El libro era viejo, con las páginas abiertas en las puntas como una planta. La portada era colorida pero estaba ajada, y el plástico se desprendía casi por completo. Como si estuviera en descomposición.

M. Grillet, el autor. *Cosette*, el título de la portada. Tenía un papelito apartando una de las páginas, quizá el lugar donde Gaby abandonó la lectura al verme llegar. En la primera hoja, sin embargo, estaba una Ce con punto, esa "C." que Carlitos usaba para distinguir sus libros en la escuela. Así que era suyo y quizá también lo era el apartador que marcaba el lugar en que su lectura se había detenido. No era un gran lector, pero me apliqué, página tras página, como si fuera a encontrar una clave de lo que sucedía allí dentro.

La historia era antigua, por lo que deduje, y la contraportada informaba que trataba sobre un francés, de tiempos de la Revolución, que fue metido en la cárcel por los reyes y luego por los triunfantes revoltosos por culpa de sus escritos. En el libro, un jovencito noble, de mala salud y poca personalidad, llamado Frederick, se enamora de una violenta muchacha de provincia, Cosette. Ambos se quieren con locura pero sus temperamentos chocan: a Frederick le gustan los jardines y la paz, y Cosette quiere montar a caballo, combatir con espadas y saltar por ventanas hacia casas desconocidas. Total, que en cincuenta páginas deciden que han nacido al revés, que Frederick debería haber sido una doncella y Cosette su conquistador, así que cambian de papeles y comienzan una serie de encuentros rarísimos, que involucraban cadenas, látigos, guantes de piel y la participación misteriosa de un sacerdote envuelto en una capa negra y con cabeza de cabra...

Yo había visto en la computadora escenas de todo tipo y ya pocas me escandalizaban. Sin embargo, leer aquello, en ese lenguaje florido, me produjo una impresión espantosa. De inmediato deduje que Carlitos y Gabriela eran los nuevos Frederick y Cosette, y que de alguna manera el padre Novo se las había ingeniado para disfrazarse de rumiante...

El pasaje señalado por el papelito era especialmente horrendo: luego de ser azotados con una vara por la cabra sagrada, los jóvenes hacían un rito de bodas y se juraban lealtad mezclando la sangre que les escurría por las manos.

Golpes. Había golpes.

Mi madre vapuleaba la puerta del cuarto. Su ritmo, cuando estaba furiosa, era inconfundible: una cadencia desesperada que prometía todos los castigos del Universo.

Guardé el libro para examinarlo más detenidamente. Y abrí. Era, sí, mi madre, pero la acompañaban Gabriela, vestida como toda una señorita decente del Alpes Suizos, y su padre, un tipo calvo y gordo, agraciado por el mismo gesto de afabilidad que podría tener un tiburón.

Esperaba un alegato pero la fama de muchacha recta de Gaby (y mi propia imagen de tipo capaz de todo lo peor ante mi familia) era tal que ni siquiera se produjo.

—¿Le das su libro? —dijo mi madre y extendió la mano.

Decidí resistir.

—¿El que le quité? ¿Si saben que es un libro pornográfico, verdad?

El gigante gruñó. Gaby abrió los ojos como una novata. Seguro que no imaginó que fuera a delatarla.

Entregué el descascarado (y descarado) volumen a mi madre con una sonrisita. Ella, sin voltearlo a ver, lo entregó al vecino.

—Gaby hace reportes de esos libros por petición del padre Novo, para poner en alerta al grupo de estudio de la escuela. Y no creo que tú hagas lo mismo porque ni siquiera estás en la escuela ¿no?

Mi madre podía ser muy crédula con las muchachas con buena reputación y, a la vez, terriblemente baja conmigo. El gordo me miró con odio y se dio media vuelta. Gaby le dijo algo al oído a mi madre y ella asintió.

—Yo creo que necesitamos hablar, si tu mamá me da permiso.

Mi madre, con una furia desconocida, levantó las manos al cielo.

—Por favor. A ver si este chamaco entiende un par de cositas sobre la vida.

Gaby se sentó en el sillón en donde solía echarse Carlitos en sus visitas. La sudadera estaba al alcance de su mano. La tomó un momento, pero volvió a dejarla sobre el respaldo de la silla. Tragué en seco. No quería que se diera cuenta de que la llave estaba allí.

—No pensé que te atrevieras a decirles nada.

—No pensé que tuvieras tan buenas excusas.

—Las tengo. Además, me creen: fui compañera de tu hermana desde siempre en la escuela y tu mamá me quiere mucho. Igual tu tía.

—¿Y se creen lo de los reportes?

—No es que se lo crean. Es la verdad.

—Ahora me vas a hipnotizar a mí.

Ella me miraba con pena.

—No. Hago reportes. No de esa clase de libros, pero eso no tienen por qué saberlo. En realidad lo que leo son novelas de vampiros o de magos y eso. Algunas tienen cosas que para la escuela son diabólicas o pornográficas. Así que las sacamos de la

Biblioteca, si es que llegan a entrar.

—Chido tu trabajo.

—Así conseguíamos libros, Carlos y yo.

La familiaridad con la que hablaba de mi amigo muerto, y de todas las miles de cosas sobre él que nunca supe, había llegado a molestarme. Decidí que era momento de narrarle algunas cosas que ella no sabría.

Primero encendí la computadora. Tenía copia de los mensajes de Carlitos en ella y en el celular. Se lo mostré sin referir las circunstancias. Gaby quiso hacer preguntas pero pronto se quedó en silencio, con la boca abierta. Luego, cuando intentaba recuperar el aliento, narré nuestra indagación, el rastreo de Javi a los mensajes, mis incursiones en el mercado, las escenas de Max con el padre Novo. Ni siquiera me reservé el dato de la familiaridad del ayudante del puesto de los Serdán con el tío Adán. Pero no le dije nada sobre la llave en aquel momento.

Gabriela se encogió sobre sí y ocultó la cabeza entre las manos. Tuve un par de segundos de satisfacción por haberla consternado.

Levantó la cabeza, de pronto, y me enfrentó.

—¿No estás inventando esto?

—Claro que no.

—Entonces hay problemas. Alguien se está haciendo pasar por Carlos.

La versión de Gaby sirvió para aclararme algunas cosas.

Carlitos Serdán no sólo miraba a escondidas a sus compañeros en la regadera. No: sus padres estaban convencidos de que tenía tendencias poco ortodoxas y cada cierto tiempo registraban su cuarto para encontrar nuevas pruebas: libros, revistas, páginas de Internet. No hablaron de ello con su hijo en un primer momento, sino que recurrieron al padre Novo, a quien mi propia madre les había recomendado una vez como consejero familiar cuando el alcoholismo y las estafas de Max, además del maltrato permanente a su hermano, causaron problemas. El padre se interesó por el caso y pidió conocer a Carlitos. Advirtió a la familia que confrontarlo podría entorpecer las labores de rescate de su alma, así que les propuso invitarlo al grupo de oración juvenil del Alpes Suizos. Allí se encontró con Gaby, que después de todo era vecina de los andadores, becaria del colegio y encargada por el padre de la Biblioteca.

Carlos no era idiota y se dio cuenta desde el principio que algo buscaban los suyos enviándolo allí. Al principio era arisco, pero conforme pasaron los días (a nosotros, recordé, nos decía que tenía clases de inglés y nunca lo pusimos en duda) se fue acercando a Gabriela, que no sólo era lista y amistosa con él, sino que le recomendaba leer (y hasta le regalaba) algunos títulos expulsados del acervo escolar.

Mientras el padre Novo se empeñaba en salvar el alma de Carlos, Gabriela lo convencía de dejarse ir. De los libros de vampiros pasaron a la poesía simbolista, y de allí a la música gótica. Como todos los *blackies.* Y con los contactos de Max se podía conseguir la película o el disco que fuera, así que pronto tuvieron una colección enorme. Luego les dio por conseguirse ropas negras y aprovechaban la relativa libertad que le daba su familia a Gaby para vestirse allí y la soledad absoluta del jardín seco del fondo de los andadores para orear sus galas.

Calcularon tan bien sus movimientos que nadie en ese barrio de chismosos los detectó o, en todo caso, se guardó muy bien de decirlo. En aquel jardín, a espaldas de una vida como comerciante y jugador de futbol, Carlitos le contaba a Gabriela todo lo que se le pasaba por la cabeza y todo aquello que nunca nos habría contado a nosotros.

—Incluido, supongo, mirarle las nalgas a Maples en la regadera.

—¿Te importa eso?

Tuve que reírme.

—Sí. Claro que sí. Porque eso significa que no lo conocíamos nada. Y no puedes ser amigo de alguien que no conoces.

Gabriela suspiró.

—El otro día defendiste muy bien tu amistad y lo que sabías de él. ¿Qué es lo que te molesta?

A. DEL VAL

Me molestaban muchas cosas, pero la principal era que lo hubieran matado, que hubiera desaparecido del planeta, pero no lo suficiente como para que aquellos mensajes demenciales hubieran llegado a mis manos.

—Alguien más tiene que haberlos mandado.

—¿Y de qué te serviría saberlo?

Gabriela parecía especialista en preguntar incomodidades.

Me puse de pie en espera de que lo tomara como una invitación a irse.

—Siéntate. Hay que pensar.

Golpearon nuevamente a la puerta. Era muy probable que mi madre pensara que yo había secuestrado a la chica y me encontraba amarrándola a las vías del tren. Pero no: era Raquel, mi hermana, que venía a saludar. Para ser amigas, tal como juraba Gabriela, fue un saludo frío. Se besaron la mejilla como jugadores rusos de futbol, sin interés. Mi hermana parecía mucho menor que la vecina. Ni pensar en que a escondidas se vistiera con ropajes oscuros. No: era una buena estudiante, pero convencional, tenía un novio serio y sus planes incluían la escuela de contabilidad y abandonar los andadores apenas pudiera y para siempre.

En medio de la confusión apareció Maples. Se quedó de piedra al ver a Gabriela sentada junto a mi cama, así estuviera Raquel como coartada a su lado.

—Vámonos de aquí. Afuera te cuento.

Gabriela me miró marchar con ojos desaprobadores.

La invitación de Max a las pizzas de la calle Angostura nos había franqueado la entrada, mentalmente, al lugar. Todos los chamacos del rumbo lo soñaban sin atreverse, pero nosotros nos sentíamos con derechos. Así que nos plantamos allí y nos pedimos unas cervezas. Había pocos clientes. La mesera, que era lista además de guapetona, debe haber medido bien el riesgo de que la detuvieran en sábado porque nos las sirvió en unos envases opacos de jugo (y, como vimos después, nos las cobró a precio de oro).

Maples y ella ya se saludaban como viejos amigos y la mujer, en vez de reprocharle sus piropos, los celebraba. En unos pocos minutos puse a Maples al tanto de los avances. Él no entendía nada: por qué no le hice propuestas a la monjita joven que me guió con mi tía; por qué había subido al automóvil del padre Novo, poniendo mi honra en riesgo; por qué no había aprovechado mi soledad con Gabriela para echármele encima. Escuchó sin entusiasmo las historias sobre los pasatiempos semiocultos del difunto Carlitos y se las arregló para entender que nuestro pobre amigo dedicaba las horas de sus falsas clases de inglés a vestirse de mujer y revolcarse con Gaby.

—No seas pendejo, Maples.

Él se mostró infranqueable.

—A mí sí me emputa eso. Y lo que hay que hacer es caerle al curita y confesarlo. Ya estuvo bueno de que esté encima de Max.

Para terminarlo de alarmar, le referí que el ayudante del puesto de los Serdán era el amigo de Adán, el tío de Javi, el del orgullo puma. A Maples casi se le derrama la cerveza.

—Estamos rodeados, cabrón. Qué vamos a hacer.

El placer de haberlo sacado de quicio duró muy poco. Nos fueron negadas unas segundas cervezas, porque la mesera se resistió con una sonrisa a fiárnoslas, y apuramos el resto de la pizza con Coca-Cola, que no es lo mismo. Íbamos a pedir la cuenta cuando Gabriela apareció.

Había recuperado su vestuario *blackie*. Se veía impresionante. La mesera la miraba con una sorpresa que no sé si era también un poco de envidia. Recorrió el local y se sentó a mi lado en la mesa. Pidió un café. A Maples se le salían los ojos de las cuencas.

—Siempre había querido venir aquí, así —dijo ella, despacito, como si le contara un sueño a su madre.

Miraba los carteles de mujeres desnudas de las paredes con risueño desprecio.

—¿Por eso vienen?

—Por la pizza —terció Maples, a quien nunca se le ocurría nada a tiempo.

Sorbió su café con lentitud.

—Ya sabemos lo mismo todos, creo —y miró a Maples como estudiándolo—. Ahora tenemos que decidir qué vamos a hacer.

—Yo lo primero que voy a hacer es contarle a todos en los andadores quién eres en realidad —chilló mi amigo.

Gabriela lo tomó con calma.

—No creo que te resulte muy bien. Algo me inventaré. Pregúntale a tu amigo cómo le fue con el libro.

No le había contado esa parte a Maples porque no quería fortalecer los ascos que comenzaba a hacerle al pobre Carlitos. El increpado me miró con ira.

—Ah, no le contaste. Bueno, como sea, no creo que hagas nada.

Tuve la seguridad de que la calma de Gabriela quería decir más de lo que creíamos. Y entreví el motivo.

—Tú ayudas al padre Novo. Y puedes contarle lo que te pegue la gana.

Ella me miraba con cierta curiosidad.

—List, vámonos —me rogó Maples.

—Yo no quiero saber nada del padre —escupí.

—¿Qué te hace pensar que se lo voy a decir?

Me enfurecía su condescendencia.

—Más vale. Porque creo que Carlitos no murió de causalidad en el asalto. Creo que estaba metido en algo con su hermano. Y con el padre. Y seguramente no era algo legal.

De la perpetua sudadera negra saqué la llave y la expuse en la mano.

—¿Sabes qué es esto? Una llave. Y creo que puede ser lo que el padre quiere que Max le dé. No la llave, sino lo que esté guardado dentro de lo que esta chingadera abre.

Maples sonreía con alguna maldad. Gabriela estaba pálida.

—¿De dónde salió?

—De la sudadera.

—¿Y qué abre?

Eso era lo que teníamos que averiguar.

Las opciones posibles, según acordamos, eran más de tres. El casillero escolar de Carlitos; el enrejado del puesto familiar en el mercado Comonfort o la gaveta sobre la que reposaba la computadora con los programas; o, finalmente, algún ignoto cajón de su casa. El caso es que ninguno sabíamos a qué cerradura correspondía y si, dado el caso, tenía alguna relevancia, alguna mínima relación con las apariciones de ultratumba de nuestro amigo. Y aunque todos aceptábamos, creo que por el apetito de alarmarse mutuamente que tiene uno a esta edad, mi teoría de que el padre buscaba la llave, no había modo alguno de respaldar el dicho.

A todos nos parecía clarísimo, eso sí, que una llave usada, raspada, vieja, debía abrir alguna puerta o candado importante. Pero nada lo aseguraba. Maples tuvo la mejor idea de la tarde y fue sacarle un duplicado. No sólo eso, sino que procedió a interrogar a don Marquitos, el cerrajero, que luego de atender el puesto durante la totalidad de nuestras vidas conscientes, algo sabría sobre cerraduras.

Me puse la sudadera a manera de símbolo (era, además, la jaula móvil del objeto) y salimos los tres: Gabriela, abriendo la marcha a grandes zancadas, en sus ropas *blackies*; yo, esforzándome en seguirle el paso y Maples, siempre dos pasos atrás para mirarla sin obstáculos.

Don Marquitos estaba devorándose un plato de tacos dorados cuando aparecimos en su mostrador. No demostró señal alguna de reconocer a ninguno de los tres. Tampoco es que debiéramos esperarla: hasta ese día, habían sido nuestros padres, madres o hermanos quienes lo visitaban y lo mandaban llamar y uno, si acaso, era el mandadero que lo propiciaba.

—Nos da dos copias, por favor.

—Tres —exigió Maples.

—Cuatro —agregó la prudente Gabriela.

Don Marquitos resopló como un caballo y, limpiándose los bigotes canosos con el dorso de la manga, tomó la llave y se puso a revisarla.

—Esta no sirve. Está rota. Dile a tu mamá que me mande la buena.

A. DEL VAL

—¿Cómo rota?

—Le falta el último diente. Esto de acá está raspado porque la siguieron usando ya sin el diente.

—¿Y sirve?

—No, pues díganme ustedes.

Lo que hicimos fue cruzar miradas estúpidas y devolverlas a los bigotes del cerrajero. Decidí improvisar:

—Ni sé de qué es. Me la dio mi mamá nada más.

Don Marquitos aprovechó el silencio para hincarle el diente a un taco, que crujió como un esqueleto triturado. Volvió a limpiarse el mostacho y dio su dictamen:

—Es la llave de un candadito o de un cajón de seguridad. No es de una chapa. A lo mejor funciona sin el diente y todo, pero vean mejor si tienen otra.

—Bueno, pero sáquenos las copias, que si no me regañan.

—Les saco una, nomás, porque como está rota a lo mejor se acaba de amolar.

Los cincuenta pesos que costó el duplicado los pusimos entre los tres. Maples se embolsó el cambio.

4

...interceptando
el mensaje
crispado
de las estrellas.

"ESTACIÓN"

Germán List Arzubide

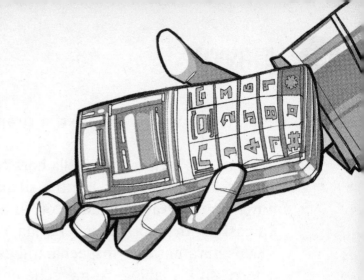

ERAN LAS DOS Y QUINCE de la mañana cuando sonó el celular. Dormía con él en la mano y antes de escupir sus timbres vibraba como un insecto atrapado en una caja. Mi sueño era profundo, y debía haber resonado ya algunas veces, acallado por mi mano y la almohada cuando respondí. Se había cortado la comunicación. Llegó un mensaje:

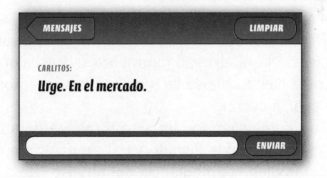

Permanecí por muchos minutos en la cama, sin moverme, con las tripas congeladas. Luego supe que debía correr, y me vestí a tirones, como un loco.

Mi abuelo estaba, en aquella hora tardía, sentado en la sala, en un sillón, junto a su silla de ruedas, fumando con tranquilidad y con su pierna, en teoría casi inmóvil por su vieja herida, cruzada.

Nos miramos con sospecha ambos. Él se dejó el cigarro en los labios. Yo me eché encima la sudadera negra y caminé hacia la puerta.

—La llamada era tuya— murmuró el viejo.

—Era para mí, sí.

Nunca decía las cosas en español tal como se supone que deben decirse. Decía "buen días" en vez de "buenos", en plural, o "la silla de rueda". Quizá odiaba las eses. Yo no sabía una palabra de alemán pero en alguna esquina de la traducción mental de mi abuelo las eses desaparecían. O aparecían en donde no se les necesitaba.

—No haga ruidos. Dormidos, papá.

Dije que sí con la cabeza y salí a los andadores. El aire de la madrugada aumentó mis escalofríos. Caminé hasta salir de la zona habitada y entonces me eché a correr.

Fue, como siempre, un acto totalmente inútil.

La policía había llegado ya al mercado Comonfort. También la ambulancia del forense.

Dos indigentes, que habrían estado saqueando los contenedores de basura, hacían gestos ante un oficial chaparro, que los oía apretando la espalda contra la ventana de su patrulla. Olerían a mierda. Los tres.

No seríamos más de cinco los curiosos reunidos. Uno de ellos era un fotógrafo de prensa, que destapó el cuerpo que salía en la camilla para retratarlo, ante la indiferencia de los paramédicos

El muerto era el ayudante de Max. Tenía la cara medio destrozada y un manchón de sangre en el pecho, pero lo reconocí. Retrocedí hacia los contenedores de basura. Me abrí paso entre las cajas de madera rebosantes de fruta podrida o verduras picadas y vomité interminablemente.

No podía respirar. Cuando logré levantar la cabeza, los indigentes, dos guardias uniformados y el policía que los atendía a todos me miraban con asco. Vi unas sombras perderse en el callejón pero las interpreté como gatos o ratas y me acerqué mejor hacia los testigos y los oficiales, que seguían en su diálogo.

—Pos nomás oímos los plomazos, jefe. Nada más.

—Ni una voz, ni pleito. Ni vieron a nadie.

—A nadie, jefe. El puro desmadre de los balazos. Y mi compañero corrió a avisarle a los policías que se quedan por la noche, que andaban cenando en los tacos.

Los inculpados se sonrojaron un poco.

El agente hizo un gesto.

—Estos güeyes son de seguridad privada. No son policías.

—Pos a ellos les dijimos.

Los paramédicos forcejeaban ahora con alguien que pretendía llegar hasta el cuerpo antes de que lo subieran a la ambulancia. Hubo empujones y mentadas de madre. El intruso, descubrí, era Adán. Enfundado en un pijama indistinguible de sus eternos pants deportivos, desesperado, repartía pisotones y bofetadas para abrirse paso. Al fin lo soltaron y alcanzó la camilla. Volvió a descubrir el cuerpo. Se le escapó un gemido de puro dolor y cayó de rodillas, abrazado a la mano yerta del cadáver. El llanto le contraía el pecho y la espalda. Un llanto sordo, parecido a una convulsión.

—¡Hugo! ¡Hugo!

Lograron desanudarlo del cuerpo y lo dejaron allí, tendido en la calle. Uno de los paramédicos lo saltó para alcanzar la portezuela del vehículo, que cerró de golpe. Con la torreta de luces encendida, pero en silencio, se marcharon.

El agente alcanzó a Adán y lo ayudó a incorporarse. Lo interrogó rápidamente. No, no había visto ni oído nada. Recibió una llamada de auxilio de la víctima y corrió al lugar. Tardó entre veinte minutos y media hora en llegar, porque vivía lejos y debía rodear una avenida cerrada por obras. Era amigo del occiso, sí, pero no tenía idea de qué hacía a esas horas en el mercado. El occiso, sí, trabajaba allí, de día. No a esas horas malsanas. La llamada sólo decía "auxilio, ven", ninguna pista de lo que sucedería. No, no se le conocían amenazas previas.

—Seguro pescó a unos ladrones —concluyó el agente y se fue a interrogar a los guardias privados, que todavía estaban retirándose pedacitos de cilantro de los dientes y escupiéndolos al suelo manchado de sangre.

Adán temblaba tanto que no podía manejar. Creo que me reconoció enseguida, porque me pidió que buscara a Javi. Lo dejé llorando, sentado en la banqueta, y me alejé dos pasos para hacer la llamada. Cinco, seis timbrazos después, Javi respondió. Eran las tres de la mañana pasadas.

—¿Qué pasó, cabrón? ¿Estás pinche loco?

—Estoy en el mercado, cerca de mi casa. Acá está tu tío. Mataron a su amigo en el mercado, se puso muy mal. No puede manejar. Quiere que vengas.

Javi sólo repetía, muy bajito, "puta madre", a cada detalle que agregaba a mi relato. Dijo que le era imposible salir, o al menos muy difícil, que le dijera a Adán (que no quiso tomar el teléfono) que solicitara un taxi. Finalmente decidió pedirlo él y colgó.

Adán no decía nada. Escondió la cara entre las rodillas y se concentró en llorar. Los policías terminaron sus interrogatorios, pasaron a despedirse, avisaron que el cuerpo quedaría en la morgue municipal hasta nuevo aviso, y se largaron. Los guardias privados se quedaron ante las rejas de entrada, mur-

murando entre sí. Luego se metieron y cerraron por dentro.

Apenas desaparecieron de la vista cuando Adán se puso en pie, frenético, y comenzó a insultarlos. Lo llamó perros, hijos de puta, maricones, desgraciados. Los indigentes nos miraban con sorna.

Pasaron más de cuarenta minutos hasta que un taxi, con Javi en el asiento del copiloto, alcanzó la orilla del mercado. Lo descubrí a punto de dar vuelta hacia donde no era y le hice señas al conductor. Tuve una sorpresa mayúscula. En el asiento trasero venía Gina, con el cabello recogido y una chamarra de cuero blando que le sentaba de maravilla.

Javi no hizo preguntas. Tomó las llaves del automóvil de Adán, instaló a su tío, de nuevo lánguido y derrumbado, en el asiento del copiloto y se puso al volante. Gina y yo compartimos el asiento de atrás.

En silencio absoluto nos alejamos del mercado Comonfort y alcanzamos lentamente la zona residencial en donde vivían los O'Gorman. Adán sólo abrió la boca para pedir que nos detuviéramos en una farmacia: necesitaba calmantes. Javi lo acompañó.

Nunca en mi vida había estado solo con Gina en ninguna parte. Mucho menos a veinte centímetros. Ella, sentada muy propia, analizaba la pantalla de su celular.

—¿Qué fue lo que pasó?

Le conté, omitiendo algunos detalles, que había recibido una llamada y había llegado al mercado cuando la policía estaba allí. Entonces había aparecido Adán y, luego de acompañarlo, llamé a Javi siguiendo sus instrucciones.

Ella no hizo ningún gesto.

—¿Conocías al muerto?

Le narré mi amistad con Carlitos y su familia y le confesé que había visto al pobre difunto mil veces pero nunca reconociéndolo, como si lo diera por sentado. Era el tipo que ayudaba a Max, el amigo de Adán, nunca alguien por sí mismo. Apenas esa noche supe que se llamaba Hugo.

Nunca había dicho tantas palabras juntas ante Gina. Ella me miró de reojo, como dándose cuenta de lo mismo.

—Qué raro todo —se contentó con decir.

Adán y Javi volvieron y nos pusimos en marcha.

—A menos que esto sea todavía peor de lo que parece, creo que tienes un ganador —dijo Javi. Se refería a las llamadas y mensajes de Carlitos.

—Creo que este pobre cabrón ¿Hugo? era quien te mandaba todo. No sé para qué. Trataré de hablar con Adán cuando se recupere un poco de la impresión. Aunque es probable que no sepa nada. Luego le dan estos enamoramientos pero nunca sabe nada de ellos.

La perspectiva de que aquella fuera la solución del misterio me parecía deprimente. Tantas vueltas nocturnas y diurnas al mercado, tantos sustos, tanto pensar en los secretos de Carlitos, en la llave sin diente y su personalidad doble, para que todo se limitara a una especie de broma trágica del ayudante de su hermano.

Desde luego que no lo creí.

—¿Tu tío sabrá algo? No me parece que el muerto fuera de los que hacen bromas.

Javi tenía la camisa del pijama desabotonada, unos pantalones de pana que le quedaban grandes y las patillas totalmente encrespadas, como el pelaje de un gato a medio bañar.

—No tengo la más pinche idea.

—Es que no me parece normal.

—No.

Poco íbamos a avanzar a esa hora y en aquel estado de perplejidad. Además, a esa edad la muerte no es el asunto amargo en que se convierte con los años. Es una suerte de escalofrío que aterra pero causa, a la vez, cierto placer horrendo por seguir vivo, por caminar junto al río helado pero sin congelarse.

Gina se había ido a dormir. Javi trajo café recalentado de la cocina. Aventuramos toda clase de hipótesis. Pareció entusiasmarlo la posibilidad de que el padre Novo estuviera involucrado directamente en el asesinato cuando le narré las escenas de los últimos días.

—No lo dudaría. Es una familia de putos criminales, la suya. Desde el sobrino, el tal Pablito, hasta el tío. Que los arresten.

—¿Cómo fue que te agarraste a golpes con el sobrino? —lo interrogué.

—Molestó a Gina. Le bajó los calzones en la escuela. Así de pendejo. Por eso le partí el hocico.

Gina con los calzones bajados era más de lo que podía resistir a esa hora. O a cualquiera.

Se bebió un largo trago de café para remachar su punto.

Volví a casa cerca de las seis de la mañana, en el primer autobús. El abuelo seguía en la sala, ya en su sofá, mirando sin volumen las noticias en la televisión. Quizá dormitaba, pero giró la cabeza al escuchar el pomo de la chapa girar.

—Siguen y duermen, los papá.

—Sí, qué bien.

—Tuestas pan. Tuestas café.

Lo miré por un segundo como para mandarlo al demonio pero él sonreía, con esa cara como de gitano mal rasurado tan suya. Obedecí. Cuando mis padres y mi hermana se despertaron nos encontraron desayunando pan con mantequilla y café endulzado con miel. Levantaron las cejas pero no comentaron la escena.

—Déjame esa sudadera para lavar —dijo, únicamente, mi madre—. Ya se para sola. La usas todos los días.

Dije que sí, que se la pondría en el cesto de la ropa. Me limpie la boca y llevé mi plato al lavadero. No era fin de semana y en la Gran Papelería Unión esperarían mi asistencia.

No tenía un plan. Si las llamadas y los mensajes iban a terminar, lo mejor sería dejar todo por la paz. No tenía ganas de indagar más en las oscuridades del mercado o en las, sin duda peores, oscuridades del padre Novo y su familia.

Carlitos estaba bien muerto y ni siquiera si averiguaba todo lo que ocultaba su extraña cabeza llegaría a remediarse ese hecho.

Saqué la llave de la sudadera. Miré el trozo de metal a contraluz, sosteniéndolo contra la ventana. Y entonces lo vi. Rayado con letra insegura en el dorso, apenas visible entre la mugre de la llave, decía "mercado". Lo que fuera que guardaba estaba allí, en el Comonfort. Y quizá su búsqueda había costado la vida de Hugo, el ayudante.

Dormí un par de horas. Sueños intranquilos en los que mi teléfono no dejaba de sonar.

Maples llegó quince minutos tarde al trabajo y el gerente le gruñó durante otros quince antes de dejarlo bajar a la bodega. Al cruzarse conmigo sonrió misteriosamente y dio unos golpecitos en su mochila. No tenía idea de lo que pensaba estarme comunicando pero lo seguí con la vista hasta que desapareció por las escaleras y me habría ido tras él si no hubieran llegado en aquel momento unas escolares ociosas (era día de examen, dijeron, y por eso perdían el tiempo hasta las doce) que me hicieron mostrarles todas las carpetas del establecimiento hasta que decidieron que ninguna les interesaba y se sentaron en las computadoras a revisar su correo.

Quise bajar en ese momento, pero no había nadie que me relevara en la vigilancia del Internet y debí permanecer allí, aplastado en un banquito detrás de un mostrador de vidrio, ante una computadora que me reportaba lo que las chicas visitaban (nada interesante: páginas de mala música, juegos comunes y corrientes, sus cuentas en cien servicios diferentes de correo y ocho mil redes sociales). Como no tendría nada que hacer hasta que se marcharan, entré a mi propio correo. Nada allí, nada tampoco en mis redes. Al parecer la muerte del auxiliar de Max había matado también al falso Carlitos. No sabía si aliviarme o enloquecer y subirme por las paredes.

Aproveché el limbo en el que me encontraba para enviar solicitudes de contacto a Gabriela, a quien encontré por medio de la cuenta de mi hermana, y a la mismísima Gina. Me parecía justo que ambas me aceptaran luego de los recientes acontecimientos. Después de todo, dicen que para lo único que sirven los muertos es para unir a los vivos.

Llegó la hora de comer sin que pudiera desocuparme y Maples subió de las profundidades con su sonrisita y su mochila. Tenía planes muy concretos.

—¿Sabes en qué tienda trabaja Gabriela?

—Sí. Seguro sale de la prepa a estas horas. Debe llegar en la tarde.

Mi amigo gruñó algunos improperios y luego se llamó al silencio. Nada dijo durante el trayecto hacia los tacos de canasta que comíamos casi todos los días, y encargó su alimento y bebida con unas pocas palabras cortas como monedazos: "Cinco. De asada. Una coca".

Algo habría descubierto, me dije, y querría mostrarse como un genio de la investigación policial ante Gaby. Me pareció patético y se lo dije. Él se limitó a burlarse. Estaba instalado en una suerte de cinismo desesperado desde que le avisé del asesinato del ayudante de Max.

Volvimos a la Gran Papelería Unión a tiempo para enfrentarnos a la ola de niños que buscaban artículos para su tarea y no volvimos a cruzarnos sino a la hora de la salida. Esperé a que hubiéramos apagado y presenciado cómo echaban los candados para confesarle que no tenía idea de en qué tienda trabajaba nuestra vecina. Maples me dio un zape y caminó por los pasillos del Ultramarina rezando su mantra habitual:

—Uta madre.

Pero aquel era su día de suerte y nos topamos con Gabriela en menos de dos minutos. Muy arreglada, de faldita y tacones, bajaba por las escaleras eléctricas desde las galerías superiores del centro comercial. Maples se detuvo a esperarla como quien

A. DEL VAL

aguarda la llegada de la primavera. A Gaby se le amargó el día en cuanto nos vio.

—¿Me esperan a mí?

—Encontré la clave de todo —dijo Maples, mirándola con la nueva expresión de victoria preparada para la ocasión.

Gabriela volteó hacia mí.

—¿Qué encontraron?

—No tengo idea. Fue él.

Maples ya caminaba hacia la zona de los comederos y tuvimos que arreciar el paso para alcanzarlo. Los locales estaban por cerrar, excepto los tres o cuatro que esperaban a los que iban al cine nocturno, y fue sencillo dar con una mesa vacía.

Maples abrazó su mochila.

—Es una pinche bomba.

La vació sobre la mesa. Salieron unos calcetines (que guardó de inmediato, con otro gruñido) y varios DVD en sus cajitas, discos para quemar, sin nada anotado en ellos.

—Cuando sacamos la copia de la llave, pensé que Carlitos no iba a tener algo que le importara en la escuela. Ni en su casa. Así que quedaba el mercado. Por eso fui allí hace dos noches.

Dimos, Gabriela y yo, un respingo. Y recordé que había leído la palabra "mercado" en la llave original. Pero con tanta distracción, no había hallado el momento de actuar. Maples había sido más arrojado y había tenido, además, la suerte de presentarse en el lugar un día antes del asesinato de Hugo. Su relato era todo un encadenamiento de intuiciones triunfales: había entrado al mercado por la noche, a la hora del cierre, luego de comprobar que los guardias estaban, para variar, cenando. Se dirigió con toda seguridad hacia el puesto de los Serdán y lo encontró cerrado. Saltó la reja y probó la llave en la gaveta debajo de la computadora. Tuvo que forcejear (por algo le faltaba un diente a la llave) pero, luego de unos segundos, el cajón se abrió.

Adentro había facturas sin importancia, fotos familiares y unos DVD sin etiquetar. Maples tomó otros DVD de los estantes, los colocó en el lugar de los que pensaba sustraer y volvió a cerrar con la copia de la llave mellada, aunque hacerlo fue un infierno y pensó que fracasaría y el cajón quedaría abierto y la irrupción sería descubierta o que tardaría tanto que sería atrapado por los guardias (cuando volvieran de los tacos). Pero lo logró, bien y a tiempo. Luego salió del mercado en silencio, sin voltear atrás y sin que nadie reparara en él.

—La verdad es que me vi bien. Pero lo cabrón estuvo después —se engrandeció.

En su casa, Maples corrió los DVD en la computadora. Estaban repletos de pornografía extraña y atemorizante (y debía serlo para que él la describiera así). Al final, en el último disco, encontró lo que buscaba.

—Unas películas caseras. Horribles. Chavitas, cha-vitos. Espantoso todo. Y sí, sale allí el Carlitos. Una mierda.

Gabriela se tapaba la boca con las manos, los ojos dolorosamente abiertos. Yo sentí claramente que la boca se me llenaba de hiel. Y me cayó encima, de inmediato, una culpa inexplicable. Como si nues-tro amigo hubiera terminado metido en ello por alguna falta nuestra, mía, como si yo lo hubiera empujado.

Si aquello hubiera sucedido quince años después, me habría dicho que era su problema, su culpa, la mala elección de un adulto fracasado. A esa edad, no podía ser solamente suya.

—No creo que deban verlo. Está muy cabrón. Como sea, allí debe haber información, debe salir gente. No vi al pinche curita ni conozco a los otros morros que salen en escena, pero alguien debe salir.

Maples torció el gesto triunfal cuando vio que Gabriela lloraba. Creo que apenas entonces se dio cuenta de que nos presentaba el horror de la vida de nuestro amigo como una suerte de juego.

No supo qué más decir y volvió a meter todo en la mochila y a abrazarla.

Fui yo el que propuso:

—Vamos a la pizzería. Voy a llamar a Javi.

Por prudencia no debimos pedir cerveza, pero Javi estaba ansioso de enterarse de las novedades (su tío Adán se había quedado medio catatónico en su habitación desde la muerte de su amigo y no había podido sacarle una palabra coherente ni útil) y, luego de instalarnos en el rincón más aislado del lugar, pidió una jarra. Gabriela hizo un mohín de disgusto al probar su vaso, pero no dejó de beberlo. Yo me pasé el mío como agua.

Javi llevaba una pequeña computadora y revisó el disco en cuestión. Estábamos en uno de esos gabinetes de pizzería y él compartía un lado con Maples, mientras que Gabriela y yo, que no queríamos ver las películas malditas, nos encontrábamos del otro.

Ellos pasaron de las risas nerviosas al horror. Gabriela y yo bebíamos y la pizza, solitaria en mitad de la mesa, languidecía. Finalmente, Javi dio un manotazo a la mesa y cerró la máquina.

—Ahí está ese pendejo. Hasta allí está metido el hijo de puta.

Helados, esperamos su explicación. Se bebió media cerveza antes de darla.

—Pablito. El sobrino del padre Novo. Con el que me agarré a golpes hace años. Ese pendejo sale allí, en una de las tomas.

Volvió a abrir la máquina, batalló con el programa hasta que logró dar con el cuadro que quería. Lo congeló y volvió la computadora para mostrárnoslo. Era un fotograma inocente pero terrible. Carlitos, sin

camisa, su pecho flaco y hundido, de cuchara, en primer plano, con una sonrisa tibia. Y reflejado en el espejo, un tipo de cabello ensortijado.

—Pablito Novo.

Gabriela miraba la pantalla con gesto fiero. Se empujó el resto de la cerveza y giró de nuevo la computadora hacia la cara de Javi.

—¿Y esto tendrá que ver con lo que le pasó a Carlitos?

Todos callábamos. Me atreví a tomar el primer pedazo de pizza de la noche; se había enfriado. Lo devoré con prisa, porque quería hablar antes de que otro lo hiciera.

—Hace dos días, diría que no. Siempre acusaron a gente de la Tabaca que según eso tenía problemas con Max. Pero Max no dijo nada. Ahora, luego de lo que le pasó al ayudante, al amigo de tu tío Adán, diría que sí, que puede ser.

—Entonces no fue accidente lo de Carlitos —dijo Maples.

—Y a lo mejor lo que buscaban era esto, el contenido del cajoncito —completó Gabriela.

—Voy a matar a ese cabrón —se limitó a decir Javi.

Nunca pensamos en acudir a la policía. Quizá ustedes tengan otra opinión, pero en nuestra experiencia particular, todos los agentes eran unos vagos o unos vendidos y no podíamos confiarles nada. A Javi lo habían detenido en el automóvil de su padre más de una vez y debió darles lo que llevara en la cartera para que no lo arrastraran con todo y vehículo. A Maples y a mí nos habían detenido mil noches por la calle, porque llevábamos el cabello demasiado largo o corto o la ropa demasiado rota. A Gabriela nomás le habían chiflado desde la patrulla pero eso bastaba.

—Entonces no puede hacerse nada —dijo Maples, a quien el hambre le había regresado y engullía su tercer trozo de pizza de la noche.

—Sí. Avisarle a Max.

—Seguro que sabe. Le mataron al hermano y al chalán. Ni modo que piense que fueron los extraterrestres.

A mí me parecía remoto que supiera que su hermano protagonizaba películas indecentes y se revolcaba con Pablito Novo sin hacer nada al respecto. No es que lo admirara, pero tampoco me parecía propio de él. Pero tampoco es que conociera a fondo a Max. Todo lo que sabía de él es que traía a Carlitos a latigazos y patadas en el culo. De pronto temí que aquello terminara en una historia aún más sórdida.

El plan de Javi era localizar a Pablito y sacarle las explicaciones a golpes. Gabriela, luego de dudar un momento, matizó: mejor era presentarse ante el padre Novo y exponerle la situación. A Maples se le atragantó la pizza.

—Ese cabrón debe estar enteradísimo. Para mí que era el productor ejecutivo.

No acordamos nada y la reunión terminó en silencio. Javi copió los archivos incriminadores, no sin advertirnos del riesgo que corría, porque aquella mierda era ilegal a todas luces y podríamos terminar embarrados si a alguien, a alguna autoridad remota, se le ocurría intervenir.

—Esa será tu bronca ¿no? Yo voy a negar todo —Maples se comió la última rebanada de pizza mientras Javi lo miraba con odio. Tanto que no se ofreció a llevarnos en el automóvil y dejó que regresáramos a pie.

Caminábamos aturdidos, con las manos en los bolsillos, apretadas, y expresiones poco amistosas. Gabriela, como siempre, tres metros por delante; Maples tras ella, imitando su zigzaguear. Los andadores hervían de actividad todavía: niños jugando, con pelotas a medio ponchar, partidos heroicos de los que nadie tendría noticia; mujeres cargadas de años e hijos, refrescándose en los quicios de sus puertas; hombres bebiendo cerveza o asomados a los cofres y motores de vehículos viejos y desastrados.

El escenario en el que habíamos nacido, crecido y visto morir a Carlitos.

Siguiendo a Gabriela alcanzamos el jardín último, siempre reseco y vacío. Nos sentamos en una jardinera de piedra. Olía a abono químico y a veneno para hormigas.

ANTISOCIAL

—No podemos hacer nada —opiné—. A menos que Max pudiera. ¿Qué vamos a hacer nosotros? Nada.

—La policía nomás va a salvarle el cuello a los Novo —terció Maples—. Lo mejor sería que mandáramos esto a los periódicos, a la tele.

—¿Y los periodistas son mejores que los policías? —se estremeció Gaby—. No lo sé. No lo creo.

A mí no me parecía mal, aunque habría que elegir muy bien a quién le narrábamos la historia. Y yo nunca fui bueno para leer periódicos o mirar las noticias, aunque algo me enterara del mundo por la radio.

Volví a casa apesadumbrado. Veía todo negro. La cerveza me había secado la boca y la cabeza me dolía. Apenas bebí un poco de agua y me fui a recostar. Cerré los ojos.

Carlitos, sin camisa, su sonrisa apagada. Carlitos, la cabeza perforada por un disparo. Los inexplicables mensajes en mi celular y mi computadora. La llave que cargué durante semanas sin entender su uso. Creo que dormí un par de horas así, en la misma posición y con la ropa puesta, antes de que me despertara el teléfono. Otra llamada en la madrugada. Otro brinco del estómago.

Era Gina, aterrada.

—List ¿no está Javi contigo? Salió de casa hace horas y dijo que te vería. Pero no responde el celular ni ha llegado a la casa y mis padres están vueltos locos.

No supe qué decir. Le confesé nuestra reunión, aunque no el motivo, y le dije que hacía más de tres horas, o cuatro, que se había marchado en su automóvil. Solo. Sin decir a dónde iba.

—No debe tardarse. A lo mejor fue con Adán.

—Adán está aquí. Anda muy mal y no le conté nada hasta ahorita.

—No debe tardar —repetí.

Pero pasaron las horas y Javi no apareció.

SEGUNDA PARTE

5

Sabré luchar con valor sin que me arredren las balas de los enemigos del pueblo o, por lo menos, sabré encontrar una muerte gloriosa.

PROCLAMA DE AQUILES SERDÁN

CARLITOS, SIN CAMISA, descansaba en la silla de la computadora. Sonreía con la mirada clavada en los pies. Era extraño que lo visitara en su casa pero necesitaba copiarle un trabajo. Se acercaba el final de la secundaria y mis posibilidades de aprobar dibujo industrial eran modestas. Debía quince láminas y un listado de conceptos que debería haber compilado en octubre y del que seguía careciendo en mayo.

Así que me presenté en casa de los Serdán una tarde. El patriarca estaba aplastado frente al televisor, miraba fijamente las repeticiones del futbol. Max andaría en el mercado Comonfort o bebiendo por allí. La madre fue quien me abrió la puerta y me indicó que pasara a la habitación de Carlitos, que se estaba bañando. Incliné la cabeza y obedecí. Escuché a la madre tranquilizar a su esposo:

—No pasa nada. Es el hijo de los vecinos.

La habitación de mi amigo estaba maniáticamente ordenada. Cada libro en un espacio apropiado del estante, cada disco en su funda, cada calcetín en su cajón. Desde la puerta hasta la ventana ningún objeto parecía fuera de lugar. Excepto Carlitos mismo, que entró en toalla y se quedó allí, con el cabello goteando y los pies metidos en unas chanclas de plástico pensadas para la playa. Ofrecí salirme (yo estaba más incómodo que él) pero Carlos gruñó cualquier cosa y se puso calzones y unos pantalones. Luego se sentó frente a su computadora para secarse el cabello y los pies. Estaba rojo. No exagero: tenía arañazos en el pecho y la espalda, surcos hinchados parecidos a las líneas punteadas para recortar un dibujo, como las que aparecían en nuestros viejos libros escolares.

Maples habría tardado un segundo en interrogarlo. Yo mismo lo habría hecho en presencia de cualquier otro de nuestros compañeros del futbol. Pero me pareció, aquella tarde, que no era mi asunto. Carlos se había torcido los tobillos en semanas consecutivas, o al menos eso informó y sostuvo ante nosotros, y había dejado de jugar futbol al menos un mes antes. No podría decir ahora mismo si los rasguños fueron causa del retiro o si aprovechó que nadie tendría por qué mirarlo en una regadera por unos días para hacérselos.

Le expliqué mi idea: si me prestaba sus propios dibujos y listado de conceptos podría copiarlos y aprobar finalmente la maldita materia, con lo que mis posibilidades de entrar en la preparatoria aumentarían, al menos, uno o dos por ciento. Carlos estuvo de acuerdo y hasta me regaló algunos bocetos sobrantes, a medio hacer o casi completos, que podrían serme útiles.

Recuerdo aquellos dibujos, a los que él había renunciado por cualquier error minúsculo que a mí, francamente, me valía madre asumir. Él esperaba la perfección; a mí me bastaba con un sesenta piadoso que me permitiera aprobar y librarme de una vez de la escuela.

Así que estaba allí Carlitos, la toalla en la cabeza, sin camisa, sin zapatos, los brazos cruzados y la mirada en los pies.

Uno que no era como nosotros, aunque fuera de los nuestros. Supongo que cualquiera se habría dado cuenta de ello pero la familiaridad lo complicaba. Lo conocí desde siempre, lo había visto usar playeras de Mickey Mouse a los cinco años y correr por los andadores como cualquier vecino chamagoso.

Era como yo.

O no.

O sí, por qué no.

Era quizá más listo, más deliberado y decidido en lo que hacía. Eso pienso ahora. No lo pensé entonces. No pensaba en nada particular por aquella época.

Cuando estaba por irme, con esa urgencia que la incomodidad instala en uno, Carlitos se incorporó. Pálido, arañado. Hurgó en una mochila y me entregó dos cuadernos. Eran sus notas, las mediciones de los dibujos, los apuntes que debería copiar.

—Chido —escupí, nervioso.

Salí de allí.

Sus padres me vieron marcharme con un gesto indescifrable, que no supe interpretar como alivio o pena.

Ya en mi habitación, revisé los cuadernos. Impecables, sin un rasguño, con una letra redonda y clara, absolutamente distinta a mis borrones. Debería copiarla: ningún profesor iba a creerse que aquello era obra del idiota que era yo.

Del forro del segundo cuaderno emergió, de pronto, como si se hubiera decidido a espiar su nuevo entorno, el recorte de una revista. Era un tipo encuerado, con las manos en la cintura y una expresión de sorpresa feliz, fingida o real. Ahora me da risa recordarlo. Entonces, con furia absoluta, lo hice migas y arrojé sus restos al escusado.

Y pensé de Carlitos lo mismo que habría pensado Maples o cualquier otro de nuestros carnales del fut.

Y no dije en voz alta la palabra pero la pensé muchas veces.

Adán se sirvió un trago doble o triple. Exagerado, en todo caso. No estaba en condiciones de calcular.

Era más de la mitad del vaso. Whisky sin hielo. Quemaría. Lo bebió de dos sorbos, haciendo gestos, como un niño que se pasa una medicina nauseabunda.

Estaba pálido, le temblaba un párpado.

Volvió a pedirnos que le narráramos lo que había pasado en las recientes horas: la desaparición de Javi, la nula respuesta de su celular y el desasosiego creciente de sus padres. Gina, pálida y agitada, respondía con monosílabos cada vez más irritados los intentos de Adán por desmenuzar sus declaraciones.

—Sencillamente no entiendo cómo lo dejaste irse así nada más, sin acompañarlo al auto —se enfureció conmigo.

Adán vació el whisky de dos sorbos y se atragantó otra vez. Mientras tosía, Gina cambió de mirada. Como anhelando que yo pudiera, con algún juego de manos u ocurrencia suprema, salvar la situación y hacer aparecer a su hermano del aire.

Habíamos enmudecido luego de que un par de mensajes con ofertas de llamadas baratas ("¿Sabes que por sólo doscientos pesos al mes puedes ampliar hasta cien mensajes tu plan?") nos dieran la esperanza de que Javi estuviera intentando comunicarse.

De reojo vi una lucecita brillando. Otro par de mensajes más. Odiaba los mensajes: aparecían sin ser solicitados ni esperados por lo general, y lanzaban su piedra contra nuestras ventanas sin posibilidad de ser rechazados. Porque, sí, uno puede negarse a responder un mensaje pero no a recibirlo. Y mientras más daño nos hacen, menos capaces somos de responderlos.

El primero era de Maples, en tardía respuesta a una llamada mía de auxilio, más de cinco horas antes.

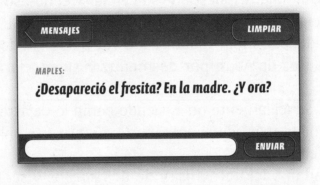

El otro era mucho peor. Provenía del teléfono de Carlitos y al leerlo sentí esa suerte de golpe en lo bajo del estómago y en los testículos que es la señal inequívoca de que todo se lo está cargando el carajo.

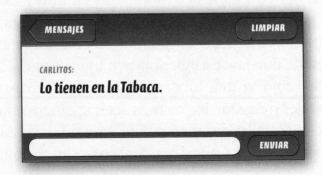

¿Cómo chingados iba a ver nada Carlos, que estaba más muerto que mi pobre abuela? ¿Cómo putas madres sabía que estaba en la Tabaca y de qué me servía el dato? La Tabacalera, ese barrio que poblaba las pesadillas de mis vecinos, era cien apretadas cuadras de casas horrendas y calles rebosantes de baches, perros bravos y gente sonriente y siniestra. Ir a pedir ayuda allí sería ligeramente más inútil de lo que había sido llamar a la policía (Gina, en un momento de debilidad, lo había hecho: le dijeron que nadie podía ser declarado como desaparecido sino hasta que pasaran setenta y dos horas sin que diera señales de vida. A Javi le faltaban más de sesenta para que siquiera pudiéramos comenzar a llenar los formatos oficiales).

Las chicharras crujían en las ventanas. Y fue entonces, en mitad de la enésima discusión entre Gina y su tío, que decidí responder el mensaje.

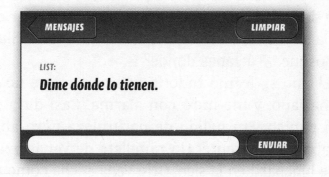

> MENSAJES   LIMPIAR
>
> LIST:
> **Dime dónde lo tienen.**
>
> ENVIAR

El teléfono, mudo, tembló como un gato al que se acaricia el buche cuando llegó la respuesta.

BLACKBOY

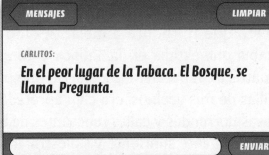

MENSAJES   LIMPIAR

CARLITOS:

En el peor lugar de la Tabaca. El Bosque, se llama. Pregunta.

ENVIAR

¿Preguntarle a quién? Gina, en su propio aparato, intentaba tranquilizar a su madre. Al parecer, había decidido fingir que Javi estaba de juerga y desviar así su atención. Adán, con la mirada extraviada en lo alto de las cortinas de la sala, se mordía los labios con rabia. Seguro le dolía.

Pensé que si era un lugar extraño, lo lógico sería preguntarle a la persona más extraña del entorno.

—Oye... Adán. No quiero que te ofendas. Pero acaban de mandarme un mensaje. Dice que Javier está en la Tabaca. En un lugar gachísimo. Que se llama El Bosque. ¿Tú sabes dónde?...

El tipo se irguió todo lo que podía, que no era demasiado, y me miró con alarma. Casi diría que con pánico. Era pálido de naturaleza pero ahora estaba transparente. Un ramillete de venas azules se le hinchaba en la sien. Otra vena ancha como una vaina de ejotes le partía la frente en dos.

—Yo no... Yo... ¿Quién putas madres dice eso? ¿En *El Bosque*? Carajo.

Como no me convenía meterme en una discusión al respecto de un espíritu, preferí omitir el hecho de que el remitente del mensaje era uno, y chocarrero. O al menos alguien que fingía serlo. Me puse firme.

—Mira, si Javier está en problemas tenemos que ir ya. Mejor dinos de qué lugar hablan, si lo conoces.

Gina había colgado con su madre y nos miraba con desconfianza. Como si tramáramos algo de lo que ella estuviera fatalmente apartada.

Adán temblaba, se estrujaba las manos.

—Vaya... Conozco lugares, sí... Pero no sé... ¿Por qué estaría allí? ¿Quién te lo dijo?

Sobre la mesita de té (horrorosa y digna de la casa de una señora con el cabello pintado de rubio brillante y muchas amigas bebedoras de té) estaban las llaves de su automóvil. Se las arrojé a las manos.

—Deberíamos pedir ayuda...

—No hay tiempo. Tú manejas.

Gina se cansó de repetir "a dónde vamos" cada cuadra. Luego guardó un silencio indignado. Se había dejado caer al respaldo del asiento trasero, cruzada de brazos y con mirada de enfado (una mirada que cualquier novio, presente o futuro, debería temer como a la peste). Yo le espiaba los muslos en el retrovisor, aprovechando que Adán manejaba despacio, indeciso de la ruta a seguir. En cualquier otro momento, pasar tantas horas con

ANTISOCIAL

ella y sentirla, como estaba, a menos de dos metros, me habría llevado a un éxtasis instantáneo. Pero como se estaban poniendo las cosas, era mejor no hacerse ninguna clase de ilusión.

—Creo que... Es así. Aquí debe ser.

Habíamos dejado atrás dos pasos a desnivel, cinco ejes principales y dos avenidas de medio pelo y, luego de cruzar un túnel vehicular lleno de neones titubeantes, rodamos por el corazón de la mismísima colonia Tabacalera hasta detenernos frente a un bar pequeño, con paredes de ladrillo y un gran copete luminoso.

"Bar Bosque. Madura Variedad", rezaba el cartel.

En pocas palabras, Adán expuso que el Bosque era uno de esos lugares legendarios donde llegan los borrachos que han sido echados de todos los otros bares.

—Un *after* —dijo Gina.

Pero *after* era un nombre demasiado fino para algo que más bien cumplía la función de esos filtros que les ponen a los lavaderos de las cocinas para que la grasa y los restos de comida, huesos y cáscaras, no se vayan a la tubería y la tapen.

En el Bar Bosque (Madura Variedad) toda la audiencia podía ser divida en tres grupos: los oficinistas ebrios, los ebrios con apariencia de bandidos y los verdaderos bandidos, que no estaban ebrios en lo absoluto y se aprovechaban de los dos primeros, cobrándoles por bailar y estrujarles las caderas y sacándoles dinero y tragos. O vendiéndoles droga que acababan de raspar de una pared.

Luego de pagar cien pesos por cabeza y de que, claro, nadie nos pidiera a Gina o a mí nuestras identificaciones, aunque resultaba muy obvio que no éramos mayores de edad, cruzamos el umbral. La música, una mezcla de cumbia, electrónica y zumbido de trampa para insectos, nos ensordeció.

Miramos a Adán, quien tuvo la decencia de sonrojarse. O quizá sólo pasaba que las luces de todo el Bar Bosque (Madura Variedad) eran todas rojas, parpadeantes y un poco demoniacas.

Mandé otro mensaje al inframundo.

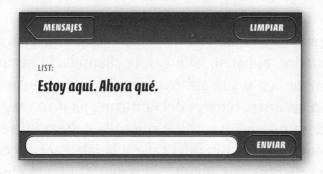

Un sujeto con la cara cruzada por un tajo, que le había dejado una cicatriz con forma de rayuela, con su mástil central y rayitas a los lados, se acercó a Adán y, sin mayor explicación, le ofreció dos mil pesos por Gina. La increpada lo insultó tanto y con tal convicción que el tipo, pese a su aparien-

cia de marinero temible, comenzó a balbucear y
se alejó.

Mi teléfono temblaba.

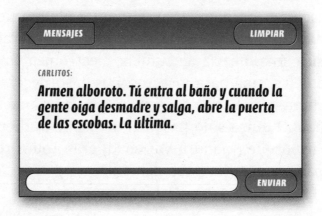

Suspiré. Estaba aterrado por todo lo que sucedía a mi
alrededor: el barrio, el lugar, la clientela, la hermana
de mi amigo y sus piernas larguísimas. Le susurré a
Adán las instrucciones del fantasma (él hizo un gesto
de desamparo supremo y sujetó la cabeza entre sus
manos), tomé a Gina del talle y la jalé hacia el baño.
Entre dientes, me insultó también. Que qué chingados hacía, que no iba a aprovecharme, que nomás
eso faltaba, que su hermano, que yo era un judas y
un miserable y más. Lo que no quería era que terminara llamando la atención a más gente (con su sudadera rosa y licras negras era básicamente la chica
más atractiva de todo el lugar y de varios códigos
postales en los alrededores).

Se me ocurrió que el único modo de pasar más o menos inadvertidos era haciéndonos pasar como una pareja en plena salida nocturna. Así que la besé con una fuerza que desconocía en mí y que estaba destinada a que el resto de los tipos que merodeaban el baño se dieran cuenta de que era mía y no tenía caso acercársele.

Ella, una vez recuperada de la sorpresa, me golpeó en la cara y el brazo y me miró con odio absoluto. Pero no dijo nada. Tuve el pésimo gusto de sonreírle.

La mujer de la puerta debía haber visto pasar ante su puesto de guardia cosas mucho peores que un par de adolescentes besuqueándose. Tomó sin remilgos los cien pesos que le ofrecí y nos entregó un paquete de servilletas.

—Qué chingados haces —dijo Gina apenas nos metimos al penúltimo de los gabinetes, ignorado mi mano en su cadera y los chiflidos de los que orinaban o se daban de besos junto al espejo y la barra del mingitorio.

—Sigo instrucciones.

—¿De los secuestradores? ¿Qué es lo que pasa?

Volví a besarla nada más para no tenerle que explicar que estábamos allí respondiendo las indicaciones de un espectro.

Afuera comenzó a resonar una música inaudita: ópera. Estruendosa y grotesca. Las bocinas se estremecían. Y los chiflidos y quejas de los asistentes no se hicieron esperar. Las dos o tres parejas y el par de usuarios del baño cruzaron varios comentarios de azoro y salieron del lugar para enterarse del chisme.

Gina y yo emergimos del gabinete. Cerré la puerta del baño con toda discreción y corrí a la puertita de las escobas. Era, como había adelantado el mensaje, la última: estrecha y mohosa. Pero daba entrada a un cuarto sorprendentemente amplio, al menos para lo que uno hubiera esperado. Había allí un penetrante olor a jabón y varios trapeadores, trapos, cubetas, escobas.

Al fondo, hecho un ovillo, con una venda en los ojos y cinta plástica en la boca, amarradito de pies y manos, estaba Javi.

El corazón me brincó en el pecho. Como cuando el gol de nuestro equipo entra a la portería y el campeonato queda al alcance de la mano. Gina y yo arrancamos las cuerdas y vendas como pudimos y que Javi, con las patillas alborotadas de gato recién levantado, nos miró como un alma en el fondo de los infiernos vería a dos ángeles que la liberaran de la caldera.

Lo cubrimos con la sudadera rosa de Gina —quien no tuvo pena de cruzar la penumbra roja del Bar Bosque (Madura Variedad) en *top*, con su inquietante abdomen de reina del tenis al aire— y logramos salir a la calle sin que nadie reparara en nosotros, mientras la ópera y sus lamentos dramáticos no dejaban de sonar. Cuando, al fin, llegamos al automóvil, Adán estaba allí, al volante, un ojo morado y la boca sangrante.

Nos abrazamos todos, en una confusión de codos y orejas, incomodados por los asientos. Javi se sentó junto a su tío. Escupía, cada tanto, algunos pedacitos de goma que le habían quedado en los labios luego de horas amordazado con la cinta maldita. Adán, luego de uno segundos de forcejeo, puso el coche en marcha. Y desandamos el camino, el túnel fantasmal, los pasos a desnivel, las avenidas.

—Mi coche se quedó por casa de List —señaló Javi, en su primera frase coherente luego de ser liberado.

Siguiendo su dedo, dimos una vuelta prohibida y nos acercamos a los andadores, los terrenos tan bien conocidos de mi infancia y mi vida entera.

Allí estaba: estacionado en una esquina. Tenía aún la portezuela entreabierta y la llave en el contacto. Tuve una punzada de orgullo de que nadie de mi rumbo se lo hubiera robado. O quizá era sólo que ninguno de los posibles ladrones (porque santos no éramos), había sido tan observador como para notarlo allí, a merced de quien pasara. Gina, a mi lado, seguía en top. No podía no notarlo. Los hombros desnudos y los senos un poco asomados a las copas de la prenda. La adrenalina terminaría por irse y me maldeciría por no haberla abrazado más estrechamente, me dije. Pero no era momento.

Javi miró su vehículo un poco pensativo.

—Ya me iba. De la nada, salieron dos cabrones. Me apuntaron con una pistola y preguntaron por el tal Max. Les dije que no sabía nada. Me amarraron y me vendaron los ojos. Y luego me echaron al cuarto ese que olía a jabón y agua puerca hasta que ustedes llegaron.

Gina se ofreció a conducir para que Javi, al que todavía le temblaban las manos, no fuera a estrellarse por ahí. Yo, todo un caballero, dije que la acompañaría. Adán y Javi aceptaron. Los seguimos a lo largo de la avenida.

Creo que pasaron dos semáforos antes de que ella me diera la bofetada. Nos habíamos detenido en un alto. Frente a nosotros, el automóvil de Adán cascabeleaba. No teníamos otros vehículos a derecha o izquierda. El golpe, un revés digno de un abierto de tenis de clase mundial, me giró la cabeza cuarenta y cinco grados y logró que me embarrara la cara contra la ventanilla.

—Cómo sabías que estaba allí. Pudieron matarlo. Y tú lo sabías. En qué metiste a mi hermano.

Al menos, me dije, no me golpeaba por el beso o por estarle revisando los pechos cada vez que volteaba. Aunque eso era justamente lo que hacía dos segundos antes del golpe.

—No... No es fácil. No sé si tiene que ver con lo que le pedí que me ayudara a resolver. No sé nada.

No me creía. No sólo eso, sino que, casi cómicamente, se dio cuenta de que llevaba la última media

hora por el mundo en algo básicamente indistinguible de un brasier. Dio un arrancón que volvió a pro-
yectarme hacia la ventanilla.

Volvimos a detenernos. Estábamos ante el portón eléctrico de su casa. Javier lo abrió y tuvo el
tino de quitarse la sudadera y devolvérsela a Gina
antes de meterse. Supongo que Adán lo había
puesto al tanto de que sus padres lo hacían de
farra. Se alborotó más el cabello y, apoyándose en
su hermana, se metió a su casa. Ninguno de los
dos se despidió.

Cinco minutos después, un empleado salió a meter
el coche.

Adán, que había estado esperando sin decir nada,
suspiró. Se acercó a mí cojeando un poco.

—Yo te llevo a tu casa, si quieres.

Entonces tu amigo... Está muerto.

No me entusiasmaba el rumbo de la plática pero
qué más podía decirle. El hecho es que los mensajes que el presunto Carlitos enviaba desde el averno
eran los que habían causado el problema, pero al
menos habían servido para dar con Javi en el lugar
más inaudito posible: el cuarto de las escobas de
un bar repugnante al otro lado de la ciudad.

—Sí. No sé cómo explicarlo. Creo que ya ni siquiera
trato de hacerlo. Pero él me dijo dónde estaba y

cómo sacarlo de ahí. Aunque no sé cómo lograste hacer el escándalo. Ya sabes, la ópera. Funcionó bien.

Adán se llevó la mano hacia su ojo morado. Creo que ambos compartíamos la sensación de que éramos unos héroes mal pagados por aquellos a quienes habíamos servido. La bofetada de Gina seguía ardiendo en mi cara. A él, a pesar de todo, nadie le había dado las gracias.

—Sí. Me costó este madrazo. Y que el tipo de la cabina de música me partiera el hocico. Pero logré meterlo a un baño y encerrarlo allí. Y luego puse la ópera a todo volumen y cerré la cabina con la llave que le quité. No me imagino nada más que pudiera causar un efecto así. Y mira nada más qué ópera: les puse Turandot.

Se entregó a tararear con ímpetus de profesional.

Nos habíamos estacionado justo afuera de los andadores. Yo le había referido, a grandes rasgos, la vida y muerte de Carlitos, sus mensajes, nuestra búsqueda y los extraños fenómenos que habían comenzado a suceder a partir de ella.

Adán se lamió la sangre seca de los labios y se guardó lo que iba decir, no supe si un comentario o una pregunta.

Una línea morada en el horizonte anunciaba el amanecer.

—¿Cómo era tu amigo? —preguntó de pronto, justo antes de que me bajara del automóvil.

Saqué mi teléfono. Por allí había una foto de Carlos con su playera del futbol, el cabello caído sobre la frente. Adán lo miró con dulzura durante un minuto. Me devolvió el aparato. Luego se marchó.

Lo grillos, como una mínima alarma, eran todo lo que sonaba. Entré a mi casa en silencio. Acostumbrados ya, quizá, a oírme salir a deshoras, mis padres roncaban. Habituada a hacer vida sin molestarse en saber si yo vivía o moría, mi hermana hacía lo propio. La única luz era la del televisor de la sala, que alumbraba la cara ajada y maravillada de mi abuelo.

En la pantalla, una japonesa, con un cuerpo como para darle vértigo a cualquiera, hacía evoluciones en un trapecio. Mi abuelo, flaco, sin rasurar, y tan viejo que dolía pensarlo, le sonreía a la chica.

Me senté a su lado. Luego de un rato se percató de que estaba allí. Extendió su sonrisa hacia mí. Lo abracé y le revolví un poco el ralo cabello de la nuca, como solía hacer él conmigo muchos años antes.

El viejo, lógicamente, me ignoró tanto como se puede ignorar a alguien hasta que la reina del trapecio bajó de los aires y los créditos del programa terminaron de pasar. Entonces se puso de pie, lentamente, se estiró como un gato y, sin dejar de sonreír, silbando una canción por lo bajo, se dirigió a la cocina. Puso agua a hervir. El olor del café me revoloteó en la nariz.

—Buen día, niño —me dijo, con su voz de soldado austriaco de otro tiempo.

—Hola, abuelo.

—Llegas tardes —dijo, señalando su reloj.

—Un poco, sí.

—¿Razón?

Guardé silencio. No sabía si contarle la historia, parte de ella o sencillamente optar por no decirle nada, en ese estilo tan propio de mi familia y que sospechaba herencia directa suya.

—Algunos asuntos. Ayudé a un amigo.

—¿Sí?

Me encogí de hombros. Otro inconfundible gesto de familia.

Nunca, en casa, se tomó demasiado en serio lo que alguien hiciera para destacar. Ya fuera emperador, rey, presidente, secretario general, artista, científico, futbolista o astronauta, se creía que los logros eran esencialmente producto de alguna trampa o conjura. O quizá solamente teníamos demasiada envidia o indiferencia para permitirnos mostrarnos deslumbrados por un extraño.

—Un poco, sí. Y besé a su hermana.

—Ah, mejor. Mucho mejor, eso.

El café era amargo pero me pareció delicioso.

Ya en la habitación, abrí mis cuentas de correo y mis mensajes. No tenía nada de Carlitos pero tanto

Gina como Gabriela me habían aceptado como amigo.
Revisé algunas de sus fotos. Eran dos chicas lindas.
Brindé con café.

6

*...el odioso poder de que con astucia y mala fe
se ha apoderado...*

PROCLAMA DE AQUILES SERDÁN

CONVERSAR SERIAMENTE con Maples era como deba-
tir con un panal de abejas. Durante cerca de dos
horas escuchó mi relato intercalando, ante cada uno
de los giros de la historia, uno de dos comentarios:
o "pinche List, estás bien pendejo" o bien "no seas
mamón". Con el primero, abarcaba de un plumazo
mis intentos por contactarlo a deshoras, mis vaci-
laciones para responder el mensaje del presunto
Carlitos, los titubeos para llegar al Bar Bosque
(Madura Variedad) y el bofetón de Gina. Y con el
segundo, se entusiasmaba ante la idea de mis besos
a la gloriosa hermana de Javi en el pasillo del bar y
gabinete del baño, mis asomadas a su escote y el
rescate, vaya, del raptado.

Fuera de eso, nada lo sorprendía y estaba seguro
que, de haber estado él disponible, habría actuado
sin duda mucho mejor. No sólo habría rescatado a
Javi antes que nosotros sino que se habría llevado
a la cama a Gina y le habría hecho guarradas para

las que todavía no existía nombre o número en los manuales.

Gabriela fue menos altanera pero casi tan molesta. Me obligó a repetirle quince veces lo que había sucedido. Tuve que mostrarle los mensajes del teléfono, llevarla a caminar al punto en el que los tipos raptaron a Javi y actuar ante ella lo que sabía del ataque. Maples, a un par de metros de nosotros, le comía las piernas con los ojos sin dejar de repetirme, cada tanto, lo pendejo que era yo.

Al fin, luego de dos toneladas de preguntas y de burlarse por la reacción de Gina ante mi táctica (que no dudó de calificar de "chingadera") de besarla, Gabriela se sentó en el borde de una banqueta y me miró.

—Es peor de lo que había pensado.

No supe qué contestar. Mi vida se había vuelto tan impredecible y daba tantos bandazos en las últimas semanas que su juicio, aunque exacto, no representaba ningún consuelo.

—Al principio pensé que alguien te hacía una broma horrorosa con el nombre de Carlos. Ya sabes: un idiota como este —y señaló a Maples, quien alcanzó a esbozar un gesto de ofensa—. Pero cada vez la cosa se pone peor. Esto que pasó con Javier es muy grave. Deberíamos hablarlo con la policía.

Maples y yo cruzamos una mirada de fastidio. Hablar era casi lo único que habíamos hecho, ya que las indagaciones de Javi no habían sido muy

efectivas y su mayor resultado había sido, al parecer, provocar su secuestro.

—Se me ocurre que debemos ponerle una trampa a quien te manda los mensajes. Y hacerlo caer. Yo no puedo dormir por las noches si pienso que alguien utiliza el nombre de Carlos para hacer chingaderas.

Resultaba un poco extraño que Gabriela dijera tantas palabras altisonantes en la misma hora. Pero su inquietud era, en cierta forma, la nuestra, y queríamos encontrar el modo de librarnos de ella. Era indispensable, pues, pensar una forma de obligar al remitente de los mensajes a salir a la luz y desenmascararse. Porque lo otro era, según palabras de nuestra amiga, apostarle a la locura, a pesar de que, efectivamente, nuestro pobre amigo, sacrificado en un vil tiroteo de barrio, estaba allí, en un inframundo en donde veía todo, armado con Internet y celulares, echándonos una mano y vigilándonos.

—¿Y con quién se supone que nos pongamos a hablar? —estalló Maples—. ¿Con la policía? ¿No oíste que no quisieron saber nada? ¿O con la psicóloga de tu prepa? ¿Con el gerente de la papelería? Esto no es tan sencillo como hablar con un pendejo y que nos resuelva, la verdad. No tiene solución. Todo lo que descubramos va a ser horrible. Si es alguien usando el nombre de Carlitos, es un pinche loco que sabe que secuestraron a Javi. Y quién sabe, además, si no lo hizo él. O cómo es que sabían que venía para acá y a qué. Y la otra es que sea un pinche fantasma.

ANTISOCIAL

Y no sé a ustedes, pero a mí me parece la peor de todas. Pero además estoy seguro que no es un pinche fantasma y ahorita les voy a decir por qué.

Gabriela y yo nos quedamos helados, debo aceptarlo, al ver a un Maples tan engallado y seguro de sí, pretendiendo reflexionar y expresándose más allá de su acostumbrado papel de neandertal de barrio. Maples con una idea y ganas de ponerla en claro era algo tan extraño como... como Carlos enviando cartitas desde el más allá.

—Cuando llegaron los primeros mensajes a tu computadora ¿qué decían? Pedían ayuda. Como si el pinche jotito de Carlitos estuviera atrapado, como el fantasma del mercado, flotando para siempre entre mangos, piñas, papaya y juegos piratas. Y de pronto, se le pasan las ganas de ser rescatado, flota fuera del mercado y viene a los andadores. Ve que secuestran al fresa de Javier, sigue a los malos al bar ese de mierda y se pone a mensajear por celular para avisarte que lo tienen allí. Ni el pinche Gasparín hace eso. Todo son putas mentiras.

Se hizo un largo silencio.

No era un análisis irrebatible —cualquiera que lea los casos más destacados de los anales de la parapsicología sabrá que muchos espectros tienen unos cambios de humor dignos de muchachos bipolares en plena existencia terrenal— pero era bastante lúcida, especialmente porque provenía de alguien por lo general tan agudo como un balón de futbol.

Llegamos caminando a la pizzería de la calle Angostura. Nos pedimos una jarra de cerveza. La mesera, que ya ni siquiera parpadeaba ante nuestros pedidos, nos saludó con una inclinación de cabeza que parecía dirigida a personas más respetables que nosotros. Maples le sacó la lengua con un gesto de familiaridad que me pareció muy desagradable. Ella, supongo que jugando con sus sentimientos, le sonrió y se contoneó.

—Pues lo que dice este idiota es verdad —reconoció Gabriela, señalando a Maples a quien, cosa curiosa, pareció darle un brinco el corazón—. Un fantasma con celular es algo que debería darnos risa.

—Pero, entonces, lo que nos queda es un pinche loco. Ya sea el padrecito o quien sea, alguien está jodiendo con mensajes. Pero alguien que puede secuestrar a Javi si quiere o que nos puede estar esperando ahorita mismo afuera de la pizzería y meternos cinco balazos si le pega la pinche gana ¿no?

Sorbimos nuestra cerveza. El panorama, desde luego, era deprimente.

—A lo mejor Javi sabe algo más —deslizó Gabriela.

—Puede ser. No tenía ganas de hablar ayer y ahora deben tenerlo castigado. Gina les dijo a sus papás que se había ido de borracho para que no se preocuparan por su desaparición. Pero trataré de hablar con él.

ANTISOCIAL

—Y tenemos que conseguir pruebas contra el padre —agregó nuestra amiga, mordiéndose nerviosamente los pellejos al lado de sus impolutas uñas. —A lo mejor si se hace un escándalo tiene que intervenir la policía y en medio de todo se olvidan de nosotros.

Una sombra se proyectó, enorme, sobre nuestra mesa. Volvimos las cabezas. Una silueta negra tapaba la puerta de la pizzería. Se había parado justo frente a los neones de la entrada y éstos le daban una suerte de aura luminosa a su alrededor.

Entornamos los ojos para intentar descubrir la identidad del recién llegado. Y la sangre se nos heló un poco (o mucho, más bien) cuando descubrimos que no era otro que el padre Novo.

Tras de él asomaba su eterno ayudante, de sotana negra y alzacuello.

Gabriela miraba desesperadamente hacia las ventanas, como calculando por dónde podríamos huir. Maples estaba quieto, con la boca abierta y un aire de bestia a punto de recibir un disparo. El padre, al fin visible, sonrió y fue el primero en abrir la boca.

—Muchachos. Qué bueno que los encuentro juntos. Me urge hablar con ustedes.

Debimos correr como gamos, pero estábamos demasiado asustados y la perspectiva de huir por los andadores perseguidos por el ayudante de sotana era incluso peor que morir en la pizzería.

El padre no dejaba de sonreír. Se le veía más avejentado, incluso, que en las últimas ocasiones en que habíamos observado sus mofletes de cerca. Puñados de canas le saltaban aquí y allá en las sienes y algunas arrugas novedosas se le marcaban junto a los ojos y alrededor de la boca.

Hizo una seña al ayudante —quien, pese al ropaje sacerdotal, tenía una facha envidiable de militar— para que esperara afuera y vino a sentarse a la mesa.

Como hechizada por la mismísima pata de cabra del Maligno, la guapa mesera le trajo al cura otro vaso y pronto tuvo ante sí una buena ración de nuestra propia jarra de cerveza.

La vació de un trago.

—Esto que vengo a decirles es serio, muchachos. Es un problema en el que estoy metido hace tiempo por culpa de una familia del colegio... de la comunidad que somos. Y que involucra, por desgracia, a su amigo Carlos, el que murió hace tiempo.

Maples estaba más blanco que cualquier fantasma.

Incluso Gabriela, siempre tan animosa, parecía haberse quedado de piedra.

Yo fui el único que se atrevió a hablar.

—¿Va a matarnos? —le pregunté con un hilo de voz.

El padre hizo un gesto de horror absoluto. Se persignó cuidadosamente y me miró con un gesto que no sé si era de pena o de indignación.

—Por Dios que no pienso hacerles nada. Al contrario. Quiero pedirles ayuda.

7

LA HISTORIA DEL PADRE NOVO

...perdona nuestras ofensas,
como también nosotros perdonamos
a los que nos ofenden.

PADRE NUESTRO, ORACIÓN CRISTIANA

PABLO, MI SOBRINO, vino a verme hace un año o quizá un poco más. Hace años que no se confesaba regularmente, y de cualquier modo nunca fui su confesor. Ese trabajo correspondía al padre Gilberto, uno de mis ayudantes (pueden verlo a través de la ventana), quien me mantenía con regularidad al tanto de lo más alarmante de sus pláticas con él. Sí, lo lamento, a veces los padres nos contamos entre nosotros los secretos de confesión si va de por medio la salvación de un alma o la seguridad de una familia.

Pero les decía que Pablo vino a mi despacho del colegio una tarde. Me parece que un viernes. A esa hora, y en ese día particular, justo antes de las vacaciones, apenas estábamos cinco o seis personas por ahí. Creo que iba a ser Navidad. Al menos, me recuerdo con frío, con un suéter de lana que suelo ponerme bajo la sotana en los días sin sol. Pablo venía de camiseta, con el cabello alborotado.

ANTISOCIAL

Nunca, y lo lamento, fue mi hermano capaz de poner orden en la vida de ese muchacho. Quizá haya que entenderlo: Pablo fue el hijo único de su segundo matrimonio. Gustavo, mi hermano, que en gloria de Dios esté, se casó muy joven con una de esas arpías horrendas (perdóname, Padre, por hablar así de mi cuñada, que también en gloria Tuya esté) de sociedad, fría, egoísta e incapaz del menor gesto de amabilidad hacia él.

Gustavo era un hombre recto. Jamás se habría divorciado de ella, porque además de ser madre de sus tres hijos mayores, que salieron por fortuna muchachos probos y decentes, nuestra convicción familiar es cristiana. Eso significa que no hay divorcios entre nuestra familia. Pero bueno, Anita, mi cuñada, pobrecita, enfermó de cáncer. Tanto egoísmo, Señor, tanta envidia de la mala siempre nos pasa factura. Ni los médicos de Houston, que tienen fama de infalibles, pudieron hacer algo por ella. Y pues entregó su alma al Padre hace ya muchos años.

Gustavo pudo haberse quedado así, soltero (quiero decir viudo, pero me refiero a solitario, sin mujer), gozar los placeres mundanos que tanto le negó la llorada Anita, dedicarse al vino, a las muchachas, al juego incluso. Sus hijos ya eran todos mayores y, como les dije, buenos y decentes todos. Estudiaron, trabajaron, se casaron bien y con chicas cristianas y dulces. O también pudo, mi pobre hermano, decidirse nada más por ser un abuelo y jugar con los

A. DEL VAL

pequeños retoños de sus hijos. Su casa, ya sin los gritos y las amarguras de la pobre Anita, tan recordada, era amplia y cómoda.

Pero el Padre quiso otra cosa. El instinto familiar de Gustavo era demasiado vivo y apenas cuatro o cinco meses después de que enterramos a su mujer me anunció que se casaría con una muchacha treinta años más joven que él. ¡Apenas tres meses mayor que su primogénito! Me asombré, pero Gustavo me aclaró que Lupita, que así se llamó su segunda esposa, era toda una dama. Humilde, eso sí, porque la conoció como secretaria o recepcionista, no lo recuerdo con precisión, en su empresa de refacciones para automóviles y se había separado desde jovencita.

Y pues los caminos del Señor son misteriosos, muchachos. Lupita resultó ser la indicada para que mi hermano pudiera volver a formar una familia. Y Gustavo, quién lo diría a su edad, fue quien rescató a la muchacha aquella de esa vida sin luz, en la penumbra del pecado de divorcio.

Creo que no fueron infelices. Lupita, quizá por su origen trabajador, y porque nunca había tenido una rutina tan desprovista de obligaciones y tan llena de recursos, se esforzó porque Gustavo fuera feliz. O al menos consiguiera ese tipo de felicidad que Nuestro Señor reserva para los cristianos que hacen buen matrimonio.

Cuatro meses después de que se casaron (oficié esa boda un poco espantado, lo acepto, pero consciente de estar haciendo lo correcto una vez que los abogados de mi hermano me confirmaron que los derechos que Lupita adquiriría sobre su fortuna serían los menores posibles) nació Pablito. ¿Qué edad tienen ustedes ahora? ¿Quince? ¿Dieciséis? Esos mismos tiene Pablo.

Que Dios se apiade de mi alma, pero todo lo buenos y nobles que salieron sus hermanos, pese a la víbora turbia que tuvieron por madre (perdóname, Dios, por atreverme a decir esto de Anita: para ella toda tu luz y tu compasión, amén), eso mismo lo sacó Pablo de conflictivo y malsano. Su madre había sido trabajadora y esforzada y su padre, un caballero: el niño fue siempre acomodaticio y lánguido. Humilde la madre y sensato el progenitor, pero la cría dio muestras tan tempranas de arrogancia que ya era una amenaza en el jardín de niños.

Sus tres hermanos mayores (o medios hermanos, como ellos mismos se encargaron de recalcar apenas Pablito cumplió seis años y su carácter se hizo básicamente insoportable) transitaron por las aulas de nuestro colegio sin incidentes, con buenas notas y muchos amigos. En cambio, rara era la semana que Pablito no terminaba en mi despacho, rodeado de profesores, padres, compañeros, clamando todos contra sus acciones, reacciones y costumbres.

La única virtud que fue capaz de encontrarle la madre María de las Nieves, tu tía, a quien desde siempre abocamos hacia la atención para los alumnos problemáticos, fue la limpieza. A Pablito lo obsesionaba el sudor de los demás. Llamaba apestosos y puercos a los que jugaban futbol en el patio y se pelaban las rodillas. Tildaba de marranas a las niñas a las que se les deshacían las trenzas o las coletas al calor de las carreras del recreo. En fin. Si esa era la única virtud que le halló una mujer tan absolutamente falta de malicia como sor María, comprenderán que la labor de contener y guiar a ese pequeño no era tarea simple.

Porque sus defectos eran considerables y notorios: era envidioso, pese a que sus padres se lo daban todo: nunca pudo aceptar que alguien tuviera el juguete de moda o los zapatos tenis de marca una semana antes que él. No carecía de carisma y le agradaba rodearse de niños manipulables o solitarios, a los que controlaba. Un poco mayor, ya en las postrimerías de la primaria, adquirió la costumbre de pedirles a esos cortesanos que realizaran las tareas que él, demasiado expuesto a castigos y regaños y vigilado por cada profesor, prefecto, conserje y trabajador del colegio, ya no podía.

Fueron otros los que, bajo su dirección, golpearon los estómagos de los compañeros con buenas calificaciones, levantaron las faldas de las niñas de la escolta, metieron una rata a la lonchera de la profesora de música y pusieron un clavo en el asiento de don Serafín, el maestro de catecismo, que era un santo y al que tuvieron que operar de emergencia por desgarro perineal, causándole un disgusto que lo llevó a pedir su retiro.

Comprenderán, espero, que nunca fue fácil ser el encargado de supervisar sus pocos avances y sus continuas y espantosas recaídas. Mi hermano, demasiado cansado por los años, y quizá demasiado acostumbrado a lo plácido de su primera paternidad, se dejó vencer por la enfermedad. Como si Anita hubiera designado su castigo por osar construirse una vida sin ella, enfermó de cáncer y se nos fue en unos poquitos meses. Lupita, que fue una buena esposa y que le dio algunos pocos años de felicidad, quedó tan tocada por su muerte que toda su soledad y dolor se trocaron en una feísima enfermedad: el alcoholismo.

Me imagino que la abrumaba no ser la dueña, sino apenas la albacea de los bienes de su retoño (que, muy justamente, eran sólo una cuarta parte de la cuantiosa herencia de su marido). Como fuera, heredó la casa para su uso mientras viviera (al morir se repartiría, como lo demás, en cuatro) y se le dejó una cuenta bancaria personal que habría bastado para hacer feliz a cualquier otra. Pero a Pablito, esperar a cumplir los dieciocho años para gozar su parte del dinero y aguardar la muerte de su madre para tener el resto le parecía demasiado (y eso que tenía doce cumplidos cuando Gustavo nos dejó).

Su comportamiento, siempre incorrecto y en forma creciente pésimo, pasó a ser atroz. Pronto supimos de borracheras, broncas a golpes, pornografía, drogas y un día se presentó armado a la escuela y sólo la memoria amorosa por mi hermano evitó que llamara a la patrulla para que se lo llevara.

Veo que ya bostezan y que se miran entre sí, como diciéndose que eso qué les importa a ustedes, que en nada los involucra. Aunque, al menos tú, Gabriela, conoces a Pablito y fuiste víctima de las porquerías de algunos de sus mandaderos. Aquel incidente en el baño de las niñas fue una vergüenza y me seguiré disculpando por él así pasen mil años. Eres una alumna ejemplar, pero te juro que aunque fueras solamente una medianía como las tantas que suele haber por ahí, tu beca se mantendría segura. Te la has ganado de sobra.

Pues bien, sí hay algo de esta historia que les interesa. Se trata de lo siguiente: hace cosa de un año, como les dije hace ya rato, Pablito mi sobrino se presentó un viernes por la tarde en mi despacho, justo antes de salir a las vacaciones navideñas, y solicitó verme. Mi auxiliar, el padre Gilberto, que era su confesor, ¿se los he dicho ya?, se temía algún incidente, así que lo hizo pasar pero no salió de inmediato, como tendría que haberlo hecho. Pablito lo barrió con la mirada pero lo que tenía que decirme exigía público y no le pidió largarse.

Se sentó en la silla frente a mí. O mejor dicho se derrumbó. Suspiró largamente. Nunca, hasta ese día, su parecido físico con mi hermano se me había

manifestado de tal modo. Los mismos ojos rasga-
dos. El mismo gesto torcido en la boca. Sólo que lo
que en Gustavo era compromiso y decisión, en
Pablito resultaba algo similar al cinismo.

—Hay un problema, tío.

Eso dijo y luego se calló la boca, medio sonriendo
o fingiendo hacerlo. El padre Gilberto y yo contuvi-
mos la respiración. Nunca, hasta ese día, había mi
sobrino reconocido ninguna de sus espantosas acciones como un problema. Todo, para él, era juego,
chanza, gracia. Un vidrio roto era solamente una
cosa por remplazar. Ya lo pagaría su madre. La queja
de un padre era una exageración. La humillación de
una pobre niña era un detalle. ¿Cuál sería su idea
de problema?

Bebió un trago del vaso de agua que suelo tener
en la mesita y me encaró. Al contrario que yo, a
quien los años y el trato con tantas personas me
han acostumbrado a exponer todo con detalles y
en el lenguaje más amable posible, él hablaba de
forma tajante y grosera.

—Me hice de un amigo. Un novio, en verdad. Sí,
cojo con él, por si te preocupa. Pero ese no es el problema. También cojo con mujeres y a lo mejor un día
me caso, jajaja. El caso es que este chavo me gusta,
nos llevamos bien. Me pidió grabarnos, me dijo que
le gustaba. Así que nos vimos en un lugar con una
cámara. Y nos grabé. Porno, porno bastante duro.
Me pareció divertido y volvimos a hacerlo. Luego, él

me dijo que la verdad es que lo hacía para venderlo. Que se lo iban a pagar muy bien. Así que además comenzó, me dijo, a invitar algunos chavos del colegio. No sé cómo los convenció. Yo no fui a esas grabaciones. Son chavos de la prepa y alguien los mandó o les prometió algo. Mi amigo no me lo ha dicho todavía, a lo mejor tiene miedo. Debí detenerlo o hacer algo pero no sé... Me apendejé. Y ahora ya hay como quince personas ahí metidas, en ese video. Todos del colegio. Y allí va a salir mi cara. Mi amigo dice que tiene un jefe que ya tiene clientes. Le van a pagar una millonada y va a venderles a unos mayoristas todo el video de los alumnos y nosotros. En el fondo no me importa lo que me pase. Pero creo que puede estallar el asunto con el colegio. Y la policía. Y quería avisarte.

Imaginarán el horror que me provocó su historia, que también se reflejaba en el rostro del padre Gilberto, que se quedó helado. No sólo enterarme de ese modo insensible de las repugnantes andanzas de alguien de mi sangre en los terrenos de la prostitución más baja, sino saber que había traído el mal a nuestra propia casa, a sembrarlo y cosecharlo entre los niños que se encontraban a mi cuidado.

Lo de menos era que cerraran el colegio o que nuestra orden sacerdotal enfrentara demandas millonarias como las que se han visto ya en otros países. No: lo peor era enfrentarme a esos padres y esos chiquillos, encomendados a mi guía, y traicionados por mi propia familia a espaldas mías, sin posibilidad de que pudiera yo cumplir mi obligación de protegerlos.

Perdí el control.

Nunca en mi vida he utilizado lenguaje vulgar ni tampoco he usado violencia alguna contra mis semejantes, especialmente contra quienes son menores que yo. Pero ese día dije barbaridades de las que me arrepiento y que no repetiré, asombrando hasta el sonrojo al pobre padre Gilberto. Y arrastré por una oreja a Pablo hasta la capilla y lo obligué a postrarse de hinojos ante el Cristo crucificado que la preside y confesar su culpa a gritos, mientras le pateaba el trasero (perdóneme Dios) y las costillas.

Me propasé, lo sé, y el padre Gilberto tuvo que intervenir para que no matara allí mismo a mi sobrino y la desgracia terminara por rodearnos y el proyecto al que tantos años buenos de mi vida dediqué se desmoronara completamente.

Pablito se quedó allí, derruido e inconsciente, y yo me dejé caer sobre una de las bancas de madera de la capilla con la cara entre las manos, sin atreverme siquiera a mirar los pies agujereados y sangrantes de mi Salvador.

Fue Gilberto quien se ocupó de atender a mi sobrino, de incorporarlo y limpiarle la sangre de la cara. Luego nos procuró un poco de agua y se encargó de echar de allí al conserje, que había acudido al escuchar mis improperios.

Mi primera medida fue obligar a Pablito a que citara a su amigo en mi despacho de inmediato. Ya que de ambos había sido la idea de prostituir a los niños de mi escuela, ambos debían darme explicaciones en conjunto. Y debían, además, identificar a quienes les compraban ese material diabólico para que pudiéramos encararlos y exigirles su destrucción absoluta.

Mientras Pablito, extrañamente dócil y cabizbajo luego de mi airada reacción, llamaba a su amigo, me comuniqué con la licenciada Campobello, la abogada del colegio. En pocas palabras le expliqué lo desesperado de nuestra situación y le solicité que preparara una defensa legal inquebrantable (y, de paso, una ofensiva digna de arcángeles echando a Luzbel del Firmamento). Ella, bendito sea Dios, procuró tranquilizarme.

Grabamos, bajo su dirección, un video en el que Pablito se echaba encima todas las culpas y lavaba de responsabilidades al colegio y a cada uno de los integrantes de su personal. Y, por si fuera poco, nos apresuramos a recordarles a todos los padres de familia mediante un correo electrónico los riesgos abominables que el Internet ha traído al planeta. Les recomendamos en ellos revisar las computadoras utilizadas por sus hijos e inculcarles valores suficientes para sobrevivir a los peligros de la nueva era.

Finalmente, acordamos convocar a los padres a asistir a una conferencia sobre el mismo tema, que el padre Gilberto se ofreció a dirigir. Acordamos que comenzaría a investigar el asunto y les ofrecería a los asistentes (que nunca pasan de diez o doce, lo que, considerando que tenemos casi quinientos alumnos, es una miseria, pero nos convenía) datos sobre la cada vez más incontrolable costumbre de grabar pornografía con teléfonos y enviar los videos. "Esos videos luego acaban en cualquier parte y destruyen la reputación de cualquiera", les remacharíamos.

Veo que me miran con desconfianza, incluso tú, Gabriela. No, no lo hagan. No soy un hombre perfecto, lo sé, pero el Señor ha querido que con todo y mis defectos sea yo quien cuide de esta comunidad. A ella me debo. Si el colegio desapareciera, eso no cambiaría la raíz del problema. No digo que seamos inocentes en todos los casos pero en este lo somos. Fue Pablito, mi sobrino, y su amiguito, quienes causaron ese daño terrible a tantas familias.

No, no desesperen más, que ya llego a la parte que los involucra.

Pablito volvió a mi despacho al día siguiente. Por primera vez en su vida me besó la mano. Todo manso y callado, ocupó la silla frente a mi mesa. A su lado estaba su amigo. Sí, lo reconocí de inmediato: era Carlos. Así, todo flaco, lo recuerdan, y muy triste. Se disculpó en voz muy baja. Balbuceaba.

Lo hacía por dinero, dijo. Su familia tenía muchas necesidades. Su hermano tenía un puesto de películas y programas de computadora en el mercado

A. DEL VAL

Comonfort... un nuevo escalofrío me atenazó la espalda. Ese Carlitos. Su hermano Max y él habían sido llevados ante mi consejo mucho tiempo atrás. Conocía a su familia. Que esa pobre gente tuviera entre ellos a un niño, porque eso era Carlos, dedicado a esos horrores me pareció una tragedia.

Hubiera querido consolarlo, porque lo veía muy mal. Pablito le tomaba la mano y lo miraba con una devoción que, si hubiera puesto en su familia y sus estudios como una persona normal, lo habrían llevado muy lejos en la vida.

—No le diga a mi hermano que vine, padre. Va a matarme.

Eso dijo, justo ante de romper en llanto. Pablito lo abrazó. Era asombroso el poder que ese pobre Carlitos parecía tener sobre él. A su lado era un muchacho atento y casi dulce. Estuve a punto de enternecerme.

Pero no.

Mis creencias y la evidencia de sus errores los condenaban.

Era inútil el llanto.

La estabilidad de no sé cuántas familias del colegio y de la institución misma dependía de cómo resolviéramos el problema.

—Lo siento, Carlos. Hablaré con tu hermano y ya él sabrá si les dice algo a tus padres. Yo no hubiera querido hacerlo pero no me dejaron opción. Lo que hicieron es muy grave y hay consecuencias por ello.

Carlos bajó la cabeza. Pablito recuperó algo de su mala entraña para darme una mirada de asco profundo. Pero un sólo amago de bofetón (debí dárselo, Dios me perdone, pero hace muchos años ya) volvió a sumirlo en su estado abatido y débil.

Con ayuda de Gilberto, al que miraban con un miedo como el que los engendros de Luzbel deberían mostrar ante Miguel y su espada de fuego, grabamos un video en el que Carlitos se culpaba de lo sucedido y deslindaba al colegio y todo su personal de los hechos, puntualizando que ellos eran los únicos responsables.

Acudí a buscar a su hermano al día siguiente. Estoy seguro de que se le rompió el corazón cuando supo lo que sucedía. Se comprometió a darle la vuelta a la ciudad para encontrar y destruir el video. Yo le advertí que me encargaría de vigilarlo cada día hasta que me asegurara que la tarea estaba cumplida.

Tuve una mala noche, aunque un rayo de esperanza parecía iluminarla.

Pero a los pocos días supe que habían matado a Carlitos en un asalto y supe que el horror que se había cernido sobre todos nosotros apenas comenzaba.

8

Hola, oscuridad, mi vieja amiga,
He venido a hablar contigo otra vez.

"SOUNDS OF SILENCE"
Simon & Garfunkel

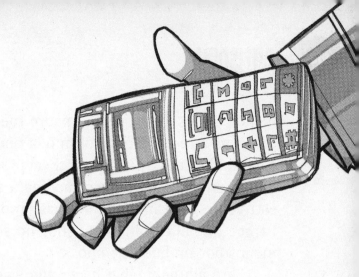

ESCUCHAMOS AL PADRE Novo con una mezcla de rabia y preocupación. Sólo Maples, quién más, fue capaz de seguir bebiendo cerveza como si nada. Incluso tuvo la presencia de ánimo de pedirse un *calzone* de papa y piña.

Gabriela fue la primera en reaccionar: levantó la mano, como si fuera una alumna aplicada en busca de responder antes que nadie la pregunta de un maestro. Y el padre, al fin de cuentas educador desde tiempos inmemoriales, le cedió la palabra.

—Justo de Pablito queríamos hablarle. ¿Qué pasó con él?

El padre se frotó la calva con las manos. Todavía tendría la boca seca por la larga perorata que nos había dirigido. Se pidió un poco de agua y miró con desaprobación a Maples, que engullía el *calzone* a grandes bocados.

—Pablito lleva tiempo en el extranjero. Se puso muy mal cuando pasó lo de Carlitos. Ya no se veían, al menos eso es lo que sé. Su madre fue muy firme al respecto, aunque el alcoholismo la tiene como fuera del mundo y ella misma propició el problema, porque insiste en darle dinero sin medida a su niño. Pablo estuvo en un campamento cristiano pero escapó. Parece que el camino del Señor no será el suyo, al menos por un buen tiempo.

—Pero alguien debió hacer algo. No ha estallado ningún escándalo.

El padre bebió un largo trago. Maples eructó.

—No todavía. Pero no bajamos la guardia. Max, el hermano de Carlos, me juró por lo más sagrado que intervendría y descubriría al jefe de esa mafia horrenda antes de que venda el video maldito. Y al menos parece haber conseguido preocupar a quien distribuye esa inmundicia. Sin embargo, mientras no se destruya la grabación, cómo saber que no será copiada y nuestros esfuerzos, inútiles.

Desde hacía mucho quería intervenir. Me parecía que los reparos de Gabriela eran tibios y la responsabilidad del padre era mucho mayor de la que estaba dispuesto a aceptar. Me aclaré la garganta, le di un sorbo a la cerveza, que me amargó la boca, y hablé.

—Pero a ver, padre. Yo no creo que Carlos se metiera solo a algo como esto. Nosotros crecimos con él y no sabíamos nada. La familia no se está muriendo de hambre ni nada parecido. No necesitaba el dinero. A mí me suena todo a cuento de su sobrino. ¿Usted cree que nos importan las reputaciones de

sus alumnos más que nuestro amigo? La diferencia es que todos esos pinches niños ricos están vivitos y Carlos no.

Una mano me temblaba. Jamás había sido particularmente valiente para decirle a la gente lo que se merecía. Pero desde que había tomado a Gina por el talle y la había besado me sentía capaz de todo. Volví a pasar saliva y volví a bañarme la boca en cerveza.

El padre Novo parecía desconcertado. Las autoridades no suelen ser capaces de comprender sus límites. Y los maestros, los padres de familia y de iglesia, los educadores, los psicólogos y todos esos encaminadores de almas acostumbran preguntar muchas cosas pero no son buenos para responderlas.

—Carlos mismo lo aceptó.

—Ya sé. En su pinche grabación. Pero eso no quiere decir nada. Estaría asustado. Habría dicho lo que fuera porque usted lo amenazó con contarlo todo. Yo no veo pruebas de que él tuviera culpa de nada ni de que anduviera cazando niños ricos para ese pinche video. Si hubiera ido a su colegio de mierda a convencer gente, Gaby lo sabría. Eran amigos. Y ella nunca lo vio allí.

Gabriela estaba callada y me miraba con un gesto que no supe interpretar de primera intención pero que me pareció sorprendentemente respetuoso. Pero antes de que pudiera intervenir, la cerveza y el *calzone* le dieron ánimos a Maples para lanzarse a los cielos de la protesta.

—A nuestro amigo le gustaban los cabrones. Eso ya lo sabemos. Pero eso no lo hace delincuente ni culpable de nada. Si se metió con su sobrino, pues allá ellos. Pero no le creemos un carajo si lo quiere embarrar en algo chueco.

Por primera vez en años, me sentí plenamente orgulloso de ser amigo de ese imprudente y majadero.

Novo nos miraba sin simpatía. Seguro que cuando se decidió a buscarnos no esperaba que lo terminaríamos cuestionando así. Con un gesto volvió a pedir agua. Sacó de su suéter un teléfono y lo revisó. Se caló los lentes, parpadeó un poco y se puso a teclear.

Luego nos encaró. Su actitud había cambiado.

—¿Ustedes saben que el ayudante de Max fue asesinado? Sí. Lo saben. Pues tengo buenos motivos para suponer que él podría haber estado implicado. Y quizá él fue quien introdujo al pobre de su amigo a ese mundo. Yo no soy nadie para juzgar, muchachos, pero esto se trata de un pecado abominable y de un crimen. He querido proteger a mis alumnos todo lo que he podido, más incluso a ellos que a mi propio sobrino. Pero necesito pedirles que me ayuden: que sepan lo que pasa y me informen. Y si no lo hacen, tendré que ir con la policía. Y ellos tomarán el caso y quizá terminen averiguando muchas cosas peores sobre su amigo. Nunca se sabe qué pueda pasar.

La mano de Gabriela volvió a levantarse. Me fastidiaba que incluso en ese extremo terrible conservara sus modales de colegiala amaestrada por las monjas.

—Disculpe, padre, pero creo que tiene que explicarnos mejor cómo y para qué lo ayudaríamos. Entendemos su preocupación y lo que trata de hacer, pero no se vale que venga a hablarnos de Carlos sin decirnos todo lo que sabe.

Supongo que aquello era lo más firme que podía comportarse sin poner en peligro su beca. Novo la miró con algo más de calma que a nosotros y asintió. Me di cuenta de que la mesera, acodada en la barra, no se perdía detalle de la charla y que, casi desde el principio, se encontraba revoloteando en torno a nuestra mesa, mucho más cerca de lo que el protocolo de los restaurantes suele indicar.

Antes de que el padre prosiguiera, le detuve la mano y le señalé con la mirada en dirección de la muchacha. Ella anotaba algo en la comanda.

El padre Novo pareció captar mi idea y levantó la voz.

—Señorita, le ruego que nos traiga otro *calzone*, pero esta vez de pimiento y albahaca.

La mesera pegó un pequeño brinco al verse interpelada y se volvió apresuradamente. Con una sonrisa que me pareció el colmo de la hipocresía, aceptó la orden y preguntó si queríamos algo más. Le hicimos un confuso pedido de bebidas y postres que ella medio anotó en sus hojitas antes de desaparecer en la cocina. A Maples le sacó la lengua.

—¿La conocen? —preguntó el padre, quien siguió sus movimientos hasta verla perderse tras la puerta.

—Bueno fuera. Pero Max, el hermano de Carlos, es clientazo de acá —completó Maples.

Novo se persignó.

—Quiera Dios que no haya oído nada grave o que no lo divulgue. Tendré que pedirle al padre Gilberto que platique con ella.

Resopló como haría cualquiera a quien se le siguieran acumulando tareas pese a que sus responsabilidades fueran ya excesivas y acercó la cara hacia nosotros.

—Pues pasa esto. Sabemos que existe ese video pero ni quién o cómo lo esconde. Y necesito su ayuda para saber. Quizá Carlos escondió con ustedes algo que pudiera ayudarnos.

Tanto Gabriela como Maples voltearon a verme instintivamente, supongo, antes de reparar en que no estaban haciéndome fácil la vida con gestos como esos. Yo intenté permanecer lo más serio posible. El padre se había dado cuenta de que lo sabíamos todo.

—Nunca oí hablar de esos videos hasta ahora.

El padre me escrutó con la mirada. Era probable que no creyera nada de lo que le estaba diciendo pero no le quedaba más remedio que hacerlo.

—¿Qué quiere? Estábamos un poco distanciados con Carlitos.

Novo su puso unos lentes minúsculos. Luego infló las mejillas y soltó el aire. Estaba frustrado.

—¿Max no les dijo nada?

Volvimos a cruzar las miradas. No ganaríamos nada dándole al padre otro blanco que yo mismo.

—No. No sabíamos nada de esto.

El padre se había exaltado. Tuvo que contenerse cuando la mesera, con la culpabilidad de su espionaje tiñéndole las mejillas, trajo las bebidas, los postres y el absurdo *calzone*. Novo le pidió otro vaso de agua en cuanto comprobó que no había otro vaso con tal líquido en la mesa.

—¿Nada más? ¿Algo extraño que haya pasado y que recuerden? No creo necesario tenerte que repetir lo importante que es este asunto. Incluso para la memoria de tu amigo.

—No.

El padre se dejó caer sobre el respaldo de la silla y nos contempló con aire meditabundo, uno a uno, como si fuera a elegir al más débil para chuparse la sangre.

—Muchachos, de verdad necesito su ayuda. Lo lamento si los ofendí con algo de lo que haya podido decir de Carlos. Yo lo conocí de pequeño y me duele mucho todo lo que pasó con su vida. Ojalá que Nuestro Señor haya perdonado sus pecados y lo tenga en su gloria. Les pido que se mantengan atentos y que no duden en acudir por ayuda conmigo si descubren algo. Este asunto es demasiado importante para dejarlo así.

Gabriela le prometió que lo haríamos. Nosotros no dijimos nada. Él se puso de pie. Dejó el suficiente dinero en la mesa para liquidar toda la cuenta.

Notó de pronto que las paredes del local estaban cuajadas de cartelones con chicas en cueros y que nalgas, pubis y pezones asomaban allá y acá.

Sacudió la cabeza, volvió a persignarse y, tan silenciosamente como había aparecido, alcanzó la puerta y se marchó.

Lo primero, en cuanto desapareció de la vista, fue pegarle un sorbo de antología a la cerveza. Resultaba demasiado extraño. Todo. Ni siquiera deberían vendernos alcohol: lo hacían solamente porque Max parecía tener el poder de un cliente consentido en el lugar. Éramos unos quinceañeros del montón, pero con un amigo muerto que parecía haber tenido más secretos que una estrella de Hollywood.

Al menos, por alguna causa, la historia de Novo me había dejado una especie de extraña tranquilidad: siempre pensé que Carlitos había sido totalmente infeliz. Si de verdad se quería tanto con el idiota del sobrino del padre, a lo mejor había llegado a pasar algunas buenas tardes.

Gabriela se limpió la cara con una servilleta y descubrí que había llorado un poco, no sabría decir si de emoción o de pena. No me atreví a consultárselo. Maples devoraba imparcialmente el segundo *calzone*, aunque acotando que la albahaca le daba un sabor espantoso y que el padrecito tenía un gusto de veras pésimo.

En mi propio teléfono, olvidado en mi bolsillo desde la aparición del cura, brillaba un mensaje del Carlitos del mundo espiritual.

Tenía una hora de enviado.

La sorpresa de su regreso me agarrotó las tripas.

Me apresuré a responderlo.

MENSAJES   LIMPIAR

¿Lo que dijo Novo es cierto?

CARLITOS:
Para él.

ENVIAR

El espíritu había reaparecido y no me estaba facili-
tando las cosas.

Me irritaba tanto recibir mensajes de un espectro y ser incapaz de dialogar con él como cuando
estaba vivo, que opté por devolver el aparato a mis
bolsillos.

La vida, me dije, era tan ridícula a veces que hasta
los fantasmas tienen problemas con ella.

Una certeza se abrió paso, lentamente, en mi
cerebro.

El video era el centro de todo. Lo que no me
checaba es que, luego de la muerte de Carlitos, se
quedara en el cajoncito del ayudante de Max.

Maples podría dar más respuestas.

—Oye, cabrón. Tú abriste ese cajón en el mercado
con tu copia de la llave.

—Sí.

—¿Tuviste alguna bronca?

—¿Bronca? No mames. Fue un pedo. Tres veces
se quedó atorada y otras tres tuve que darle de jalo-

nes como pinche loco para rescatarla. A la cuarta como que le agarré la maña y lo logré.

—O la cuarta, la cerradura barata cedió —dijo Gabriela, leyéndome el pensamiento.

Maples no iba a permitir que su gran triunfo fuera descartado así como así.

Protestó de inmediato y se afanó en recapitular todo el episodio.

—Claro que no. Porque volví a cerrar el cajón ¿recuerdas?

Finalmente, luego de alegar durante cerca de diez minutos (la mesera seguía escuchando, aunque mucho más lejana, de pie junto a la puerta del local, como esperando que llegara alguien), Gaby aceptó que podía tener la razón.

—Como sea, abrir ese cajoncito estuvo cabrón. Y sólo por eso supimos los pedos en los que estaba metido Carlitos.

—Sí, pues. Nadie te va a quitar la estrellita de la frente, güey. Pero por qué el video estaba allí, tan a la mano. ¿El jefe de todo habrá sido Hugo? A lo mejor nomás navegaba con bandera de pendejo.

—No tengo idea. Pensé en llevarme además la computadora... Aunque ya se la habían llevado. No había nada allí aparte de las cosas del cajón. Supongo que se la llevó Max.

Nos pusimos en pie. Quedaba medio *calzone* aún, que Maples envolvió en servilletas y se metió a la chamarra antes de que nadie pudiera exigir que lo repartiera. Justo cuando salíamos, sin responder el "buenas noches" de la mesera (aunque Maples le sonrió), Max hizo su aparición.

Me pareció más flaco y agotado que de costumbre, con los bigotes un poco encanecidos. O quizá era solamente que estaba sugestionado por las historias del padre Novo y las propias revoluciones en mi cabeza. Intentó abrazarnos a todos y se puso un poco simpático. Nos invitó a quedarnos. Le dijimos que debíamos irnos. Le hizo un chiste a Gabriela sobre los carteles con mujeres desnudas de las paredes. Ella sonrió con frialdad.

—Pues bueno, chavos, luego no anden diciendo que el Max no se pone con las chelas. Cuídense y no se metan en problemas.

Era una frase del todo banal, pero me resultó, dado el contexto, casi amenazante.

Había anochecido y el aire rafagueaba en nuestras caras. No había mensajes en mi teléfono. A lo mejor Carlos, en el cielo o el infierno o donde estuviera, también estaba harto de hablar.

Marqué el número de Javi.

Respondió Gina.

—¿List? No puede contestar, se está bañando. Intentó llamarte hace rato pero le marcaba ocupado. Dice que vengas mañana a la casa.

Sus padres le habían castigado el automóvil, me dijo.

Parecía más animada que de costumbre y hablaba con una confianza que me puso de buenas. Le aseguré que estaría allí luego de salir del trabajo.

—Mejor por la tarde. No creo que mis papás lo dejen invitar gente a comer, luego de lo que pasó.

—Entonces invítame tú.

La risa de Gina era maravillosa.

—No quieres que mis padres te miren todo el tiempo y pregunten mil cosas si yo te invito. No. Ven por la tarde.

Colgué. Gabriela me miraba como si posara sus ojos en mí por primera vez en la vida. O, mejor aún, como si acabara de darse cuenta de que no era yo el espantajo que ella pensaba.

Me encogí de hombros, como habría hecho mi abuelo.

Caminamos hacia el andador.

La radio del pesero machacaba la misma canción, vieja y poco interesante: "La última noche que pasé contigoooo... Quisiera olvidarla pero no he podidooooo...". Escuchaba mascar chicle a Maples y me recriminaba mentalmente por haber aceptado su compañía. Se suponía que fuera solo a casa de los O'Gorman. Se suponía que mis intentos por ganarme a Gina no terminaran entre las torpes patas de un bueno para nada como mi amigo.

Durante la caminata que precedía siempre la llegada al reino de Javi, seguí reflexionando sobre las confesiones del padre Novo y sus intentos por obtener de nosotros alguna clase de ayuda en su cerco sobre Max. En algún momento de la madrugada supe que había sido una estupidez oírlo en vez de salir corriendo. Aunque, por otro lado, tampoco es que me dieran ganas de que el padre Gilberto o algún otro secuaz ensotanado aparecieran de madrugada en mi ventana, como ninjas, en busca de convencerme de que lo escuchara.

Para todo efecto práctico, el sermón del padre parecía dirigido a que dejáramos de considerarlo sospechoso de quién sabe cuántos crímenes horrendos. Se había lavado las manos, directamente, de los crímenes; había justificado su acoso a Max; parecía convencido de la posible culpabilidad del difunto Hugo, pero lo había mencionado solamente como un dato, como si hablara de la lluvia o del programa escolar para la primavera por venir.

Finalmente, me di por vencido. ¿Qué se suponía que hiciéramos? ¿Negar todo, como si tuviéramos un plan o supiéramos qué es lo que estaba pasando? Al menos, el padre no sabía nada de los mensajes de Carlitos. Y eso nos daba ventaja. Aunque, pensándolo bien, las ventajas de tener un espectro posiblemente falso de tu lado no parecen demasiadas cuando necesitas respuestas que nadie te da.

Pulsé el timbre eléctrico de casa de los O'Gorman. Una voz metálica dio las buenas tardes y, dos segundos después, un chirrido indicó que el portón comenzaría a abrirse. Cruzamos el pasillo de entrada. La alberca reflejaba los arbustos del jardincito. Un ave negra, no sé si un cuervo de verdad o solamente uno de esos feos zanates que atiborran la ciudad, nos miraba con algo parecido a la curiosidad. Echó a volar cuando nos acercamos.

La habitación de Javi parecía un tanto sofocada. No había encendido el ventilador del techo ni funcionaba, al parecer, el aire acondicionado. Mi amigo, con gesto de cansancio, estaba sentado en un sofá mirando el televisor. Había un control en su mano. Jugaba alguno de esos juegos en línea de consola que tan bien dominaba. De Gina no había rastro.

—Espérenme un momento, que no puedo salirme así nada más. Los de mi clan me colgarían por los güevos.

Maples bufó, como cada vez que Javi tocaba un tema que le parecía sensible.

—Qué putas se supone que es un clan.

—El grupo de cabrones con quienes juego. Retamos a otros. O nos retan. Y hoy nos están partiendo toda la madre unos japoneses hiperchinguetas. Así que en cosa de diez minutos los atiendo.

Nos instalamos en un par de sillas. La computadora de Javi estaba apagada. Al menos, me dije, no hay posibilidad de que Carlitos mande mensajes por allí. Apenas pensé esto y tuve que revisar mi teléfono. Pero no: nada. El espectro había pasado varias horas en silencio absoluto, como si meditara su siguiente movimiento.

Sobre la mesilla de noche había una foto familiar. El padre de Javi era un tipo rubio, sonriente, con cierto aire de idiota que no debería ser más que una especie de camuflaje, porque al parecer era un tigre en los negocios. La madre era muy atractiva, con esa belleza que tienen las millonarias que se procuran ejercicio, dietas y masajes. Javi y Gina se veían mucho más pequeños en ella, aunque la fotografía no debería tener más de dos o tres años a lo sumo. Pero en esos años los nenes se habían estirado.

Gina, sobre todo.

Sí, señor.

Como si la hubiera invocado, se asomó en aquel momento a la puerta corrediza que daba hacia el jardín. Creo que notó que la miraba en la fotografía. Me sonrió. Venía en jeans, con el cabello recogido en una coleta muy sencilla. Pero a Maples le habría dado lo mismo que viniera vestida de esquimal: igual abrió la boca y comenzó a murmurar porquerías.

—No me digan que está jugando, el niño —dijo ella.

—Con su clan —aclaré—. Unos japoneses les están partiendo la madre.

—Eso dice siempre cuando pierde. Pero la verdad es que juega contra unos tipos de Mexicali, o algo así, que cada semana le ganan.

Javi, en su sofá, maldecía a todos los santos, a la madre de Cristo y al Papa. O a quien se dejara.

—Ya. Ya valió. Puta madre. Nos chingaron de nuevo.

—¿Los de Mexicali? —lo irritó Gina.

Javi hizo el gesto de ira acumulada de quien ha sostenido quinientas veces la misma discusión.

—¿Cuál Mexicali? Son japoneses. De Kioto o una madre así. Hablan entre ellos con signos. ¿Por qué mejor no nos traes unas cocas?

Ella, desde luego, no le hizo el menor caso. Se sentó en la alfombra, exactamente junto a mis pies. Si su cadera se hubiera movido cinco centímetros, casi podría decirse que estaría sentada sobre mis dedos. Me puse a hervir.

Javi hizo una mueca de extrañeza instantánea pero prefirió callar. Se lo agradecí en silencio.

Maples, que no tenía cabeza para sutilezas como las que estaban sucediendo, interrumpió.

—Entonces a qué vinimos. Cuéntanos, pues, lo del secuestro. Ya me dijeron que estabas afuera de los andadores. ¿Te sacaron la pistola? ¿O de plano el fierro? —remató con una risita.

Maples consideraba los albures (que, como casi todos los de nuestra edad, apenas sabía utilizar, para ser sinceros) una señal de distinción entre nosotros, los del barrio, y para ellos, los güeros del fraccionamiento, como murallas.

Javier no parpadeó. Terminó de apagar su juego y guardó el control en una caja. Luego regresó al sofá, no sin darle un zape al pasar a Maples, que no lo esperaba y cuya cabeza chicoteó espectacularmente.

—Cállese, pinche perro. Está en una casa decente.

Los ojos de Maples brillaron con un odio centenario.

Me sentí obligado a intervenir.

—A ver, cálmense. No mamen. Vinimos por cosas importantes.

Gina se abrazó las rodillas. Había estado mirándome. De pronto me sentí un poco ridículo, como si cualquier gesto de pacificación o sensatez de ese momento en adelante fueran un modo de mostrarme ante ella como un tipo maduro y confiable. Un superhéroe. Recordé, dándome una patada mental en el trasero, que tampoco hoy la había saludado de beso.

—Cuéntanos primero y luego nosotros te contamos lo que pasó anoche. Con el padre Novo.

Javier respingó un poco pero obedeció. En pocas frases nos refirió lo que ya sabíamos: había estacionado el automóvil a la vuelta de mi casa. Alguien llegó por atrás de él y lo golpeó en la nuca. No perdió el sentido pero se cayó al suelo y los tipos aprovecharon para ponerle un costal en la cabeza y maniatarlo. Luego lo subieron a un coche que arrancó a gran velocidad.

Cuadras adelante, quién sabe cuántas, le destaparon la cabeza. Alguien le dio un par de puñetazos en la boca para ablandarlo. Lo amordazaron, le amarraron los pies. Luego le vendaron los ojos. Pasaron muchos minutos. Estaba aterrado y sentía que se ahogaba. Pensó en su familia, en sus perros, pensó que si lo mataban quizá nunca darían con su cadáver. El coche se detuvo. Lo metieron a un lugar donde había mucho ruido. Allí, sintió cómo lo arrojaban al suelo. Era un lugar estrecho: no podía estirar bien las piernas.

—Pues cómo las ibas a estirar. Era el pinche cuartito de las escobas —dijo Maples, que no había estado presente pero actuaba con toda la arrogancia de quien ya se enteró de la historia.

—No. El cuarto era amplio. Pero no podía moverlas del dolor.

—¿Ninguno te dijo nada? ¿No oíste nada?

Javi, por toda repuesta, levantó el teléfono.

—¿Señora? ¿Si le pide a Jenny que nos traiga unas cocas para los muchachos y para mí? Muy amable, señora.

Volteó a vernos como si paladeara el momento.

—¿No quieren una coquita?

Gina se removió en la alfombra.

—Ya diles, Javier. No seas mamón.

Oírla maldecir le hizo ganar otro millón de puntos en mi estima. Quería invitarla a salir, besarla, hacer con ella todo lo que los tipos de las películas hacen con las chicas. Quería tener once hijos con ella. Pero por lo pronto ni siquiera me animaba a estirar el pie hacia su cadera.

Javi esperó a que una muchacha muy seria, morena y delgada, a quien inevitablemente Maples chuleó, nos sirviera los refrescos y un plato de papas fritas que se quedó abandonado desde un principio junto a la computadora. Sólo cuando Jenny (y tras ella, las pupilas de Maples) salió de la habitación, se dispuso a hablar.

—Sí, sí oí algo. Cuando tenía el costal en la cabeza, antes de que me amordazaran, uno de ellos hizo una llamada. Dijo esto: "Tenemos a un güey. Dice que no sabe nada del Max. A dónde se lo llevamos". Usaban uno de esos teléfonos que tiene radio, de los que pitan todo el pinche tiempo. Y escuché claramente la voz del tipo, que decía: "Al Bosque, llévenlo. No le hagan nada. Mañana los veo". No era una pinche voz de malandro, así como la de este pendejo —acotó, señalando a Maples por si tuviéramos dudas de a cuál pendejo se refería—. Era una voz educada.

—Como la de tu pinche madre —respondió el rencoroso de nuestro amigo.

—No. Como la de un padre.

—¿Novo?

Fue el primer nombre que me asaltó. Había algunos puntos a favor. El primero de ellos es que Novo, que llevaba semanas interminables rondando el mercado y viéndonos en él, no se había acercado a nosotros sino el día después de que recuperamos milagrosamente a Javi. Otro punto que me parecía importante era que nunca mencionó a nuestro amigo entre los incidentes provocados por Pablito, su sobrino, aunque el pleito entre el dichoso Pablito y Javier había sido toda una noticia en los días en que sucedió.

Sin embargo, también había otros puntos en contra de la teoría de la culpabilidad del padre. El primero era que resultaba imposible que supiera que Javi nos había ayudado a buscar las direcciones de Internet desde las que se enviaban los mensajes. El segundo, quizá más terminante, era que los mensajes de ultratumba de Carlitos, por más inquietantes que hubieran resultado para nosotros, no eran el centro de las preocupaciones del sacerdote. Él lo que quería era localizar y destruir el video de sus alumnos, no ubicar la dirección IP de un espíritu.

La pausa dramática de Javi había sido demasiado larga. Y tanto Gina como Maples dijeron en voz alta el nombre del padre después que yo.

—No, no creo que fuera él. Pero quizá podría haber sido otro. Créanme que los conozco. Estudio con ellos. Casi me atrevería a jurar que esa voz era la del padre Gilberto, el ayudante.

Gilberto. Yo no atinaba a ponerle un rostro pero su nombre había asomado aquí y allá en la historia de su jefe. Novo, al parecer, no se manchaba las manos tratando con padres de familia ni extorsionadores. Todo lo hacía el tal Gilberto. Y, si el oído de Javier era tan fino como nuestro amigo presumía, también se encargaba de organizar los secuestros de la orden...

Para evitar que Maples se saliera de tono, me apresuré a narrarles nuestro encuentro con Novo, su historia y sus amenazas veladas. No creía ser un buen relator, pero mis palabras debieron alterarlos, porque Javi se echó hacia adelante, como hacen los entrenadores de futbol cuando el partido se pone tenso, mientras que Gina se recargó en mi pierna, provocándome un temblor que se sentía hasta en las raíces del pelo.

Cuando terminé el relato, sorteando las irrupciones groseras de Maples igual que un esquiador elude las piedras, las vallas y los árboles en un juego de video, tanto Javier como su hermana parecieron alarmados.

—Eso lo que he estado pensando. Si ese pinche video sale a la luz, se acaba el colegio —dijo él.

Antes de que pudiera evitarlo, Maples saltó.

—¿Ora si se preocupan? Cuando nomás se trataba de nuestro amigo encuerado enfrente del pinche Pablito Novo, no había pedo. Pero si los jotitos que salen en el video de mierda son de su colegio, entonces se ponen locos ¿no? Pero díganme qué es lo que va a pasarles. ¿Van a saber sus papás que tienen verga? No les va a pasar nada. En cambio, nuestro amigo está muerto.

Era tan agresivo (pero en el fondo, tan exacto) lo que dijo que nos quedamos callados. Creo que incluso extrañé que Gabriela estuviera entre nosotros, porque de algún modo era una especie de intermedio entre unos y otros: iba con ellos al colegio pero vivía en nuestros andadores. Y quizá ella, que quería a Carlos por lo menos tanto como el que más, pudiera haber puesto un poco de perspectiva en la llaga que se acababa de abrir en la conversación.

Aunque sentía lo mismo que Maples, que se había cruzado de brazos y miraba al horizonte (es decir, la pared) con aire indignado y un cigarrillo, seguramente robado a su madre, en los labios, me controlé y decidí mediar.

—A ver: no tenemos idea de si el pinche video tuvo que ver con la muerte de Carlos. En realidad, sabemos muy poco sobre lo que está pasando. Y si no sabemos más es porque Carlitos mismo no lo quiso. Hubiera podido contarnos pero no nos contó. Ni de su video ni de Pablito Novo ni de nada.

Javi se había dejado caer en su sofá, con los pies colgando por el extremo con evidente enfado. Gina se alejó de mis piernas y se reclinó contra la pared. Parecía incómoda. Todos lo estábamos.

En aquel momento la madre de los O'Gorman tuvo el tino de entrar. Llevaba una minifalda que desarmó los odios de clase de Maples y que incluso yo tuve que reconocer que resultaba un poema. Unas piernas fuertes y suaves a la vez, pálidas y perfectas, en las que no costaba reconocer las de su hija.

—Buenas tardes, muchachos. Ya me dijo Gina que ustedes vienen de la parroquia. Muchas gracias por visitar a este niño, que mucha falta que le hace oír cosas diferentes a sus fiestitas. ¿Ya les contó que el otro día nos llegó después del amanecer? Lo trajo su tío Adán, que quién sabe de qué lugar espantoso lo rescató...

Balbuceé cualquier frase sinsentido mientras miraba a Gina. Ella se encogió de hombros como toda explicación. El gesto, tan familiar en otro contexto, me enterneció. Maples, en su papel de púber enamorado, salió al quite.

—No se preocupe, señora. Ya nos dijeron que Javito anda un poco desorientado. Así nos pasa a todos a veces. Pero le trajimos un mensaje de luz para que cambie. Ya le dije: mijo, tú que tienes una mamá tan buena, no puedes andar en malos pasos...

La señora O'Gorman, con la absoluta incapacidad para entender la ironía que tienen los adultos, le sonrió y salió del cuarto contoneándose. Y apenas desapareció el sonido de su taconeo por el pasillo, tuve que correr a erguirme como una valla humana para que Javier no se lanzara a patear a Maples.

—¿Una mamá tan buena? Preséntame a la tuya, hijo de la chingada. ¿Crees que te creyó una pinche

palabra? Ya los había visto por aquí. Mi mamá no es tan pendeja, sábelo.

Gina, encogida en su rincón, miraba a su hermano con un poco de pena: lo cierto es que, sí, la señora O'Gorman ya nos había visto, pero posiblemente las caras de todos los amigos de sus hijos le resultaban un mosaico indistinguible y no era capaz de separar a unos de otros.

—Bueno, ya. Dejen de estarse mentando la madre —los increpé—. Hay que decidir qué hacemos.

Javier bufó y volvió a su sofá. Maples se hundió en la silla. Más allá de las bravatas, no teníamos demasiada claridad sobre cuál debería ser el siguiente paso. Intenté poner en orden la maraña de nuestros límites.

—El padre jura que ellos no tienen que ver, pero Javi cree que Gilberto pudo ordenar su secuestro. No hemos hablado con Max, pero no dudo que él sepa algo. Su ayudante está muerto. Y Pablito Novo está fuera del país. No hay mucho.

Gina bufó.

—Pablito no está fuera del país. Al menos la semana pasada. Lo vi en Plaza Latinoamérica. Fui con una amiga a comprar un suéter y estaba en la tienda de música con otro tipo, un gordo.

Se había puesto de pie ante mí, con una mano en la cadera y otra dando vueltas en el aire. Su madre era un monumento a la buena salud y los cuidados. Ella era algo mejor: era joven, hermosa y seguramente irrepetible. Y me tenía más pescado que un atún.

—Así que ya tenemos un blanco —dijo Maples, tronándose los dedos como los golpeadores del crimen organizado en las películas—. Vamos a buscar al tal Pablito y ver qué sabe.

Gina obtuvo el permiso de su madre para llevarnos a la parroquia en el automóvil (pobrecitos muchachos, le dijo, creo que no traen ni para el metro). Mientras se alistaba, y aprovechando que Maples estaba en el baño, llevé a Javi aparte.

—¿Te dijo? ¿Te dijeron cómo te encontramos?

—¿Gina?

Asentí con la cabeza.

Mi amigo suspiró.

—Me dijeron que recibiste mensajes de Carlitos. Mensajes rarísimos, como si pudiera verlo todo.

Estábamos de pie junto a la alberca, bajo un curioso manto de estrellas, que se habían abierto paso en mitad de la espesa capa de esmog de todos los días.

—Sí.

El lucero de la tarde era la única estrella que era capaz de reconocer. Mi abuelo me había enseñado a distinguirla. Era Venus, me dijo una vez, en la montaña, cuando yo era muy niño. La Diosa del Amor

de los romanos. El lucero de la tarde. La primera en aparecer y la primera en irse.

—¿Sabes qué descubrí? Fui a tu casa para decirte lo que encontré en mis búsquedas en la compu y llamando por teléfono.

—...

—El supuesto Carlitos renovó su celular. El número del que te llegan los mensajes era un teléfono de fichas y ahora tiene un plan. Y además cambió sus contraseñas de correo y de sus páginas. Porque los servicios se cancelan solos cuando alguien muere a menos que haya actividad. Es decir, que quien llama y te contacta no puede ser de ningún modo tu amigo. Puedo creer que un muerto quiera comunicarse con los vivos. Pero no entiendo que contrate un plan de doscientos minutos al mes con Internet y mensajes.

Comenzamos a reír.

Cuando Gina y Maples aparecieron, seguíamos riendo como un par de locos.

Todo salió mal. Maples ocupó el asiento del copiloto y se dedicó a mirarle las piernas a Gina con tal ahínco que en vez de llevarnos a los andadores, que era lo que se había ofrecido a hacer, apenas nos acercó a la estación de metro.

Tampoco pude besarla para despedirme porque ni siquiera detuvo el automóvil. A lo más que llegué fue a asomar la cara por la ventanilla y decir, como si en verdad fuera el catequista de la parroquia, "muchas gracias, buenas noches, saludos a todos en tu casa".

Maples no sólo se dio cuenta de mi frustración sino que me confesó que la había propiciado. ¿Por qué? Por cabrón. Le pareció que la chica estaba muy entusiasmada con la posibilidad de tenerme de copiloto y le pareció divertido joderme.

Me puse de tan mal humor que cometí una bajeza: de la nada, en mitad del vagón del metro (medio vacío a esas horas de la noche, y ya a punto de cerrar) arrastré la conversación por el lodo y le conté uno de mis más escabrosos episodios vecinales: la noche en que vi a su madre desnuda.

En realidad el asunto no había sido tan terrible y gran parte de él había ocurrido en mi cabeza. La madre de Maples era una mujer flaca pero con sus curvas y que, pese a su gesto de amargura infatigable, levantaba todavía algunas pasiones en el andador. Vivían, madre e hijo, con una tía soltera que era la dueña del departamento. El padre de Maples, como tantos otros en su generación, había desaparecido en la noche de los tiempos sin dejar nada más que su apellido y algunas camisas del sindicato de petroleros.

Pues bien: mi ventana daba directamente a la del departamento de los Maples. Y muchas noches, cuando me daba por eso, apagaba la luz de mi cuarto y me sentaba a esperar la aparición de la señora madre de Maples. Rara vez llegué a ver algo más provocativo que su espalda, cuando se cambiaba de brasier. Pero una noche, algo cambió. Una nueva recámara, o alguna mudanza interna, propiciaron que un espejo de cuerpo completo en la recámara quedara en mi campo de visión. Así que, ayudándome con los gemelos de mi abuelo, un viejo par de catalejos militares, podía ver cambiarse de ropa a la mujer.

Tendría yo, a todo esto, unos once años. El descubrimiento de una mujer desnuda más allá de las que ocasionalmente llegaba a entrever en Internet (que en un principio estuvo severamente controlada en casa), era algo demasiado importante como para dejarlo pasar. Me escondí en mi cuarto. Apagué la luz. Y esperé.

La vecina (trataba de no pensar en ella como la madre de mi amigo) entró a su recámara. Cerró bien la puerta. Por un curioso efecto óptico no se le veía la cara. Solamente el cuerpo. Se quitó la ropa con unos pocos movimientos, sin esperar que su reflejo fuera visto por el niño de enfrente, supongo. Pero el hecho es que la vi. Completita. Nalgas, pelos, tetas y todo. Y hubo más. Porque la mujer se tendió frente al espejo, creo ahora que para aplicarse alguna clase de medicamento. Pero en aquella noche de calentura, me pareció que lo que hacía era cometer toda clase de horrores morales, que desde luego que me resultaban deliciosos sólo de imaginar.

ANTISOCIAL

Quisiera contar que me convertí en un vicioso del espionaje pero no. Me asusté tanto (tenía, repito, once años y una educación bastante normalita, es decir, llena de culpas) que me las arreglé para no repetir la experiencia ni volver asomarme.

Al menos durante mucho tiempo. Porque, debo reconocer, algunas noches, cuando los programas de juego iban lento, cuando las películas tardaban en bajarse o la pornografía de Internet no bastaba, apagaba la luz y sacaba los catalejos.

Claro, una cosa es hacerlo a escondidas, que es como esas cosas deben suceder, y otra muy diferente es hacerle pagar una broma pesada a un amigo diciéndole, como hice:

—Ni sigas, o te cuento el día que vi a tu mamá encuerada.

Maples nunca fue un tipo sensible. Digo: creció sin padre, en medio de una madre amargada y una tía solterona que casi no salía de casa y tampoco era muy amigable. Nunca fue buen estudiante. No jugaba bien al futbol. Ni siquiera podría decirse que fuera un buen empleado en la papelería. Estaba habituado a perder o, en todo caso, a conseguir lo poco que la vida le cedía a base de esfuerzos sobrehumanos (aprovecho para anotar que el profesor de matemáticas de tercero de secundaria nos los puso de ejemplo una vez: "Ustedes podrían aprender y no lo hacen. Y en cambio, personas tan limitadas como su compañero Maples, que no saben contar sin usar los dedos, se esfuerzan por cada seis que sacan mucho más que ustedes por sus ochos y nueves...").

No se inmutó ante mis palabras. Las despachó con un simple:

—No mames, eso no es cierto. No seas puerco.

—Sí es cierto. Su ventana da a la mía. Piensa en el pasillo del andador.

Lo hizo. Lo miró detenidamente en su mentecita y supo que era verdad, que las ventanas estaban directamente enfrentadas.

—¿Y eso qué? Hay cortinas.

—Tu madre no las cierra. Seguro que has entrado en su cuarto. ¿Las has visto cerradas? No las cierra porque nadie más que ustedes y nosotros usa ese pasillo porque topa en una pared y no da a ningún jardín. Y los niños no juegan allí porque no hay espacio y porque tu madre los regaña. Y además tiene colgado un espejo. Y en ese espejo la veo.

Maples me miraba sin entender nada pero sin animarse a contradecirme.

—¿Te pareció chido quitarme el asiento junto a Gina, aunque sabes que ella quería que fuera allí? A mí me parece chidísimo mirarle las tetas a tu mamá. Y el resto.

—Estás bien pendejo, pinche List —me dijo, resoplando.

Su coraza de indiferencia empezaba a ceder.

—Si quieres te la describo. Seguro que te ha tocado verla medio encuerada cuando sale de bañarse o algo. ¿Te la describo? Es verdad. ¿Me jodes? Pues te jodes tú.

Éramos amigos desde el primer día del primer año del jardín de niños. O antes, desde que nuestras familias llegaron a los andadores, antes de que naciéramos. Desde que su padre, aún allí, aún responsable, aún en el trabajo con los petroleros, todavía caminaba por los andadores.

Pero eso no impidió que Maples me estampara el puño en mitad de la cara y me mandara al suelo del vagón. Aterricé un par de metros allá, en las rodillas de un viejecito que dormitaba, y al que mi caída le provocó un susto que por poco no lo mata.

Algunas personas se rieron. Otras, boquiabiertas, se levantaron a ver.

Un hilo de sangre bajó de mi labio hasta posarse en mi pecho.

El metro se detuvo. Maples, sin darme una mirada, se bajó.

No era nuestra estación.

Aquella noche prefirió caminar a casa.

9

No quiero encontrarte nunca,
que estás conmigo y no quiero
que despedace tu vida
lo que fabrica mi sueño.

"BREVE ROMANCE DE LA AUSENCIA"
Salvador Novo

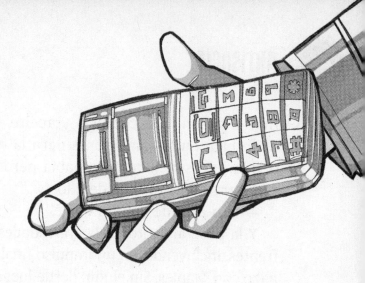

NO SABÍA BIEN cuál era la ventana de Gabriela. Tuve que adivinarlo. Vivía en el andador paralelo al nuestro. Su casa estaba a la altura de la mía. Dos ventanas salían a ese pasillo (y las otras tres, incluyendo la sala, lo harían al lateral). Una tenía un cortinaje oscuro, sin adornos. El otro era plisado y con florecitas. Me pareció evidente que el liso tenía que ser el suyo.

Golpeé el vidrio con los nudillos. Tardó cinco segundos en asomar. Estaba agitada. Al verme, el gesto de extrañeza que me había estado dedicando en nuestros últimos encuentros se hizo más pronunciado. Me hizo la seña de que aguardara y desapareció. Unos minutos después salió al pasillo.

Caminamos hacia los jardines del fondo. Los alcanzamos en silencio.

—La última vez que alguien tocó la ventana era Carlos. Unas noches antes de que lo mataran.

Miramos los pocos arbustos estériles y la hierba reseca y la luna medio tapada por nubes. El aire olía mal: a gasolina, a cebollas y aceite. Nunca había olido bien en los andadores pero la gente prefería olvidarlo o sencillamente había perdido la capacidad para darse cuenta de ello.

—Todo está de cabeza —dije.

Y la puse al tanto de las novedades en todos los frentes. Incluyendo, en un impulso final, mi encontronazo con Maples. Sin eludir, desde luego, la confesión de mi interés por Gina.

Gabriela se recargó en el tronco de un ficus, tan endeble que lo hizo vacilar. Su gesto era calculadamente frío, como si estuviera intentando no entusiasmarse.

—Bueno, parece que te gustan los problemas. Uno de tus amigos está muerto. A otro vas y le dices una serie de cochinadas sobre su madre. Y con el tercero te vas a pelear porque te gusta su hermana.

Aventuró una risita. Yo no estaba de humor como para reír con ella. Seguía, me parece, encabronado con Maples. Pero la culpa, culpa incontenible por lo que le dije (y por el hecho de haber espiado a su madre durante años, creo que habría que agregar) se abría paso en mi cabeza.

—No lo veo así. O no sé. No entiendo nada.

Ella suspiró largamente. Noté que se había maquillado un poco y llevaba puesta una blusa diferente a la que tenía encima al abrirme la ventana.

—A veces venía aquí con Carlos y hablábamos de cosas así. Ojalá hubiera sido igual de estúpido que

tú y me hubiera contado abiertamente lo que le pasaba. A lo mejor hubiera podido ayudarlo de algún modo.

Llevó una mano a mi cara. Con un dedo recorrió el contorno de mis ojos y mi boca. Tenía una mirada de algo que no supe identificar como ternura. O como pena.

Tosí.

Ella, lentamente, bajó la mano. Sonreía pero no creo que nada de lo que sucedía le estuviera causando la menor gracia.

—Ojalá uno pudiera decir las cosas así de fácil.

Comencé a inquietarme. Gabriela era una chica muy linda, sí, y sus ropas oscuras y su cabello negro le daban una personalidad francamente interesante pero en esa suerte de trance resultaba casi un peligro. Daba la impresión de que iba a morder, de repente, la garganta de su interlocutor.

—¿Qué va a pasar si descubres la verdad? —dijo como en un susurro.

—Depende cuál verdad descubra.

—¿Sabes qué? Creo que esto ya no tiene que ver con Carlos. Ya es todo lo que nos pasa a nosotros. Y eso me da mucha tristeza.

Sólo lo grillos le respondieron. Yo no tenía ninguna palabra a la mano que encajara.

Me puse de pie. Gabriela se acomodó, como para quedarse allí, bajo la luna.

—Tengo que irme.

—Ya lo vi.

—Acordamos buscar a Pablo Novo. Javi y Gina van a ayudarnos.

—Muy bien. Avísenme si lo ven. Habría que preguntarle muchas cosas.

Era como si toda su energía se hubiera evaporado de pronto, como si hubiera envejecido de golpe varios años. O quizá era sólo que había decidido mostrarse como era en verdad, así de lánguida y vaga y *blackie*, tal como era con Carlos y tal como no podía permitirse ser en su mundo de becas y venta de trapitos de moda en una tienda.

Mis pasos se alargaron por el corredor, alejándose del jardín.

Casi para llegar a mi casa, una sombra saltó hacia mí desde la oscuridad. Me empujó contra el muro. Sentí una mano contra la garganta. "Ahora es conmigo", alcancé a pensar.

Pero no. O al menos no era mi destino final, sino sólo una de las estaciones intermedias. Ante mí, Maples lucía una ancha sonrisa de triunfo.

—Vine a revisar si tus pendejadas podían ser ciertas. Y acabo de descubrir algo muy interesante. Ven.

Me arrastró hasta mi propia ventana. Giramos hacia el frente, rumbo a su casa.

—Ese es tu cuarto ¿no? El de siempre. Y está ventana de acá era la del cuarto de mi mamá, sí. Por mucho tiempo. Pero luego, hace justo como unos cuatro años, mi madre y mi tía cambiaron de cuartos. Todo porque este cuarto es más chico y mi mamá tiene demasiadas cosas. Así que mi tía se instaló aquí. Y sobre esa ventana puso un espejo, que es donde seguramente creías ver a mi mamá. Pero no, mi cabrón. A la que le veías los pelos era a mi tía. Y esa es una cuestión que francamente no me importa. Si quieres, quédatela. Te la regalo. Es inmamable. Le duele todo desde que amanece hasta que anochece. ¿Le quieres mirar el culo todo el día? Allá tú.

Estaba en una suerte de éxtasis de euforia. Me dio un leve bofetón y se dio la vuelta para largarse.

—Oye, cabrón.

Se detuvo.

—Disculpa. Neta.

Maples se dio la vuelta. Agitaba la cabeza, como si quisiera decir continuamente que no y que no.

—¿Disculpa? ¿De qué? Pero si estás bien pendejo. No sabes ni distinguir a una vieja de otra. Tienes que ser más trucha si quieres joderme, pinche putito.

Nos reímos.

Entré a casa. Sentía un alivio casi físico de haber resuelto el pleito, así fuera a costa de arruinar mis fantasías de la temprana adolescencia.

Cené cualquier cosa, fingí escuchar lo que contaba mi padre sobre el trabajo y mi madre sobre la televisión, ignoré las quejas de mi hermana porque a mí no me pedían, como a ella, lavar los platos de cuando en cuando.

Besé en la frente a mi abuelo, que estaba en su recámara, junto al viejo modular, escuchando unos de sus polvorientos discos de valses.

Si algún día debía bailar con una chica, tendría que ser con una que fuera capaz de bailar como las princesas vienesas de los recuerdos de mi abuelo.

No había un solo mensaje en mi celular. Lo apagué porque no quería que alguno llegara y arruinara la curiosa sensación de paz que tenía.

Acababa de poner la cabeza en la almohada cuando sonó el grito.

Era un ruido atroz, de puro pánico, que parecía venir de los jardines.

Gabriela.

Corrí como pude, poniéndome los tenis y avanzando a saltos. Toda mi familia estaba de pie. Salí a los corredores. Dos o tres hombres asomaban de sus puertas. Uno, más desconfiado que el resto, llevaba un cuchillo de cocina en la mano.

Sabía exactamente a dónde ir. Crucé el corredor final y llegué al jardín del fondo.

Había un cuerpo derrumbado en el piso. Oscuro, alargado.

Era, claro, Gaby.

Tenía los ojos cerrados. Respiraba.

La abracé. Ella abrió los ojos repentinamente. Primero muy grandes, con las pupilas dilatadas. Tardó un segundo en enfocarme pero al reconocerme se relajó.

—Era... Era Carlos. Vino. Era él. Lo vi al fondo. Flaquito. Igual. Con la sudadera.

La ayudé a ponerse de pie y la escolté en silencio a su casa. Nos abrazamos al despedirnos. Gaby dio un portazo.

Volví sobre mis pasos. A casa. En mi propia recámara, rebusqué cajón por cajón. Silla por silla. Bajo la cama y en todas partes. La sudadera no estaba allí.

Mi madre miraba el televisor mientras masticaba un poco de pan. A su lado, mi padre se cortaba las uñas sin voltear siquiera a mirárselas. Estaban como hipnotizados.

—¿Supiste qué fue lo del grito?

—Se estaban peleando, mamá.

Ella no parpadeó.

—¿Ya ves? —le dijo a mi padre—. Te dije que era un pleito.

Decidí interrogarla.

—Mamá, la sudadera negra... La que siempre llevo. ¿La lavaste?

Tardó unos segundos en salir de su ensimismamiento y responder.

—¿Perdón? ¿La suda...? Ah, sí. Debe estar arriba, en el tendedero.

Subí por la escalerilla de la cocina. El tendedero tenía a su alrededor una jaula de malla metálica para que la ropa no se volara o para evitar que un hipotético ladrón de calzones pudiera cumplir su cometido.

La puerta estaba abierta. No había una sola prenda negra colgada allí.

Se habían robado la sudadera de Carlos.

Convoqué una reunión general. Debió haber tenido lugar en la pizzería, pero me incordiaba la mesera fisgona y la posibilidad de que Max terminara enterándose de lo que se dijera. Así que nos vimos en el Ultramarina, justo a la salida de la Gran Papelería Unión. Aprovechamos que era un día feriado, sin clases, y que por lo tanto nuestros amigos podían ir, además de que la incidencia de niños con necesidad de que les ayudaran a hacer la tarea bajaba también casi a ceros, lo que nos permitía a nosotros salir a tiempo.

Javier y Gina fueron los primeros en llegar. Gabriela lo hizo hasta que pudo marcharse del trabajo, en la segunda planta del centro comercial. Nadie se saludó con demasiado afecto. Maples y Javi básicamente se detestaban. Gabriela le puso cara de rechazo a Gina cuando pretendió abrazarla, vaya dios a saber porqué. Yo no me atreví a saludar de beso, desde luego, a ninguna de las dos.

Caminamos hasta las escaleras eléctricas y subimos al área de los comederos. Apestaba a grasa y al dulce de los refrescos derramados por decenas de niños y adolescentes alborotados. Como nosotros, pensé. Salvo que nosotros estábamos por ocuparnos de un asunto bastante más importante que comprarnos cintas de colores para el pelo o un mp3 con memoria suficiente como para albergar dos mil canciones idénticas.

Conseguimos una mesa en un rincón y algunas sillas. Maples no alcanzó y debió sentarse en una bardita con plantas, precariamente, en espera de que los vigilantes del Ultramarina, que eran una casta de desalmados, no llegaran a desalojarlo.

—Hace semanas que estamos metidos en esto —comencé—. Y no sabemos mucho más que cuando comenzamos. O sí. Sabemos que Carlos estaba metido en problemas muy serios. Y que el problema se hizo tan grande que Carlos está muerto y hay un montón de alumnos del colegio a los que pueden chingarse.

—Si no es que a todo el colegio —completó Gaby.

—Y sabemos que los mensajes del supuesto Carlitos se hacen desde un teléfono recién renovado a su nombre y desde diferentes computadoras conectadas a la red del mercado Comonfort —añadió Javi, dándose importancia— y que sus cuentas de correo y mensajes cambiaron de contraseña para que no desaparecieran. O sea que alguien más las usa.

—Y quien sea, sabía que te habían secuestrado y hasta en dónde te habían metido. Y hasta nos puso la mesa para sacarte de ahí sin enfrentarnos con nadie —dijo Gina.

—Y, bueno, está el asunto de la sudadera —redondeó Gaby—. Y yo no sé si haya sido cierto que vi a Carlos en el jardín la otra noche. Pero además del susto de muerte que me di, la sudadera desapareció del tendedero de List. Su mamá la había lavado y estaba allí. O sea que alguien se saltó la reja y se la llevó. Y yo no sé para qué la querría alguien más.

Todo era rigurosamente cierto. Y tenía una cierta lógica entre sí o no la tenía en lo absoluto. Maples caminó hasta un puestecito de revistas y regresó con un amplio surtido de pornografía en DVD que extendió frente a nosotros. Nadie hizo el intento por revisar los discos, cuidadosamente envueltos en plástico.

—Desde ayer estuve pensando que no debe haber tantos productores de porno en la ciudad. La mayoría de lo que venden en los puestos son fotos viejas de gente horrorosa. Muchas son todavía en blanco y negro. Reciclan fotonovelas viejas, pues. Algunas son tan ridículas que los hombres que salen ni siquiera se quitan los calzones.

—Y saber eso nos sirve como para qué... —ironizó Javi.

—Como para contactar a los productores y preguntarles sobre el material del pobre de Carlitos. Eso no se vende en los puestos porque es ilegal, pero alguien debe saber quién se dedica a eso.

La astucia de Maples, que solía ser mucho mayor de lo que todos suponíamos, nos hizo enmudecer.

No era una suerte de Sherlock Holmes pero tenía sus momentos.

—Ese es un comienzo, sí —aceptó Javi— porque la búsqueda en Internet sólo lleva a páginas y páginas alojadas en Indonesia o Vanuatu o las islas Caimán. Y si sigo asomándome a ese tipo de páginas, la policía me va a detectar.

—Otro punto —añadí— es Max. Voy a tener que hablar con él. No me atreví hasta ahora... porque bueno... porque Max es hermano de Carlitos y se lo mataron enfrente. Pero lo de su ayudante y el acoso del padre Novo sobre él son pruebas de que sabe cosas que nosotros no. Y no olvidemos que al ayudante del puesto también lo mataron. Al amigo de su tío Adán. No sabemos si tuvo o no que ver con lo de Carlos, pero habría que tomarlo en cuenta.

—Sí —dijo Javi— Adán dice que no sabe nada... Conoció a Hugo en un bar de la Tabaca, a lo mejor en el mismo que estuve secuestrado. Y eso me lleva a que falta averiguar más, también, sobre el hijo de la tiznada del padre Gilberto —dijo Javi, quien no había dejado de pensar en la voz en el teléfono cuando lo llevaban en el automóvil, con un costal en la cabeza— ese hijo de su puta madre también debe saber cosas. Y seguro que si averiguamos algo, se caerá la versión que les dijo el pinche padre Novo.

Gabriela tosió. Volteamos a verla. Estaba sentada muy derecha y correcta, con el uniforme de la tienda y un tímido mechón negro saliéndosele del peinado perfecto.

—Se les olvida Pablito Novo. Según el padre, lleva meses fuera del país. Pero Gina lo vio en Plaza Latinoamérica. Y no creo que haya tenido visiones. Pablo debe saber mucho más que cualquiera de los otros, especialmente sobre lo que pudo haberle pasado a Carlos. Tenemos que encontrarlo.

—¿Y la sudadera? —preguntó Gina.

No hubo respuesta. Cómo dar con una prenda de ropa tan común y, a la vez, tan característica.

Eran tantas cosas por hacer que casi daba flojera comenzar. Pero poner en claro todo ese desorden sería el único modo de salir del estado de confusión de las últimas semanas. Y, quizá, de que el espíritu de Carlos, verdadero o falso, descansara al fin.

Maples se autoencomendó la búsqueda de los productores locales de porno, aunque Javi le aseguró que eso no daría resultado alguno. Y Javi, a su vez, prometió hacer indagaciones en Internet. Gaby y Gina se pondrían sobre la pista de Pablito Novo y tratarían de recopilar datos sobre el elusivo Gilberto. Yo juré que hablaría con Max Serdán.

Estaba todo decidido, así que nos despedimos. Gabriela volvió a la tienda donde trabajaba para sacar sus cosas. Maples echó la pornografía barata que había comprado a su mochila y se encaminó al metro, una vez que le dije que yo no iría directamente a los andadores, sino que me daría una

vuelta primero por el mercado Comonfort, pese a la hora. Javi le dijo a Gina que era hora de irse: su madre había creído la historia de que la hermana mayor lo había llevado al dentista, pero si tardaban demasiado, comenzaría a buscarlos y a hacer preguntas.

Gina parecía querer decirme algo. Pero no hubo modo de que nos quedáramos solos. Javier, generalmente distraído, estaba muy alerta con el teléfono y el reloj, angustiado quizá por la posible reacción materna a su prolongada ausencia en casa.

—Bueno, pues nos vemos luego —se limitó a decir ella.

Y me besó la mejilla.

Desapareció, con todo y hermano, por las escaleras eléctricas.

Yo me quedé aún un largo rato en las sillas de los comederos, rodeado de un montón de gente que no me importaba y a la que yo tampoco le interesaba en lo más mínimo. Con mi visera de la Gran Papelería Unión en las manos y la cara todavía roja por el mínimo gesto de despedida.

Caminé por el pasillo y subí por las escaleras eléctricas al tercer piso, en donde solamente había tiendas de ropa y zapatos y alguna que otra de decoración. Muchas, la mayoría, estaban ya cerradas o a punto de hacerlo.

Me reflejé en una y otra vitrina. Trataba de mirarme como lo habría hecho una persona que no me conociera y me viera por primera vez. Sólo vi una silueta larga, flaca, con la ropa desacomodada y el cabello desordenado. Unos ojos hundidos y una cara como la de casi cualquiera. Aunque con un cierto parecido con la de mi abuelo, creí reconocer (o al menos me esperancé en ello) que fue, en sus tiempos, un galán de esos que ya no se ven por ahí y que, según sus propias palabras, tuvo antes de casarse tantas mujeres que incluso le ofrecieron dar charlas pertinentes a los tímidos.

Pero no: yo no era de ese tipo de persona.

Mi abuelo, además de guapo, era un tipo encantador. Yo, decididamente, no.

Me miré las manos. Tenía callos en los dedos y las uñas mordisqueadas. Y olía, debo aceptar, a lo que huele cualquiera que tenga que pasarse todo el día metido en la Gran Papelería Unión, sin aire acondicionado ni agua de fácil acceso, atendiendo niños tercos y señoras histéricas.

Siendo sincero, mis posibilidades con Gina eran básicamente nulas. Aunque a ella, obnubilada por cualquier motivo o repentinamente cercana a mí por el asunto en el que nos encontrábamos metidos, le llegara a interesar un tipo como yo, sería imposible que pudiéramos vernos más allá de una o dos veces.

Yo no tenía dinero para invitarla a un buen cine o a donde fuera. Mi salario como "asociado" en la papelería era mínimo. ¿Y qué pensaría su madre de que saliera con un tipo menor y que ni siquiera estaba en las listas de la preparatoria? Bonito futuro: la güera hija de ricos, enamorada de un papelero pendejo.

Creo que nunca hasta esa noche mi historia personal me había resultado tan espantosa. Mis padres no tenían chiste. Los andadores en los que había nacido y crecido eran en el fondo un sitio siniestro, en donde los niños podían terminar reclutados por comerciantes de pornografía, o como vendedores de películas piratas. Hacía unos cinco años que no me metía en una alberca. Gina tenía una a la salida de su habitación. Y un automóvil.

A mí, a veces, no me alcanzaba para el metro.

Escupí contra una vidriera particularmente colorida, en la que mi reflejo resultaba absolutamente horrible: alargado, con la visera de nuevo en la cabeza, un empleado, hijo de otros empleados, condenado a ser poco más que un sirviente toda la vida, porque no sabía hacer nada que a nadie le interesara pagar mejor que al resto.

Y que ni siquiera había heredado el encanto y la apostura del abuelo.

Era un desastre.

Me pareció que alguien me miraba. Me volví rápidamente. Vi o quise ver una sombra escurriéndose escaleras abajo, hacia los comederos y los cines. Una sombra envuelta en una sudadera negra. Y otra, mucho mayor, que la seguía.

De noche, el mercado Comonfort olía de tal modo a basura que costaba creer que de día alguien quisiera comer allí o cuando menos adquirir en sus puestecitos los ingredientes para cocinarle a alguien que no fuera su peor enemigo.

Era un olor dulzón pero con ribetes ácidos, un olor de fruta pasada durante años, de moscas regodeándose y cagando en las esquinas, de perros dormidos y revolcados, de sudor y carne podrida.

Las pocas luces estaban prácticamente cubiertas por nubes de mosquitos y una que otra polilla. Todo lo que estaba vivo en el Comonfort merecía estar muerto. Esa idea me dio la primera sonrisa de la noche.

El puesto de los Serdán estaba cerrado, claro. No tuve dificultades en saltarme el enrejado una vez que guardé mi visera en la mochila y dejé ésta a buen recaudo, sobre la barra de mosaico del expendio de yogures biónicos.

Las pilas de películas lucían bien acomodadas. Pese a la falta de un ayudante, Max se las había arreglado para conservar el orden y la limpieza, relativa, del lugar. La llave de Carlitos encajaba bastante mal en la cerradura del cajón, fortaleciendo la teoría de que no correspondía allí y que Maples había terminado usándola como ganzúa por mera fuerza bruta.

El cajoncito estaba vacío ahora, fuera de un par de facturas de DVD en blanco y unas etiquetas, todavía empaquetadas.

Dejé el recado que había escrito en el metro. "Tenemos que hablar. Búscame en la pizzería mañana por la noche. A las ocho. Tú pagas".

Máximo Serdán. No se llega muy lejos en la vida llamándose así. Aunque había que aceptar que en la pizzería de la calle Angostura su nombre era de respeto. Los tipos que jugaban al billar lo saludaron con inclinaciones de cabeza. Los que machacaban el pinball pegaron un brinquito de susto al verlo pasar. La mesera, untándole el cuerpazo en el costado, le estampó un beso en la boca. Tomé nota mental de que, sí, la pizzería quedaba vedada para nuestras futuras reuniones.

Max me estrujó contra su pecho de chango, decorado por una cadena de oro, y ocupó su asiento de un salto.

Siempre me dio miedo. Todo lo que Carlitos tenía de sereno y frágil en Max era abrumador. Por cada palabra que uno dijera, él escupía dos. Por cada gesto que uno aventurara, él arrojaba cuatro o cinco. Sus manos no se detenían.

Hacía frío esa noche. Hubiera querido llevar conmigo la sudadera negra. Como ya no estaba en mi poder, como quizá jamás volvería a estarlo, decidí usar una chamarra de tala azul marino que me habían regalado en un cumpleaños y que jamás me ponía porque era idéntica a las que se ponía mi padre para salir de la casa: con los puños elásticos, otro elástico en la cintura y dos broches, inútiles por otro lado, en los hombros. La clásica chamarra de empleado. Como mi padre. O como yo.

Max, por su parte, llevaba una chamarra de piel perfecta: le llegaba a los muslos pero le ajustaba idealmente en los brazos. Estaba un poco ajada de los codos y en el cuello tenía un corte recto, mínimo pero visible, que daba la impresión de haberse producido por un navajazo. Cualquiera hubiera deseado llevarla encima. Era la chamarra de un tipo al que nadie le dice qué hacer.

—Entonces qué me cuentas, carnalito.

Era una frase ideal para evitar que lo cuestionara. Tuve que hacer un esfuerzo para no terminar contándole mis tristezas: nada de escuela, un trabajo horrendo, un par de chicas complicadísimas alrededor. Pero no había ido allí a contarle mi vida sino a exigirle explicaciones de la suya.

—Es sobre Carlos. Quiero preguntarte de Carlos, pues.

Él hizo un gesto de asentimiento silencioso. No le gustaba, imagino, el rumbo que iba a tomar la plática. Me interrumpió levantando un dedo, como un director de orquesta. Hizo venir a la mesera y le pidió una pizza "con todo, reina, si me haces favor" y una jarra de cerveza. Quería, el muy cabrón, bajarme la guardia. Como si la orden tuviera que

ser complementada con otra serie de acciones, la chica bajó la luz, le subió a la música que resonaba en las bocinas, haciéndola atronadora, y las partidas de billar, que habían sido lánguidas y casi invisibles, se hicieron de golpe ruidosas, con gritos y chiflidos.

Traté de sobreponerme. Habían pasado ya demasiadas cosas, había tenido que reaccionar a media docena de imprevistos terribles en los últimos tiempos, como para amilanarme con una escena como aquella.

Max aguardaba mi frase de apertura como quien espera el movimiento del otro en un juego de video. Casi se le veía un control en las manos, listo para repelerme.

—Sé que Carlos andaba metido en problemas muy fuertes. Sé que hizo uno o varios videos porno. No sé si por el dinero o si alguien lo obligó. Y sé que tenía un novio y que él o alguien más jaló a los alumnos del colegio del padre Novo a hacer otros videos. El padre nos contó todo eso. Y nos contó además que te pidió que rastrearas toda esa mierda y la hicieras desaparecer. Varias veces lo vi presionándote en el mercado. El otro día, aquí, vino a contarnos de la bronca y nos pidió ayuda para joderte. Pero eso ya lo sabes ¿no? —y señalé a la mesera con el dedo.

Él le pegó un trago gigantesco a la jarra, sin tomarse la molestia de servir la cerveza en un vaso.

Un hilo de líquido le escurrió por la comisura y le manchó la chamarra, tan negra e ideal.

Yo no había desayunado ni comido, con el estómago cerrado por los nervios previos al encuentro. Aproveché para servirme una rebanada de pizza y comérmela a grandes bocados. El hambre es como el agua, que tarde o temprano inunda lo que alguna vez haya inundado: siempre regresa a donde pertenece.

Max estaba callado. Había cerrado los ojos. Su quijada estaba tensa y sus fosas nasales se abrieron como las de una caricatura. Parecía un chango, sí. Uno muy enojado.

—Nada de eso es tu pedo, carnalito. Y si se lo cuentas a quien sea, te voy a partir toda la madre. Te voy a dejar el hocico roto en tantos pedacitos que vas a poderlo vender como rompecabezas.

Nunca lo había oído así. Normalmente, una frase como aquella habría terminado con la discusión y me habría provocado pesadillas durante un mes. Pero no era momento de apocarse, me repetí.

—Así no te vi contestarle al padre Novo. Y lo que sé, al menos la mayoría lo sé por él —mentí—. Y mucha más gente lo sabe. El padre ha involucrado abogados, padres de familia, compañeros del Alpes Suizos y a sus ayudantes. Al tal padre Gilberto, por ejemplo, al que creo que tampoco te le pondrías tan gallito. O qué.

A Max se le había terminado, de momento, la altanería. La mesera, que no podía estar escuchando

A. DEL VAL

nada debido al volumen absolutamente delirante, debió verle el gesto muy descompuesto, porque se acercó con un vaso de agua. Max la despidió con un movimiento de dedos carente de dulzura. Ella, no muy convencida, se fue.

—¿Cuánta gente sabe?

—Un chingo y medio. Eso ya no lo controlas. Lo que quiero saber es si Carlos está muerto por haber hecho esos putos videos de mierda y si tú tienes la culpa de que los grabara.

Max bajó la cabeza. Supongo que había llegado a la cita al menos tan asustado como yo (aunque él era bastante mayor que nosotros, nadie puede llevar un peso así encima sin trastabillar de vez en cuando) y que se estaba derrumbando.

Una lágrima le bajó por el labio. Pero al menos su rostro se había recompuesto. Otra vez controlaba la expresión de animal dominante.

—¿Tú crees que yo le habría hecho algo así a mi hermanito? ¿Me crees capaz?

Tenía que ser más duro aún.

—No lo sé. Pero no entiendo cómo es que no hiciste nada si lo sabías.

—¡Yo no hice un carajo!

A pesar de la música estridente, era evidente que había algunos problemas en el lugar. Los jugadores de billar dejaron de aparentar que sus partidas los apasionaban y voltearon a vernos directamente. Los del pinball soltaron sus palancas e hicieron lo propio.

Tras la barra, la mesera limpiaba los vasos y me miraba con odio. Supongo que tanto besito y mirada con Max significaban que era su chica. O una de ellas. De momento, me daba lo mismo.

—Dime lo que sabes o seguiré creyendo lo que dijo el padre.

Él resopló como un caballo.

Escondió la cara entre las manos. Había perdido el control. Tanta cadena de oro, tanta mesera incondicional, tanta chamarra perfecta no habían bastado para sostenerlo. Tuve, por un segundo, la sensación de ser algo más que un asociado de ventas de la Gran Papelería Unión. Alguien mejor. Alguien que podría salir con Gina más de una tarde.

Max bajó los brazos. Su voz se volvió un murmullo de culpa. Entrecortado por jadeos de un llanto que hacía esfuerzos inimaginables por contener, comenzó a hablar.

—Yo no sabía lo que estaba haciendo, te lo juro. Fueron él y Hugo los que conocieron a esos pendejos de mierda. Fueron a buscarme un sábado, el día que Carlos abría. Yo no estaba. Había bebido la noche anterior y no llegué. Ni temprano ni tarde. Dormí todo el día. Carlos los recibió. Con Hugo. Yo me enteré apenas el lunes. Eran unos tipos jóvenes, elegantes, me dijo. Estaban buscando algunos distribuidores para su material porno. Manejaban, dijeron, todo lo posible. Tenían todo, legal e ilegal. Y todo material original, que ellos mismos grababan.

Le habían dejado un DVD de muestra. Eran porquerías que nunca vi. Niños. Perros. Viejitas. Algo infernal. Daban asco. Por supuesto que le dije que no venderíamos esas chingaderas a ningún precio. Porque las condiciones que ofrecían tampoco eran favorables. Ellos se quedarían con el ochenta por ciento. Aseguraban que las ventas serían enormes y que nuestro veinte por ciento bastaría de sobra para que nos conviniera. Ellos querían mover el material en puestecitos para ser más difíciles de detectar por la policía. Iban a poner una web pero tenían miedo de ser rastreados. Esperé a que volvieran, no salí el viernes para estar atento el siguiente sábado. Y les dije que no. Que no quería volverlos a ver por mi puesto y mi mercado. Eran dos muchachos, de unos veintitantos años. Blancos. Mamonazos. Decían que tenían jefes todavía más importantes. Súper importantes. Y se reían.

Tomé otro pedazo de pizza y me lo comí, aunque a menor velocidad. Mi estómago, que segundos antes parecía ansioso de comida, tuvo de pronto una punzada indudable de dolor.

Max volvió a empinarse la jarra de cerveza y a mancharse el pecho, la chamarra y la camisa.

—¿Y cómo fue que Carlos terminó grabando con ellos?

Se tomó la nariz entre los dedos, como si estuviera conteniendo alguna hemorragia. Lloraba otra vez.

—No sé bien. Yo no volví a tocar el tema ni él a mencionarlo. El DVD que nos habían dejado se quedó guardado en el cajón de los papeles. Debí echarlo a la basura. Lo único que sé es que un día vino el padre Novo al puesto. Lo acompañaba el pendejo ese de Gilberto, el gigantón. Comenzó a acusarme de no sé cuántas chingaderas que supuestamente yo le había ordenado hacer a mi hermano con su sobrino. Les puse un alto. Pero recordé que cuando Carlos murió, Hugo me dijo que habían vuelto aquellos tipos, los güeros. Entonces supe que Carlitos había decidido, por lo que fuera, meterse con ellos. Yo no... Yo no sabía cómo era él. Nunca lo supe hasta que el padre me dijo.

Nadie sabe a ciencia cierta cómo es nadie, pensé. Nosotros tampoco sabíamos lo suficiente sobre Carlos. Pero al menos sabíamos lo que él quiso que supiéramos. Y, estoy seguro, hubiéramos seguido mirándolo igual aunque supiéramos lo que fuera. Carlos no tenía por qué avergonzarse. La víctima era él.

Ajeno a mis reflexiones, Max seguía hundido en las suyas.

—La neta es que sí sabía que era medio raro. Pero nunca pude hablarlo con él, cuando vivía. Un día le pegué una paliza enorme, en los jardines de los andadores, porque lo encontré vestido de... de pinche oscurito. De *blackie*, cabrón. Con ropita negra y el pelito así. No pude decirle nada. Vi todo rojo.

Lo único que hice fue golpearlo en la cara y patearlo dos o tres veces hasta que se quedó allí, tirado. Yo le gritaba: ¡Párate, pinche niño! ¡Párate, pinche *Black Boy*! Y luego me fui a beber y no me paré en el puesto en dos o tres días. Pero él estuvo allí, al pie del cañón, para trabajar.

El dolor de estómago era ya incontrolable. Hubiera querido pararme a vomitar pero eso le habría dado a Max el tiempo necesario para recomponer su disfraz de invencible y cerrar la boca. Lo obligué a ir más allá.

—¿Qué pasó el día que lo mataron?

La música se apagó en las bocinas. Ya no había jugadores de billar o de pinball. Sólo la mesera se paseaba por allí, al fondo del local, como una fiera encadenada a una jaula.

Max moqueaba.

—No lo sé. Aparecieron tres tipos a los que yo no conocía. Querían hablar con Carlitos. Quise impedirlo. Le dijeron que tenía que entregarles el material. Pensé que hablaban de sus videos. Pero ellos decían que no, que Carlitos tenía todo el material, el que les había vendido y tenía que dárselos. Que debía dárselos. Él estaba pálido y callado. Quise echarlos de allí. Le pedí ayuda a Hugo. Era bastante deportista. Logró noquear a uno de los sujetos. Pero los otros dos sacaron pistolas. Forcejeé con uno y lo desarmé. El otro le disparó a Carlos... Y lo mató.

ANTISOCIAL

Ya no dijo más. Comenzó a llorar. Primero quedamente y después a grito pelado. La jarra de cerveza estaba vacía. Luego de un rato, mientras Max se hundía entre sus propios brazos, me puse de pie.

Caminé hacia la puerta.

La mesera quiso cerrarme el paso pero le di una mirada y comprendió que era mejor dejarme pasar.

Salí de la pizzería de la calle Angostura y me fui directamente a casa.

La luna llena arrojaba pequeñas sombras alrededor de mis pies.

Había presenciado una escena de dolor que hasta yo, a mis pinches quince años, sabía que era absolutamente falsa.

10

Lo menos que yo puedo
para darte las gracias porque existes
es conocer tu nombre y repetirlo.

"FLORIDO LAUDE"
Salvador Novo

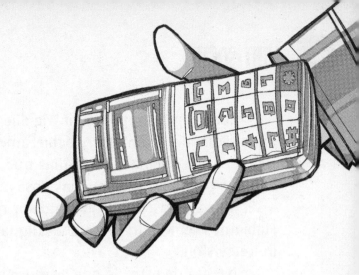

ADÁN ESTABA SENTADO en una tumbona junto a la alberca. Había bebido, era evidente por sus ojos enrojecidos y sus traspiés al hablar. Le había pedido a Javi que citara a su tío lo más tarde posible para no tener que pedir permiso de salir temprano del trabajo. Eché la visera y la playera oficiales a la mochila y me puse la camisa menos fea que tenía (una gris y lisa, muy decente) por si Gina se asomaba.

Lo hizo. Fue ella quien me abrió. Nos saludamos con un beso como si nos conociéramos desde la infancia. Le sonreí. Ella hizo lo mismo. Me condujo hacia la alberca. Javi no había salido de su recámara. Pero Adán ya estaba allí, en una de las mesitas metálicas, en chanclas y toalla al hombro.

Luego de mi plática con Max, decidí que lo mejor sería preguntarle directamente lo que quería saber. Los rodeos, me dije, daban siempre la oportunidad de perderse. Y no quería perderme en un cerebro lleno de recovecos como el suyo.

—Muchas gracias por venir —le dije, como si estuviera pidiéndome empleo y bebiéramos whisky sentados en mi oficina—. Hace días que quería hablar contigo pero pasaron muchas cosas...

Él hizo un gesto que quería decir que era cierto. Habíamos tenido unas semanas dignas de una serie de televisión.

—Se trata de esto. Sé que eras amigo de Hugo, el chavo del puesto de los Serdán. Yo estaba allí cuando... cuando lo mataron ¿recuerdas? Y sé que fue muy difícil para ti. Quisiera que me contaras lo que sepas de él. Por qué pueden haberlo matado.

Adán se atragantó. Un tipo de vida tan absolutamente sosegada y predecible (no se dedicaba a nada conocido, salvo a salir con amigos, de cuando en cuando, y acompañarnos de mala gana al palco de los O'Gorman en el estadio para tranquilidad de sus padres) se había visto, de pronto, enfrentado a la muerte de alguien querido y al secuestro (así haya sido instantáneo, resuelto por una mezcla de milagro y misterio insoluble) de su sobrino. No lo digería bien. Era evidente.

—Lo de Hugo fue una desgracia terrible. No nos conocíamos tanto. Quizá salíamos hará unos seis o siete meses. Lo conocí precisamente en el Bar Bosque o en uno de esos, de la zona de la Tabaca. Él era parte de la variedad. Hacía imitaciones. ¿Seguro que no sabías eso? Tenía una voz preciosa y mucho talento. Lo mismo podía bailar como Prince que gritar como Bonnie Tyler...

Yo no entendía muy bien a quiénes se refería pero entendía la idea. Al contrario de lo que sucedió con Max, me pareció que lo mejor era dejar que Adán hablara al ritmo que mejor se le diera la gana. Eso sí: podía ser extremadamente verboso cuando quería. Habló de vestidos multicolores, de trajes tan pegados que costaba respirar dentro de ellos, de velos y tules y de movimientos de cadera como para volver loco a un santo.

Luego, las casualidades. Hugo asistía al estadio, a un palco a unos metros del de los O'Gorman. Adán nunca apreció demasiado el futbol (aunque, acotó, algunos de los jugadores le parecieran estatuas admirables), y comenzaron a encontrarse allí.

Comenzaba a anochecer. Adán divagaba y su claridad se habría marchado ya, pensé, pero me prometí que le preguntaría a Javi los detalles que se me escaparan. O a Gina, por qué no. Después de todo, ya hablábamos ella y yo como si nada. O, mejor aún, como si todo.

Total: Adán y Hugo se habían hecho muy cercanos. Salían a bailar los fines de semana (casi siempre al Bar Bosque o lugares así, se quejó el tío, el pobre tenía un mal gusto tremendo). Y ya habían planeado unas vacaciones en el Pacífico. Hugo y su familia eran de Nayarit y él le hablaba de una plantación de piñas, una casa entre los cerros y el mar, rodeada de vegetación, las olas de fondo musical y una cortina de montañas como telón.

La noche en que lo asesinaron, Adán recibió un mensaje en el teléfono. Era de él. Lo supo porque sus llamadas sonaban con un timbre propio, que Gina le enseñó a programar: había elegido una melodía celestial.

Pero lo que le pedía Hugo no tenía mucho de angélico. Le rogaba ayuda. Adán nunca fue un hombre de acción pero se precipitó al coche y corrió como un loco al mercado. No llegó a tiempo. Encontró a Hugo ya exánime, en el suelo, junto a los contenedores de basura, rodeado de gente. Con la playera cubierta de sangre. Una tragedia.

No fue capaz de agregar mucho más. Hugo apenas le hablaba de su trabajo en el mercado. Pero sí le llegó a contar que lo había conseguido porque una de sus hermanas era ni más ni menos que la mesera de la pizzería de la calle Angostura y lo recomendó con Max.

—¿Sabes que en el cajón de Hugo en el mercado encontramos un video de pornografía ilegal?

Fui, lo acepto, demasiado rudo para decirlo. Adán, que había estado hasta ese momento dócil y cooperativo, estalló en cólera.

—Ah, no. Yo así no. Me parece una vileza que ahora lo quieran relacionar con cochinadas así. Hugo era una persona sublime. No voy a dejar que ensucien su recuerdo con chingaderas.

No tenía idea de cómo tranquilizarlo. A su medida, su situación era muy similar a la nuestra. De nada nos servía que apilaran acusaciones vagas o concretas contra nuestros amigos porque seguiríamos pensando lo mismo de ellos. Si tenían una doble o triple vida, ese era su asunto. En el fondo, comprendía a Adán.

Se lo dije. Le dije que la idea no era, de ningún modo, cuestionar a Hugo, sino solamente averiguar si lo que le había pasado tenía que ver con lo que le pasó a Carlitos, porque quizá ambos habían sido víctimas de la misma gente.

Adán, que lagrimeaba, pareció entenderlo. El problema es que entre el sentimentalismo, el alcohol, la alberca y la hora, sus balbuceos eran ya incomprensibles. Repetía una y otra vez todo lo noble y superior del carácter de Hugo, y se quejaba, con bastante razón, de que sus días hubieran terminado de un balazo en la cara junto a los desperdicios diarios del mercado más feo e insignificante de la ciudad. O, por qué no, del mundo entero.

Me di cuenta de que, unos pasos detrás de nosotros, Gina y Javi nos escuchaban. Los apenaba ver a su tío así, tan abatido. Le llevaron agua y se ofrecieron a acompañarlo a su casa. Sin permiso de los padres, me parece, uno se llevó el coche de Adán y la otra se lo llevó a él. Se despidieron con inclinaciones de cabeza. Incluso ella.

A mí me dejaron en la alberca. El cielo estaba turbio, sin estrellas. Decidí que era momento de largarme.

Salí a la calle. Eran unas cuatro o cinco largas cuadras hasta la avenida y luego había que bajar unas siete u ocho más hasta la estación del metro. Me dispuse a iniciar el camino.

Pocos, muy pocos automóviles, pasaban a esa hora.

Mis pasos resonaban en algunas calles y en otras eran acallados por la vegetación que crecía al pie de los altos muros del fraccionamiento. Eran casas imponentes. Costarían millones y millones. Mucho más dinero, probablemente, del que mis padres habían recibido en toda su vida por empleos extenuantes. ¿Cuándo podría tener yo algo así?

Hay un momento en que uno se da cuenta de que no puede ganar. De que no sirve de nada ambicionar dinero, honores, propiedades, gente, cosas, porque eso no bastará para obtenerlas. Y que uno ha nacido tan abajo en la escalera que, a menos de que posea algún talento particular, y hablo de un talento excesivo, desbordante, incontestable, que uno pueda cantar como nadie o pintar como pocos o por lo menos ser un futbolista decente, las únicas alternativas son el crimen, el servilismo o la resignación.

El crimen. A eso se estaba viendo orillada parte de la gente de barrios como la Tabacalera o nuestros propios andadores.

En el metro, decenas de personas con la mirada perdida. Algunos con los uniformes del empleo, camisetas, gorras, logotipos como marcas de ganado. Otros lucían tatuajes en brazos y cuello. A esos, altivos, con sus dragones de color esmeralda y sus vírgenes compasivas y llorosas, les cobrarían caras sus ganas de destacar.

Para pasar a ser parte del otro grupo y emplearse los obligarían a utilizar camisas que les taparan todo, o al menos lo más posible, las huellas de sus símbolos. Así estuviéramos a cuarenta grados, mangas y cuellos tendrían que ocultar los tatuajes para desempeñar cualquier puesto más allá de bodeguero o sirvienta.

Quizá eso pasó con Carlitos, me dije, quizá supo que sólo lo extraordinario podría hacerlo salir de nuestro pozo sin fondo.

Afuera del metro, treinta o cuarenta puestecitos de comida apestosos, con los focos rebosantes de moscas, me condujeron hacia la avenida Castillo Peraza. Muy pocos automóviles circulaban ya: los empleados habían vuelto a sus casas. Los esclavos dormían.

Avancé quizá dos cuadras antes de que un automóvil negro se me emparejara.

Un rostro de ojos achinados asomó. También el cañón de una pistola. Me detuve. Él se bajó del auto. Era enorme: gordo y fiero. El costal que me puso en la cabeza olía a humedad, a tierra puerca. Costaba respirar.

El golpe en mitad del estómago detuvo completamente mis reflexiones.

TERCERA PARTE

11

...es algo fea, pero cómoda y extremadamente funcional. Podría compararse a las pantuflas viejas, cómodas, feas, pero útiles.

Juan O'Gorman

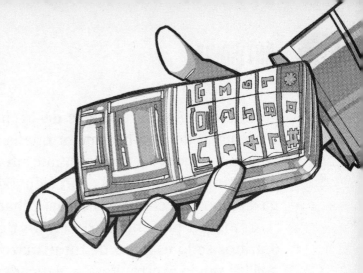

CARLITOS NO ERA un mal futbolista. Era pésimo. Se barría y era seguro que lo pasaran y que su torpe patada, aventada al aire por pura desesperación, no le diera a la pelota ni al rival. Nunca llegó, que yo viera, a tirar a portería. Ni una vez. Trotaba mansamente alrededor de los rivales y aunque le entraba a los empujones, era sólo para terminar en el piso. Por eso nos espantamos el día en que le fracturó la pata a Marquitos Zambrano, defensa del equipo de la secundaria noventa y nueve e hijo menor de su entrenador, el mítico Mosco Zambrano, un feo y gritón ex jugador de los Pumas.

Marquitos era uno de esos flacos falsos, hombros muy anchos, narices de chango enfurecido y una permanente sonrisa torcida. No es que fuera sucio al marcar: es que era especialista en picarle el culo a los rivales y fingir demencia después. No podría decir a estas alturas cómo es que en vez de ensañarse con el Chivo Sahagún, que era nuestro

ANTISOCIAL

goleador y que esa tarde se despachó con un *hat trick* digno de otra liga mejor que la del barrio, se empeñó en joder a Carlitos, que no era ni lateral ni extremo sino algo más parecido a una nube, que pasaba por las canchas sin casi echar sombra.

Comenzó por encimarlo en un tiro de esquina (Carlitos se lo espantó de un manazo, como a una polilla), siguió acercándose a platicarle al oído en un saque de banda y terminó poniéndole la mano en la cara y sacándole la lengua (la de Carlitos) de un tirón. Nuestro amigo resistió con paciencia de tortuga: se limitaba a alejarse y a quitarse el pelo de los ojos con mano temblorosa y una creciente rabia. Pero tampoco era de piedra. En un balón dividido le puso un planchazo en la pantorrilla a Marquitos; la pierna se le atoró en el pasto y giró en un ángulo imposible.

Hubo un crujido como de ramas pisadas por un trolebús. El Mosco Zambrano, que se retiró a los treinta y dos años por una patada bien dada en la rodilla derecha, supo de inmediato que su hijo estaba mal. Brincó del banco y se anticipó a los bramidos de su heredero metiéndole una toalla en la boca. Carlitos se había quedado en la hierba, haciéndose el lastimado, pero poco a poco se incorporó y se acercó al corrillo de ayudantes, compañeros, rivales y curiosos que nos habíamos reunido en torno al caído, fascinados por su destrucción.

El portero de la noventa y nueve lo tomó por el cuello de la camisa.

—¿No estabas viendo, pendejo? Le partiste toda la madre.

Carlitos, lívido, no halló mejor forma de comportarse que toser.

Otros cinco jugadores enemigos lo rodearon, como ejecutores del crimen, y comenzaron a jalonearlo, encimando además acusaciones de toda clase: patán, hijo de la chingada, carnicero.

Maples y yo nos abrimos paso a codazos hasta que logramos entrar al torbellino y separar a nuestro amigo de sus captores.

—Fue accidente, este güey no hace eso. Fue pinche accidente —repetía Maples mientras soltaba manotazos admonitorios en las narices de los linchadores.

Pero Marquitos Zambrano había logrado escupir la toalla y, desde la cima de la improvisada camilla en la que lo habían subido, se puso a berrear:

—¡Me rompió la puta pierna! ¡Cabrón! ¡Pártanle su madre!

Árbitros, público y jugadores nos trenzamos en cosa de segundos en una formidable lucha campal. Hubo patadas traicioneras, huidas cobardes, carreras y empujones por la espalda. Se repitió mil veces la oración "Hijo de puta". A la madre de un central de la noventa y nueve le agarraron las nalgas y, al calor de sus gritos, la lucha se recrudeció.

Fue nuestro entrenador, don Nachito, quien terminó trayéndose a la patrulla que siempre estaba detenida por las tardes junto al mercado Comonfort, en la sombra de los ahuehuetes. Los uniformados (que primero reían como niños ante el espectáculo y luego se pusieron a dar de gritos, como oficiales nazis, a una multitud que sencillamente no les hacía caso) tardaron sus buenos veinte minutos en restablecer algo parecido al orden. En medio del caos, Marquitos se había caído de la camilla y el hueso de su tobillo, en ángulo recto con respecto a la rodilla, asomaba por la calceta rota. Los policías nos echaron a la calle en bola y una ambulancia se llevó al herido.

Durante muchos días de insomnio y angustia, pensamos que terminaríamos incluso en prisión o cuando menos expulsados de la escuela, de la liga del barrio o del barrio mismo. Nunca me animé a decirles a mis padres lo que había pasado y esperé a que los chismes del andador los pusieran en alerta.

Pero no. La cantidad de veces en que un hueso se había saltado de su lugar, la cíclica bronca general, no eran excepciones en la historia del futbol del barrio ni mucho menos. A Carlitos lo suspendieron diez juegos, pero el médico dictaminó que la culpa de la fractura era del atorón de la pierna de Marquitos en el pasto, así que el asunto no pasó a mayores. Tuvimos, eso sí, que disculparnos públicamente con la secundaria noventa y nueve y enfrentar la mirada de odio del Mosco Zambrano, consciente de que su hijo quizá no volviera a patear derecho un

balón en toda su vida, pero pudimos seguir jugando, los demás, en plena calma. Eso sí: el que le dio el agarrón a la madre de su central permaneció para siempre impune.

Personalmente, siempre pensé que el culpable no era otro que Maples, porque la misma noche de los hechos me dijo, como quien no quería la cosa: "A la señora le quedaban rebién los pantalones ajustados".

Carlitos, sin embargo, permaneció en silencio durante días. No fuimos capaces de preguntarle qué había pasado y por qué razón había dejado de ser el pacifista más famoso de los campos, incapaz de pegarle al balón siquiera, como si temiera lastimarle el cuero, para volverse una especie de ninja mortal. Pasaron cinco de las diez semanas en que no podría jugar y nuestro amigo siguió entrenando con nosotros, trotando sin prisa, tragándose los escupitajos para no manchar el pasto, demorándose en las regaderas hasta el punto de irritar a Maples.

Finalmente, una tarde lo acosamos con preguntas el suficiente tiempo como para que, harto de nuestra insistencia de niños tercos, decidiera dar su versión. Estábamos en el andador, cerca de la puerta de mi casa. Unos chamacos se daban de empujones en el estacionamiento, entre los mandarinos estériles que servían como portería de su cascarita. El más pequeño y hábil con la pelota se había llevado ya seis o siete patadas de parte de sus compañeros menos dotados. Algunas las eludía; otras le daban en los tobillos y lo hacían rodar por la grava. Carlitos los contempló a la distancia y dijo, con su habitual tono enigmático:

—Se lo ganan.

Maples se apresuró a refutarlo:

—Nah, ese chamaco mueve bien la pelota. Tú eres un ladrillazo y aún así te le dejaste ir al güey ese.

Carlos se encogió de hombros.

—Me dijo putito. Por eso le partí su madre.

Maples agitó la cabeza. Estaba impresionado. Hizo un rostro de sorpresa y suprema felicidad y le estrechó la mano a Carlitos, como un general a sus capitanes luego de la victoria.

Guardamos un silencio respetuoso mientras mirábamos el resto de la cascarita.

Abrí los ojos en un cuarto oscuro. Mis costillas eran unas garras que sostenían sin tino la papilla ardiente de mi estómago. Y mi nariz goteaba sangre. Sentía un escurrimiento como de mocos y sobre mis pies aparecían gotitas rojas. Plop, plop. Mi cabeza era como un balón enterregado y ponchado.

Estaba, sin embargo, libre. Mis manos y piernas eran capaces de moverse y mis manos pudieron llegar a mi cabeza y acunarla, como si con eso pudiera sacarme el dolor que subía por mi espina y goteaba de mi nariz. Plop. Plop, plop.

Debí gruñir porque el tipo gordo, moreno y de apariencia inocentona, que me había arrebatado de la calle y que hasta entonces se había mantenido en silencio, me acercó a las manos un vaso con agua. Cuando se dio cuenta de que mi mano se movía errática, como insecto sin cabeza, y no podría tomarlo, se procuró un popote y acercó el agua a mi boca.

Sentí claramente cómo el líquido mojaba mis labios, encharcaba mis comisuras y bajaba por mi garganta. Parte del agua, que intenté beber con rapidez, se derramó sobre mi pecho y el suelo.

Plop, puta madre, plop.

—Te pasaste de verga durísimo, Quico.

La frase no iba dirigida a mí sino al gordo, que torció un poco el gesto con modos de perro regañado. Conseguí incorporarme un tanto (pero no demasiado) en la silla. Algunos rayos de luz se colaban al lugar, iluminaban el polvo y algún rincón de pared con la pintura descascarada.

—Te dije que lo trajeras, no que te lo putearas.

Quico, desde luego, levantó las manos hacia el cielo como si aquel reclamo fuera una injusticia. La voz que lo reconvenía calló. La nube de achaques que me rodeaba impidió dar con su emisor a golpe de vista. Me dolía, en resumen, cada parte del cuerpo que podía sentir e incluso un par que jamás, hasta ese momento, había tomado particularmente en cuenta. ¿A quién carajos, que no sea un enfermito ya de nacimiento o lo vuelque un carro, le duele la baja espalda o el pulmón derecho a los quince años?

Supongo que el dueño de la voz se dio cuenta de que lo buscaba porque avanzó hasta donde la luz lo tocara. Era bajito, delgado y tenía cara de preocupación. Llevaba encima la sudadera negra con cierres que había sido de Carlitos. Escupí.

El tipo se había dejado cubrir la cara por el vello. Más que barba era pelusa aquello, pero supuse que lo ayudaría a sentirse mayor, o al menos un poco más fiero. También Javi se dejaba esas barbitas, recordé, y sus acostumbradas patillas de gato despeinado. La moda entre los chicos fresas lo ordenaba.

El tipo era, claro, Pablito Novo.

—Pinche gordo, le partiste la madre —repitió, como para sí.

Y, dirigiéndose a mí por primera vez, explicó.

—No te preocupes. Fue un accidente. No queremos chingarte ni nada.

Juntó las manos para recalcar sus palabras, en un ademán de cura que me recordó los de su tío, el Padre Novo.

El paso de los minutos me devolvió un poco de vida. Quico se dedicó a proporcionarme, sucesivamente, más agua, un chocolate, un algodón con alcohol para mi nariz, una cerveza helada (que no abrí y me limité a ponerme en la frente, como si fuera un hielo o una chuleta helada sobre un morete). Depositaba todas las ofrendas que me hacía en una

A. DEL VAL

mesa metálica, un poco oxidada, que colocó a mi lado. Me di cuenta de que todo aquello era una disculpa más que una especie de cortesía. Finalmente, trajo un pedazo de papel. Lo puso al alcance de mi mano, bocabajo, y retrocedió, como en espera de que yo mismo lo revisara.

Pablito Novo se mordía las uñas, con la mirada derrumbada en los pies. Ambos, el gordo y el pequeño, daban una curiosa sensación de desamparo para tratarse de un par de secuestradores y golpeadores. Pese a haber sido sometido a una verdadera madriza no pude odiarlos de momento.

Volteé el papel. Era una foto. Carlitos y Pablo, sin camisas (y quizá desnudos, pero la imagen por fortuna no lo mostraba), miraban a la cámara y sonreían. Era un cuadro casi celestial. A ninguno de los dos se le miraba tenso o acongojado. Era una imagen bastante normal para dos personas que se querían. Como para ponerla en un marco y que decore, para siempre jamás, una mesita lateral o una cómoda, entre los controles remotos del televisor y el aire acondicionado.

Claro que no me entregué a ninguna clase de ternura. Mirarle la cara a mi amigo muerto, así fuera una cara feliz, una cara de tiempos buenos pero agotados hacía ya meses, de una vida pisada como la de una hormiga, me revolvía el estómago.

Dejé caer la foto y, finalmente, abrí la cerveza. Se había entibiado y sabía horrible. O quizá era que mi boca estaba ya demasiado amarga.

Pablito me miraba con una seriedad casi inverosímil.

—Yo no le hice nada a Carlos. Pero he estado investigando. No me pude resistir a robarme la sudadera —dijo señalándola—, perdón.

No respondí.

—Sólo dime lo que sepas sobre todo el asunto y te dejamos en paz. Perdón también por la madriza. Este cabrón de Quico no tiene pinche idea de cómo portarse.

El interpelado volvió a levantar las cejas, quizá inmune ya a los habituales reclamos de su patrón.

Sacudí la cabeza varias veces para negarme. Ellos deben haberlo tomado como parte de mi intento por regresar a la conciencia porque se apresuraron a traerme (es decir, Pablo ordenó y Quicó obedeció) otra cerveza.

—Primero dime lo que sepas tú —tosí.

Ya no goteaba sangre pero el algodón en mi nariz ardía. Quico, sin duda, se había pasado de verga.

Pablito Novo no estaba de humor para ceder. Nunca lo estuvo. Pateó la lata vacía que había quedado abandonada junto a mis pies. Perdía la paciencia. Apretó los puños, tomó la foto que lo mostraba junto a mi amigo y me le puso justo delante de los ojos, agitándola como si fuera una prueba incuestionable.

—¡Yo no le hice nada a Carlos! ¡Y me estoy encargado de chingarme a los que lo jodieron!

El estómago le daba de brincos, como si debajo de la camisa trajera un simio salvaje. Tuvo que hacer un esfuerzo tremendo para controlarse. Cerró los ojos, apretó los puños y respiró. Se quedó así un minuto o más. Luego se guardó la foto en la sudadera. Me indicó con la mano que me bebiera la cerveza y volvió a sentarse. Respiraba sonoramente. Quizá estaba poniendo en práctica los consejos para tranquilizarse ofrecidos por los cien psicólogos, pedagogos, sacerdotes y asesores con quienes lo habían mandado para tratar de serenarle al Diablo que, desde pequeño, era acto de fe decir que lo regía.

No pude encontrarle la simpatía o el carisma que habían llevado a Carlitos a confiar en él, a enamorarse de él incluso. A mí, verlo en plan justiciero me producía una mezcla de antipatía y rabia.

Decidí que ya que no estaba amarrado, podía irme sin mayor obstáculo. Me puse de pie. Aún me daba vueltas el horizonte y me dolía un área que llegaba de la coronilla a los pies, pero logré mantenerme vertical y avancé hacia lo que creí que era la puerta. No lo era: el umbral entrevisto estaba cegado con tablas claveteadas (luego supe que la puerta auténtica cerraba herméticamente y estaba del otro lado de la habitación, sin permitir el paso a ninguna rendija de luz). Giré. Quico ya estaba detrás de mí, con los puños en guardia. Tanta cervecita, tanto vasito de agua y este gorila va a partirme de dos manazos lo que me queda de madre, pensé.

Pero Pablito lo contuvo. Quico retrocedió a las sombras. Su amo, con un movimiento un poco coreográfico, se quitó la chamarra. Mostró entonces sus brazos, largos y cruzados de cicatrices.

—Yo también tengo mis heridas.

El mareo me obligó a retroceder a mi silla.

Quico, el muy cabrón, tuvo la amabilidad de ayudarme a sentar.

—Yo te cuento lo que sé y después tú —ofreció Pablito, con una voz que todavía conservaba algo de infantil.

Y que, horriblemente, recordaba un poco a la de Carlitos.

Sí, con aquella sudadera encima, era muy parecido a Carlos.

Seguro que era él a quien habíamos visto por ahí Gaby y yo, quien acechaba los andadores.

Acepté.

12

LA HISTORIA DE PABLITO NOVO

Me sentí asido a sus manos, pegado a sus nervios, con la aferración de polos contrarios.

"LA SEÑORITA ETCÉTERA"
Arqueles Vela

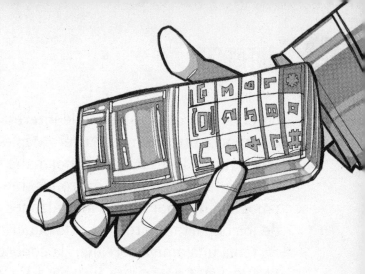

CONOCÍ A CARLOS en el Templo. Él iba a unas charlas con mi tío. Y desde el principio fue diferente a los otros. Con "los otros" digo el resto de mis amiguitos y amantes, tanto chicas como chicos, de ese tiempo. Estoy harto de que los psicólogos y los curas y la gente me diga que estoy desorientado. Ni madres. Sé bien lo que quiero. Y no tengo por qué explicarte mi historia ni cómo es que soy quien soy. Eso ya te lo deben haber dicho antes y, aunque no tendrá mucho de verdad, estoy acostumbrado. A nadie tiene por qué importarle si lo que dicen de mí es cierto o no. Ya tomaron su decisión.

Carlos, y creo que lo sabes, era diferente a los otros. No sólo a los míos. A todos los otros. Era como si pudiera ver a través de las cosas. Conocía a la gente con sólo observarla un par de veces. Pero *profundo*. La entendía. Por eso, creo, era tan retraído. Por ejemplo, los quería mucho a ustedes, sus amigos desde niño y eso, pero no creía que pudieran

ANTISOCIAL

entender las cosas que a él le interesaban. Pensaba que tú y tu otro vecino ¿Maple? ¿Maples? Ese: Maples. Pues que eran muchachos normales de barrio. Ni listos ni tontos, medio cabrones, medio pendejos, emocionados por verles los calzones a las señoras de los departamentos. Y así los quería.

Tenía una amiga cercana, ¿la conoces, no? ¿Gaby? La *blackie*. Con la que jugaba a los *blackies*, jeje. Quizá ella lo entendía más pero Carlos era muy dado a separar las cosas y no abrir las puertas. Yo apenas la vi, a la amiga. Nunca fuimos al cine ni cenamos ni nada. Nos mantenía a cada quien en su esquina, en su lugar.

No, jamás, hubiera podido hacerle nada. Lo quería. Jamás lo hubiera obligado a hacer alguna cosa que lo pudiera poner en peligro. Sí, nos grabamos, como un juego. Pero eso no tuvo nada que ver con los otros, con los chavos del colegio. Nada. Yo ni siquiera supe que Carlos anduvo metido haciendo eso durante muchísimo tiempo.

Meses, cabrón, meses.

Hasta que un día me lo contó. Estábamos en un hotel. Íbamos allí cada tanto tiempo, porque en su casa era imposible y en la mía no eran demasiado discretos tampoco: mi tío siempre se las ingenia para espiarme, el cabrón. Y aún así creo que no sabía sobre Carlos y yo.

Nunca me gustaron los hoteles pero a veces son necesarios. Aunque me dan horror esas pinches

sábanas y baños utilizados por miles de personas que ni sabes qué son, qué hacen, de qué están enfermos. A veces, pues, íbamos. Y nos quedábamos muchas horas. Llegábamos en la mañana para que no se la hicieran de pedo en su casa por llegar tarde. Y entre semana, siempre, porque el fin siempre lo reservaba para el pinche puestito del mercado.

A su hermano le tenía no sé si miedo o mucho cariño. Hablaba de él como si fuera de otro planeta. Lo veía como un súper cabrón invencible. Y lo presumía: que si ganaba no sé cuánto, que si andaba con cinco muchachas al mismo tiempo y con todas podía, pendejadas, la neta. Pero a mí me daba ternura que lo quisiera tanto, porque me lo imaginaba, la verdad, como algo muy diferente: un machito vendedor de mercado, un cabroncito de barrio. Todo lo que luego supe que era. Pero no pensaba que llegara a ser el hijo de puta que luego supe que es.

Alguna vez le pregunté qué pensaría su hermano sobre nosotros. Estaba contándome no sé qué de sus negocios y se lo pregunté, tal cual, como para retarlo. Me cansaba hablándome de él. O a lo mejor es que me ponía celoso de todo lo que le festejaba y le lamía las patas.

Carlos se ofendió, creo. No dijo casi nada. Sólo que su hermano sabía de él y que "era un pedo". Entonces pensé que se había disgustado, que lo emputaba que le hablara del hermano y su relación así nomás. Luego pensé, cuando pasó lo que pasó, que más bien no fue capaz de contarme. Que no quiso ponerme en peligro o no quería reconocer que el hermano... que el hermano lo usaba.

¿A poco te extraña? Pinche cara que pones. Seguro que en el barrio nunca se imaginaron bien a lo que se dedicaba el pinche Max. Carlos decía que los trataba a ustedes como sus hijitos, que les daba hasta gratis las películas. Pues no, no es una buena persona, cabrón. Es un hijísimo de puta. Un miserable. ¿No lo sabes? ¿Ni lo hueles? No, pos ya veo que no.

Max supo que Carlos era como era hace mucho. Lo debe haber descubierto. No sé exactamente cómo pero estoy seguro de que lo supo desde casi el principio. ¿Y sabes qué hizo? No tienes la más pinche idea.

Pues primero le puso una serie de madrizas impresionantes. Y le hizo no sé qué tantas cosas, porque nunca quiso darme detalles. Le tenía tanto miedo que lloraba de sólo pensarlo. Y luego, el muy hijo de puta lo grabó. Cuando unos tipos le ofrecieron distribuir porno duro, ilegal, tuvo una iluminación y les dijo que mejor se lo compraran a él. ¿A poco crees que la lana de Max y ese carro y esas viejas salen de un puesto de piratería en un mercadito pinchurriento? Max siempre anda en apuestas y en cosas ilegales y es más cabrón que bonito. Se puso a distribuir primero, según averigüé luego de que pasó lo de Carlos, películas que le pasaban los tipos. Ellos tenían su local en la colonia Tabacalera. ¿Sabes lo que fue meterme allá a hacer averiguaciones? No, tampoco sabes. Has ido allí pero no sabes lo que es. Con ayuda de este cabrón de Quico, me metí. Y supe muchas cosas. Cosas que la pinche policía ni siquiera intentó averiguar, porque a fin de cuentas para ellos que maten a un chavito da lo mismo si es un pinche nadie. Piensan como mi tío.

Y averigüé cosas que ese pendejo de mi tío no habría averiguado jamás con su escoltita de curas. Ni mucho menos por boca del perro asqueroso del padre Gilberto, ese hijo de la chingada mentiroso. ¿En qué mintió? En todo. En cada parte de su historia. Pero qué gano hablándolo con mi tío, si no le han bastado todos mis años ni los suyos, que son más, para darse cuenta de quién soy.

Cuando pasó lo de Carlos me fui. No voy a tratar de darte pena o caerte bien contando lo que sentí o pensé. No te imaginas lo que fue para mí. Me fui. No traté de hablar con nadie ni de buscar a nadie. Mi madre me da dinero a cambio de que yo me quite de su vista. Me quedé con algunas cosas de Carlos, la mayoría las tenía yo, y ya. Eso fue todo.

Estuve de viaje un tiempo. Y traté de calmarme y pensar. Traté de convencerme de que nada tenía que hacer, de que lo importante era volver a estar bien yo. Pero no se puede. Así no. No puedo seguir así nomás cuando se quedaron tan tranquilos los que usaron a Carlos como ganado y lo mataron. Y por eso voy a saltarme a la pinche policía y a chingármelos si puedo.

Y, bueno, he tenido que inventarme toda clase de cosas para conseguirlo. A veces yo solo, a veces con ayuda de gente y casi siempre pagando. Usando el dinero que me deja mi madre y que mi tío ha procurado por todos los medios controlarme.

Y he estado allí, metido, vigilando y esculcando por todos lados. Y ellos saben que algo pasa. Tanto Max como el pedazo de mierda de Gilberto. Saben que alguien se enteró de sus pinches negocitos.

¿Socios? No, no entiendes. Y qué te voy a contar si no entiendes. No son socios entre ellos. Gilberto averiguó lo que Max hacía y lo que obligó a Carlos a hacer y decidió sacarle provecho. Por eso, y no por mi tío, ha presionado a Max. Quiere la famosa mercancía pero quiere algo más: los contactos directos con la gente de la Tabaca. Que ni es de la Tabaca. Allí tienen su bodega, los perros, pero no son gente de allí. No sé de donde sean. Allí entran seguro hasta policías y políticos, entra toda clase de gente, y con toda tratan. Son unos cabrones. Y ellos le pusieron la bala en la cabeza a Carlitos y al ayudante de Max, como sea que se llamara. ¿Hugo? A él. Pero la culpa de que lo hicieran la tienen el puto Max y Gilberto. Toda la culpa. Porque creo que Carlos y el tal Hugo supieron que algo iba mal y le escondieron el material a Max antes de que pudiera entregarlo. Y por eso lo comenzaron a presionar. Y ellos le contaron que el material estaba perdido y se hacían pendejos y él buscaba por todos lados, pero era muy idiota y no se daba cuenta de que lo escondían enfrente de sus narices, en el mercado.

Durante un tiempo no quise que me notaran. Descubrí que Hugo, por ejemplo, tenía muchas cosas de Carlitos, incluyendo su teléfono y el acceso a sus cuentas de red. Las usaba desde mucho antes, de común acuerdo con Carlos. Seguro que se metió para sacar todo el material por si Max o los cabrones de la Tabaca querían obligarlo a dárselos. Nunca pude hablar con él directamente, aunque lo intenté. Pero Quico fue el único que pudo sacarle un poco de sopa. Ahí como lo ves, puede ser muy bueno para hablar con la gente. ¿Te da risa, cabrón? Tiene su pegue, Quico. Lo único que llegamos a saber es que probablemente Hugo era otro de esos amigos cercanos de Carlos que los demás no trataban.

Total: no creo que fuera mala persona el tipo. ¿Cómo? Hugo, sí. Era un güey que vivía aterrado pero también agradecido con Max. A la tercera copa contaba sus desgracias. Sufría mucho con lo que pasó con Carlos pero no hacía nada. Max lo dominaba tanto que acababa siempre por doblarse. Menos por Carlos. Él lo enseñó, creo, a resistir. Él era el guardián del material. Max, que es muy hábil para lavarse las pinches manos y que quería ponerse a salvo si les llegaban a caer, lo habrá hecho pasar incluso como el verdadero jefe, no lo dudes, y por eso fue que lo buscaron.

Y mira, igual que a Carlos, se lo chingaron por protegerlo. Porque no les dijo nada. No les dijo nada sobre el material que tenía ahí, y que podía a lo mejor haberlo salvado, y se lo chingaron. Yo estaba allí esa noche. Llevaba tiempo siguiéndolo y dando vueltas por el rumbo. Te aseguro que esos cabrones, los asesinos, se fueron sin encontrar lo que querían porque Quico y yo hicimos ruido y mejor salieron por patas por si era la policía.

Yo fui el primero en llegar al sitio donde quedó cuando le dispararon. Vi a Hugo tirado y supe que debía robarme todo lo que pudiera antes de que llegaran Max y la policía. Me metí al mercado y me las ingenié para quedarme con lo que pude (discos sospechosos, quiero decir) mientras los guardias, la policía y los curiosos se quedaban junto al cadáver.

Te vi allí, cuando volvimos a cerrar y nos escurrimos a la calle.

Había una computadora medio escondida detrás de una mesa, algunos discos en un cajón y un documento con contraseñas para un sitio web cerrado. Todo nos llevamos. No puedo estar cien por ciento seguro de que fueran todos sus respaldos pero hasta donde pude investigar, es muy probable que sí. No sé por qué los había reunido allí o si siempre los tuvo debajo del culo de Max. Quizá los reunió para destruirlos y lo interrumpieron...

Ni siquiera me detuve a ver detenidamente el material en ese momento. Eran megas y megas y megas de videos y fotos. Algo asqueroso. Una pinche mierda. Carlos, puta madre. Sólo. Y conmigo. Y con otros. Muchos chavos del Alpes Suizos. Otros chavos que quién sabe quiénes sean y dónde vivan. Algunos archivos estaba codificados de tal modo que no pude abrirlos. Creo, estoy seguro, de que Max los obligó a reunir ese pinche bonche de mierda para venderlo carísimo, que cobró por adelantado y que luego no pudo entregarlo.

No sé cómo ni cuándo lo decidieron. Ni cómo tuvo fuerzas Hugo para mantener a raya a Max luego de la muerte de Carlitos. Quico no se lo sacó.

Y lo que yo hice fue destruir todo. No sólo borré, no sólo eso. Vacié y borré, sí. Pero estaban la computadora y los archivos físicos. Y borrar no elimina las cosas para siempre. No. Hubieran podido encontrarlas, a fuerza de buscar, aunque tuvieran que matar a Max (que es lo que están intentando, creo) para quedarse con esa pinche mina de oro. Una mina, cabrón. ¿Sabes cuántos miles de cabrones, en el mundo, pagan por ver eso? ¿Sabes cuántas pinches mafias que roban gente compran esas chingaderas para promoverse con sus clientes? He visto cada pinche cosa en Internet, cabrón. Es como estar de pie sobre una pinche bomba. Así es como estamos. Y eso que yo apenas me asomé y le di una probadita a la mierda. Ni siquiera saben quien soy ni qué hago. Pero si supieran que estoy allí, asomado, me buscarían. Son una cosa inmensa.

¿Por qué nadie los detiene? Cabrón. Detienen a sus empleados. A los que les guardan las bodegas o los que roban muchachitos o los pasan de país. A esos agarran, de repente. Pero a los jefes no. He leído pinche mil reportajes e informes y estoy seguro de que a Carlitos le fue muy mal pero pudo irle peor. Estos güeyes sólo les iban a vender unos videos. Pero muchos de esos videos, cabrón, en otros lados, son con gente robada, obligada, amenazada. Hay un periodista que...

En fin. No pongas esa pinche cara. No, no he hablado con nadie más. Pero leo, cabrón, y trato de saber.

¿Qué hice? Rompí todo a patadas, a martillazos. Y los restos los quemé. No quedó una sola pinche huella de toda la biblioteca de Max. Ni un puto byte.

Por eso está desesperado. Porque le deben haber dado dinero, debió venderles el material por adelantado y no tiene nada para respaldarlo. Y seguro que tampoco le dio a Gilberto la parte que le tocaba. ¿Si mi tío supiera que el material ya no existe? No lo creería aunque se lo jurara. No me cree nada. Piensa que el culpable soy yo, güey. Pero me vale madre. Por mí, que se pase la vida angustiado, pensando que le va a estallar el colegio debajo del culo.

El problema no es mi tío. El problema es Max. Y son esos güeyes de la Tabaca. Bueno, que tienen la bodega allá. Y no tanto ellos, que deben ser matones normalitos. Sus jefes. Ellos, por ejemplo, se llevaron a tu amigo. ¿Por qué? Porque lo vieron rondar los dominios de Max. Deben haber pensado que era ayudante suyo o algo. Fue una suerte, absolutamente una casualidad, que se lo llevaran dos de los matones más chafas que he visto nunca.

Creo que eran dos que habían dejado de guardia para vigilar a Max y se aceleraron llevándoselo porque lo vieron por la zona, rondando con ustedes. Era fin de semana. Lo echaron al club ese, el Bar Bosque. Los seguimos hasta allí y me di cuenta de que ese bar salía en unas fotos que tenía Hugo. Unas fotos que se tomó, muy sonriente y que escondía en una de sus cuentas en línea. Y salía allí el otro tipo, Adán. Allí me di cuenta de que Adán era tío de tu cuate. Primero pensé que podría estar implicado él pero nunca lo vi en los videos ni lo vi con Max, sino con Hugo. ¿Sí? ¿Se hacían pendejos enfrente de Max? Hacían bien. Max es un cabrón y si lo hubiera sabido, los habría jodido, seguro.

Como yo tenía el teléfono que fue de Carlos, te mandé los mensajes para que pudieras rescatar a tu cuate. Nadie merece lo que le podía haber pasado si es que llegaban a entregarlo a los meros jefes. Fue de verdad una pinche suerte que se apendejaran. Habrán querido quedárselo ellos y presentarlo, el lunes siguiente, como trofeo. ¿Les pidieron entregarlo? Ahí está. Eso fue.

¿Los mensajes? Al principio yo creo que era él, era Hugo. Incluso te pidió ayuda ¿no? La noche que lo mataron. No, no creo que lo hiciera por chingar, pero no lo sé. Apenas lo conocí de vista. Creo que quizá quería saber si los amigos de Carlitos tenían información para reunirla y eliminarla. Eso es lo que creo que había decidido hacer. Parece que era un tipo chinguetas con las computadoras. Seguro que hasta se metió a las cuentas de ustedes. Luego de que lo mataron, como te digo, los mensajes los empecé a mandar yo. Y debías darme las gracias, neta, porque así fue como pudiste rescatar al pendejito de Javi. Claro que lo conozco. ¿Sabes cómo me caga ese pinche güerito de mierda? Tuvimos nuestras broncas. Sí, la bajé los calzones a su hermana. Pero porque él es un mamón. Tampoco podía dejar que lo tuvieran, neta, eso no. Además, siempre podía ser que terminara por hablarles de mí. Son buenos, seguro, para que la gente les cuente lo que saben. Y tanto esos cabrones como Max ya están en alerta y necesito que no sepan de dónde les viene el golpe.

¿Sí? ¿Crees que todo mundo sabe que regresé? Pero no creo que se imaginen lo que estoy haciendo. Nadie me cree capaz de nada que no sea una pinche cochinada. Pero lo soy, cabrón. Soy tan capaz de chingármelos, así, tan tranquilo.

¿Neta? ¿A poco los pinches mensajes parecían de Carlos? No, yo sé lo que Carlos me contaba de ustedes pero no sé tanto como para hacerme pasar por él. A lo mejor Hugo lo sabía mejor. Esa historia, la de ellos, no la vamos a saber nunca. O el propio Max. Igual y fue Max mismo quien te mandaba esos mensajes y por eso creías que era el fantasma de Carlos o la chingada, Max debe saber más. Pero, neta, no tengo tiempo de ponerme a hablar de fantasmas. ¿Alguien más? No creo que su otra amiga ande metida. Gabriela. Esa. ¿Ya ves? Claro que no.

Pero bueno. Así están las cosas. El negocio era de Max. Él grababa a Carlos y vendía esas grabaciones y lo obligó a atraer otros morros de la escuela. Y hasta le quitó grabaciones hechas conmigo, que hice con Carlos porque para mí era un juego y no me importaba en lo absoluto si alguien las veía. Ay, sí, mucho pinche asco nos tienes, cabrón. Tú eres un mocoso. Has vivido como niño. Ni sabes qué pasa de este lado. Para ti es muy fácil. Ya, pues. No voy a alegar. ¡Ya cállate, cabrón!

La deuda con los cabrones de la Tabaca ya son, seguro, las suficientes para que en algún momento opten por chingárselo. Esa no es gente a la que le puedas devolver el dinero si no sale un negocito con ellos. O a lo mejor descubrieron que Carlos era su hermano y no sólo su empleado y quisieron extorsionarlo de algún modo. No lo sé. El pedo de Carlos, en el fondo, no es con ellos aunque ellos lo mataron. Pero lo mataron cuando fueron a presionar a Max. De eso estoy seguro. Y Max comenzó a equivocarse presionado por Gilberto, que es quien quería sacarle jugo al asunto. Por eso me los quiero chingar a los dos. Porque Carlos no merecía eso. Nada de eso. Él debería estar vivo en vez de ellos.

Y ahora, cabrón, ya te sabes toda la historia. Ya, pues. Como quedamos, cabrón, cuéntame lo que sabes y lo que viste.

13

De tanto sentir se encontraba insensible.

"LA SEÑORITA ETCÉTERA"
Arqueles Vela

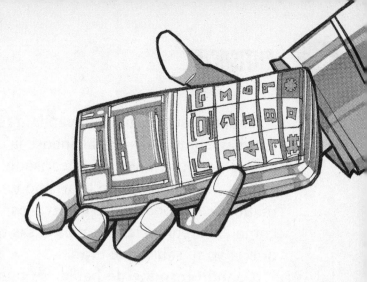

ES COMPLICADO REFERIR a medias una historia que se conoce bien. Pero eso hice. Le expuse lo que sabía a Pablito Novo sin demasiado apego a la estricta realidad en los detalles pero revelándole lo esencial de nuestras comprobaciones y sospechas. Aunque, eso sí, procuré mencionar a mis amigos lo menos posible.

No quería ponerlos en la mira de un tipo que, inocente o culpable de las desgracias de nuestro Carlitos, había sido capaz de raptarme para hacerme unas pocas preguntas.

Tampoco le mencioné que teníamos copia del video de Carlitos con él, o al menos de uno de ellos, y que habíamos sido lo suficientemente idiotas para mirarlo. Al oír la historia de Pablito, supe de inmediato que su intento, en principio exitoso, de enterrar junto con Carlitos las pruebas de sus errores, se iba a la mierda si nuestro video terminaba en manos de Max o, peor aún, de los tipos de la Tabacalera.

Pablito escuchaba mis vacilantes palabras en cuclillas, como un gato, tallándose la cara. Me pareció de pronto mayor, más cansado de lo que yo mismo me sentía. Quico le arrimó una cerveza a la mano y se la bebió a largos tragos, como agua o como chocomilk o como más cosas que seguro no quería yo ni saber qué eran.

Cuando terminé de hablar se puso de pie y se perdió en un rincón. Escuché una puerta crujiente. Regresó al cabo de unos minutos con la cabeza mojada y la sudadera con manchones de agua, como si se la hubiera puesto sobre el torso empapado. No me encaró. Esperaba de él preguntas que nunca se produjeron. Quizá se dio cuenta de que tenía mejores cartas que las mías y quizá así haya sido mejor: él estaba decidido a hacer justicia y yo no tenía la más remota idea de lo que debía hacer, ni las fuerzas ni el dinero para intentarlo.

Al hablar, mi cabeza había logrado, al menos, reordenarse y volvía a funcionar en algo cercano a su velocidad habitual. Quico me ayudó a incorporarme. Le hice un gesto para preguntarle, otra vez, si ya me podía ir. Él se encogió de hombros y señaló a su patrón.

—¿Te vas? —murmuró él, la mirada perdida en la pantalla de su teléfono.

—¿Puedo?

Pablito me miró con algo que la verdad no sé si era simpatía o pena.

—Claro. Que Quico te lleve a donde le digas. Mínimo eso tiene que hacer, por los madrazos que te acomodó.

Se quedó allí, sin voltear de nuevo ni ofrecerme la mano. Algo leía.

—Desde luego que no le vas a contar a nadie esto ¿no? —alcanzó a decir.

Ya estaba frente a la puerta pero me detuve.

Estaba mirándome, sus ojos de gato fijos en los míos. Tuve un escalofrío sincero y doloroso.

—Nada.

—Para mí es fundamental que ni Max ni Gilberto sepan que voy por ellos. Si lo saben por ti, voy a saberlo y vas a valer madre. Te lo juro.

Empuñó las manos y me enfrentó.

—Ni una palabra. Ni tuya ni de tus amigos. Si me dejan hacerlo, voy a encargarme de vengar a Carlos. ¿Eso te parece bien, no?

No lo sabía. Me habían educado en otro mundo, en otro planeta, qué podía responder.

Pero, me dije al mirarme, sentir frío y pensar en la sudadera negra de Carlos que ya no tenía en mi poder que sí, que los tipos merecían que algo terrible les pasara por usar a mi amigo y por ponerlo en riesgo de muerte. Un riesgo que le llegó así, como un ladrón en la noche, y le quitó absolutamente todo.

Yo estaba agotado, ofendido, necesitaba otras explicaciones de las que había recibido pero que nadie me iba a dar. Porque era imposible que nadie que no fuera Carlos explicara el por qué de todo lo que le había pasado, el por qué de que un tipo dulce y bueno terminara usado como una cosa y muerto de un tiro en un negocio en el que no era el comerciante sino la mercancía.

Escupí al suelo antes de treparme al automóvil. El sol caldeaba todo y en mi casa, pensé de pronto, con la angustia tonta de quien olvidó algo importantísimo hasta que era demasiado tarde, debían estar frenéticos.

Le di indicaciones muy específicas a Quico.

Arrancó en silencio pero, apenas avanzados unos metros, como si fuera un taxista, no fue capaz de mantenerlo.

—¿Tú eras amigo de Carlitos?

No pude negarlo.

—Pablo lo quería un chingo. Y no te apures: a como lo conozco, seguro que les va a partir la madre a esos cabrones.

—¿Pablito? ¿Sí?

—Uh, yo trabajo para su familia desde chamaco. Y Pablo siempre fue una balita. Lo que quiere, lo hace. No le digas Pablito. Le caga.

Incluso, pensé, hacerse pasar por un muerto para joderles la vida a sus amigos. Una ola de rabia me llegó a la boca y me hizo decirlo. Quico, de reojo, me miró con alguna sorpresa.

—Pues igual y es gacho eso. Pero así fue como salvaron a su amigo ¿no? Nosotros los seguimos

pero Pablo no se quería dejar ver todavía. Así que eligió avisarles. Y sirvió ¿no? Pablo es de a tiro listo. Él les hizo todo el plan. Y te juro que si ustedes no aparecían, él hubiera terminado por salvarlo. Nosotros, pues.

Las calles se fueron abriendo hasta hacerse avenidas. Algunos árboles despuntaban acá y allá en las banquetas. Nos acercábamos a la mole enana del mercado Comonfort, ese compendio de todos mis malestares y mis odios. El pinche mercado, con su basura y su permanente olor a muerte: fruta podrida, animales abiertos en canal, jóvenes usados y muertos.

Quico me devolvió el teléfono y la cartera cuando le pedí que se detuviera y me dejara bajar. Prefería hacer el último tramo a pie. No se despidió ni hizo ningún gesto al marcharse. Tarareaba.

Había cuarenta y seis llamadas perdidas cuando encendí el aparato. Todo el mundo conocido había intentado comunicarse. Mis padres, mi hermana, Javi, Maples, Gaby. Con cierta molestia, noté que la lista estaba incompleta: ninguna de las llamadas era de Gina. Pero no era momento de preocuparse por ella.

Todavía tembloroso, desayuné en el mercado. Preveía una larga discusión en casa en la que seguramente no habría tiempo de tragar nada más que saliva. Finalmente, ya cerca de las nueve de la mañana, llamé a Javi.

ANTISOCIAL

Respondió al primer intento, como si hubiera esperado la llamada.

—¿List? Qué carajo te pasa, cabrón. Dónde estás. Tu familia llamó como a las dos. Están locos. Todos lo estamos. ¿Dónde andas?

Mi primera idea de defensa era contarles que había pasado la noche en su casa. Ya no sería posible.

—Estoy bien. Luego te cuento. De hecho, deberías venir a buscarme. A ver si enfrente de ti me dejan de gritar...

—A ver si sigues vivo cuando llegue, cabrón. Tu mamá sonaba mal.

Decidí que les narraría mi secuestro pero sin revelar la identidad de los raptores. Supongo que ninguna persona cuerda, llegada cierta edad, le dice completa la verdad de lo que piensa y hace a sus padres. No porque pretenda engañarlos sino porque llega el momento en que uno se hace cargo de sus cosas y hay que cerrarles la puerta. Cuando no se hace eso, llega uno a los cincuenta años todavía en la casa y nuestra madre nos lava los calzones y nos elige las camisas y el resto de los adultos del planeta saben que allí hay un pobre diablo que jamás podrá ser confiable.

Carlitos les mentía a sus padres porque jamás hubieran entendido su vida. Max porque no aprobarían la suya. Gaby porque sencillamente no quería explicarse. Y yo, me dije, solamente porque quería que me dejaran en paz. Aunque no fueran particularmente entrometidos. Quería a mis padres, claro, pero a tres pasos de distancia. Y cuando pasara el tiempo los querría más y, a la vez, los querría más lejos aún. Hasta que, con un poco de suerte, el futuro nos dejara vivir unidos y contentos a todos, pero a un par de ciudades de distancia.

Abrí la puerta con paso vacilante. En vez de lavarme la cara, había procurado verme todo lo cansado, golpeado y sucio que iba. Mis padres no estaban en sus trabajos sino allí, en la mesa de la cocina, sentados y boquiabiertos ante mi aparición. El abuelo era el único que, como siempre, no estaba atento a las noticias sobre mi vida o muerte, sino que miraba la televisión, ajeno a todo lo humano. Quizá por eso había conseguido escaparse de Austria y no terminó gaseado, como tantos y tantos otros. Quizá por eso pudo casarse con mi abuela, que era un dragón más o menos insoportable y aún le quedaron fuerzas para cuidarla, bañarla, atenderla y librarla de todo mal cuando le dio un derrame cerebral y se quedó cinco años con la mirada fija y el cuerpo paralizado, en una agonía extensa como un valle de sombras a la que sólo la muerte puso fin.

—¡Hijo!

No hubo preguntas hasta que mis padres no me hubieron abrazado y se aseguraron de que estaba completo y funcional. Pero tenía las comisuras manchadas de sangre y la nariz hinchada y roja. Mis

ANTISOCIAL

explicaciones fueron cortas, categóricas: iba de regreso a casa y un automóvil me alcanzó. Me golpearon, me obligaron a subir. No pude verlos porque mi cabeza terminó metida en un costal. No podía decir si eran dos o mil: hicieron preguntas sobre la muerte de Carlitos y la vida de Max, les dije. Cuando no supe o pude contestar más de lo que les respondí los primeros cinco minutos se desesperaron, discutieron qué hacer conmigo, jugaron con la idea de despiezarme como un pollo o dejarme ir y al final me dejaron salir a la calle. Caminé de regreso. Y mi celular, mentí, no tenía batería.

Mi madre vociferaba majaderías y mi padre lloraba en voz baja. Su dolor me aterró. Tuve una mínima prueba de lo que hubiera podido pasar si en realidad algo me hubiera pasado, si mi destino, como el de Carlos, hubiera sido ser truncado, aplastado.

Ellos maldijeron a mi amigo, a Max y a toda la familia Serdán. Yo miraba al suelo y me tallaba la cara, agotado. Tocaron a la puerta. Era, claro, Maples, que había oído alboroto y se asomó a ver qué pasaba. Para mi sorpresa, mi amigo me estrechó con fuerzas de gorila como si fuera yo el anotador del gol de la victoria en la final del campeonato (situación en la que nunca habíamos estado, desde luego, porque nuestro equipo no daba para tanto, pese a los afanes del Chivo Sahagún).

Tras de Maples apareció Gaby, arreglada para ir al Alpes Suizos. No llegó a pasar del marco de la

puerta (iba tarde, dijo, y sólo estaba allí para pedir noticias) pero suspiró con lo que supongo que era alivio al verme allí, derrumbado en una silla, y por primera vez en la historia conocida de la Humanidad me sonrió con simpatía.

Me obligaron a llamar por teléfono a mi hermana Raquelito, que estaba en la escuela, y decirle que todo estaba bien y que todo estaba en paz, cosas ambas más que cuestionables (mi cabeza hervía, mis manos no dejaban de curvarse como garras, en espera de lanzarse al cuello de alguien).

Luego, mientras mis padres decidían si debíamos ir a la policía o avisar a los Serdán y descartaban las dos opciones (la policía, como a cualquier persona con dos dedos de sentido común, les parecía un nido de víboras traicioneras; y los Serdán, un perverso grupo de animales) me sirvieron un desayuno digno de un camionero hambriento: huevos revueltos con tortilla, un café enorme y dos panes tostados con manteca. Y me lo comí todo, a una velocidad sorprendente para alguien que ya se había liquidado unos chilaquiles en el mercado. El miedo, creo, consume reservas del cuerpo que la comida, hasta cierto punto, restablece.

Mi padre, que a simple vista parecía un soldado de plomo, alto, firme y con bigotes de morsa, estaba endulzado a un grado casi sobrenatural: incluso llamó a la Gran Papelería Unión y me declaró enfermo para que no tuviera que salir. Le dio instrucciones muy precisas a Maples para que le mintiera al gerente y que mi amigo seguro no entendió aunque lo afirmó con toda decisión.

Era, pues, la que me rodeaba, una escena de alegría.

La nota de realidad la puso el abuelo. Seguía atento nada más que al monitor. Y cuando desvió la mirada fue para decirme, nada más:

—Oye, oye, dame agua en un vasito. No fría. No me gusta fría.

Pensé en reírme.

Pero lo que hice fue ponerme en pie y servirle su agua.

Cómo no.

Javi apareció hasta la mañana siguiente. Venía solo. Mis padres refirieron la historia oficial de mi secuestro y mi amigo no creyó una palabra. No dejaba de mirarme, aunque hacía expresiones de sorpresa y asentía educadamente ante las disquisiciones de mis viejos sobre lo que podía haber pasado por la mente de los criminales...

Finalmente, cerca del medio día, decidimos salir al aire del andador y caminamos al jardín del fondo, con sus altozanos de terracería y escombro. Gabriela estaba allí, todavía con el uniforme del colegio, como si nos hubiera esperado. Era extraño, tan extraño e

inusual como todo lo que estaba pasando, que se saltara un día de trabajo en el Ultramarina. Parecía estar embebida en la lectura de unos papeles, que metió apresuradamente a un bolso cuando llegamos. Nos dijo que eran poesía, apuntes, cosas que escribía y que no iba, por supuesto, a enseñarnos jamás. Cosas de *blackies*, dijo con sorna.

—¿No deberías estar en el trabajo?

—Me dieron el día. Les dije que tengo catarro. Como nunca falto, no hubo problema.

Su orgullo de niña bien portada seguía firme, a prueba de bombas.

A Maples, cuyo instinto era francamente pésimo para aparecer a la hora oportuna y en el lugar, tuvimos que llamarlo por teléfono para que viniera. Estaba en el trabajo. Pidió su hora de comida y veinte minutos para tomar un taxi (debía estar ansioso, para gastarse su poco dinero en uno) y alcanzarnos.

Nos sentamos en las jardineras a esperar. No me atreví a preguntarle a Javi por su hermana y, con todo lo que había sucedido, su secuestro y el mío, y nuestra extraña aventura alrededor, como una boa que nos seducía y asfixiaba a la vez, ceñudos y expectantes ante lo que les iba a contar, no era momento de hacerlo sin pasar por imbécil. Por suerte, Javier mismo reveló el misterio.

—Adán ha estado pésimo, hundido. Tiene una pinche depresión de locos. Gina lo está cuidando. Mi madre ya piensa en mandarlo a la playa, una clínica o algo.

Me dije a mí mismo que aquel era motivo suficiente para que ella ni siquiera intentara marcarme cuando estaba secuestrado. Otro motivo, claro, era que yo le importara a Gina poco más o menos de lo que le importaba Maples o, por qué no, el Cuco, el costroso y anciano perro de mi amigo, al que ni siquiera conocía. Estaba ofendido y decepcionado pero no quería mostrarlo.

Maples llegó al fin, apresurado, con la playera de la Gran Papelería Unión polvorienta, empapada de sudor.

Todos me miraban. Era una sensación espantosa. ¿Cómo podía Carlitos dormir sabiendo que sus videos...? Quizá por eso apenas dormía.

En fin. En pocas frases les narré lo sucedido: mi secuestro, la historia de Pablito Novo y las atenciones del Quico. Estaban, lo sé, horrorizados por las revelaciones. Me hicieron algunas preguntas, apenas las suficientes. Para todos quedaba claro que nuestra baraja de dudas, que llegó a ser insondable, consistía ya en unas pocas en torno a unas cuantas personas: Max, el padre Novo, Gilberto, los tipos de la Tabacalera y las oscuras fuerzas que los manejaban.

Lo primero que hicimos fue el acuerdo de destruir de inmediato el video de Carlitos y la copia que teníamos. Eso era vital para que las huellas del horror que habían perseguido a nuestro amigo y acabado, a fin de cuentas, con su vida, quedaran enterradas para siempre.

—Rompan los discos. Borren todo. Ahorita mismo, que regresen a sus casas. Fuimos unos pendejos al copiarlo.

Todos asintieron. Maples, que tenía el material original, incluso fue a su casa por la pequeña laptop que usaba y, frente a nosotros, eliminó los archivos, rompió el cedé donde lo había copiado y, en un alarde de compromiso con la causa, puso a reinstalar el sistema.

Quizá un experto fuera capaz de reconstruir algo, uno de esos tipos de la CIA entrenados para investigar terroristas. Pero al nivel que nos movíamos, con eso era suficiente para deshacernos de la evidencia.

El siguiente paso no resultaba tan claro.

Discutimos por algunos minutos, otra vez, la posibilidad de ir con la historia a la policía o la prensa. Volvimos a llegar a la conclusión de que no valía la pena. Era tanto como señalarnos con un marcador enorme para la posible venganza de cualquiera, del asesino o su competencia.

En un país en el cual las mafias mandaban y la gente podía morir a tiros sin que nadie indagara nada o desaparecer de las calles con absoluta impunidad, nos sentíamos tan seguros de tratar con la policía como de tratar con perros salvajes pero sin ropa y llenos de heridas.

Gabriela, que solía ser la más juiciosa, fue quien tuvo la idea:

—Hay que juntarlos. A todos.

Maples bufó y Javi volteó a verme con cierta desesperación, como pidiéndome callarla. Ella, indiferente a las reacciones, ahondó.

—Llamamos a Max. Lo citamos en algún lugar más o menos seguro, al menos para nosotros. Y citamos al padre Novo. Que List le mande un mensaje al teléfono de Carlos para enterar a Pablito.

La idea no sonaba mal pero tampoco me quedaba claro lo del "lugar más o menos seguro". ¿Cuál podría ser? Ninguno querría que una reunión de esas, aderezada por la posibilidad de que llegaran otros invitados, como las bestias sanguinarias que buscaban a Max, se celebrara cerca de su casa. Yo no querría ver por ningún motivo un enfrentamiento entre Gilberto y Max a unos metros de donde miraban el televisor mis padres.

Maples se opuso terminantemente a llevar la reunión a la pizzería de Angostura, terreno favorable para Max, dijo, que se lo conocía de memoria, y con una calle y banquetas demasiado estrechas como para huir fácilmente si la cosa se ponía mal. Las muertes de Carlitos y Hugo, los secuestros de Javi y mío, eran pruebas suficientes de que el riesgo estaba allí, pendiendo sobre nuestra cabeza.

—El Alpes Suizos —dijo Javi, de pronto—. No, no el colegio: el parque del otro lado de la calle.

Maples y yo nos miramos, porque no teníamos presentes los alrededores del lugar y dudábamos. Gaby, lentamente pero convencida, asintió con la cabeza.

—Sí. Es un espacio abierto. Hay un módulo de policía a una cuadra, creo. El de la esquina de Sierra Tarahumara. Si los citamos en la noche no habrá gente. Se queda vacío después de las seis o así, porque hay más oficinas que casas por ahí. Me parece un lugar bueno.

—Ese es terreno del padre Novo. Podría sacar a cien curas ninjas y rodear todo el lugar— refunfuñó Maples. —¿Y qué creen que pase? ¿Creen que se van a poner todos de acuerdo, se van a perdonar y ya? Ni madres. Va a haber broncas.

Nos quedamos en silencio. El parque estaba lejos de casa y eso me parecía suficiente mérito para elegirlo. El mundo entero podía ser un lugar espantoso y lleno de riesgos pero no iba a llevarlos a la puerta de mi casa. Aunque Maples no estuviera de acuerdo.

Cada minuto que pasaba, al calor de los recuerdos, me convencía más de que deberíamos intentarlo. Estaba cansado de los incidentes, las muertes, el pánico. Me di cuenta de que me hacía falta la sudadera negra de Carlitos, aunque estuviera ya un poco vencida en las mangas y el cuello por el uso intensivo al que la había sometido durante semanas. Me parecía un símbolo y ya no estaba en mis manos.

Aquella pinche sudadera, pensé, era prácticamente todo lo que quedaba de mi amigo. Y Carlitos habría sido todo lo que quisieran, pero era nuestro amigo y no merecía la suerte que corrió. No cometió ningún delito. Era quien era y ya. Su hermano o los curas o Pablito o quien fuera culpable de lo que los tipos de la Tabacalera le habían hecho. Porque en vez de preocuparse por él, se habían concentrado en ellos mismos, en sus putos negocios. En una venta de películas piratas inmundas y en un colegio de medio pelo para niños ricos e imbéciles.

Antes de pensármelo de nuevo, mandé el mensaje al viejo teléfono de Carlos, ahora en poder de Pablo Novo.

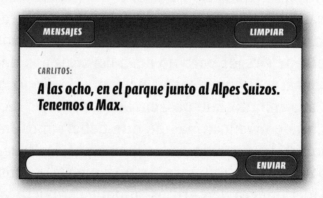

MENSAJES   LIMPIAR

CARLITOS:
A las ocho, en el parque junto al Alpes Suizos. Tenemos a Max.

ENVIAR

Era el anzuelo.
—Ya le dije.
—¿A quién?

A. DEL VAL

—A Pablito.

Mis amigos me miraron como si les acabara de anunciar que un león se había comido a sus madres. Gaby suspiró y se mordió los labios. Maples, solidario, me pendejeó todo lo que pudo.

Pero no pensaba detenerme.

Llamé a la casa de oración donde vivía el padre Novo. Como era difícil que el curita o monaguillo encargado de responder el teléfono me pasara de buenas a primeras con él, que después de todo era un tipo importante y ocupado que a esa hora quizá ya estaría en la siesta o en algún cónclave de sus secuaces, le pedí que me comunicara al área de las madres, con mi tía sor María de las Nieves.

La pobre era sorda y colérica y era imposible pensar en que entendería para qué la llamaba. Y, por supuesto, no tenía la menor intención de platicarle lo que estaba pasando. Nada de eso.

Cuando una amable monjita respondió, me arriesgué.

—Ay, perdóneme. Me iban a pasar al padre Novo y no sé por qué me mandaron a esa línea.

—No se preocupe. Yo lo paso de aquí.

Pensé que fallaría. Pensé que Novo no iba a responder o que, tras sonar algunas veces, la llamada volvería al curita de guardia. No fue así. Al quinto timbrazo respondió una voz reposada y despierta, que era sin duda la del padre.

—Dígame.

—¿Padre? ¿Padre Novo?

—Sí. ¿Quién es?

Había una nota de tensión y ansiedad en la voz. Una nota que revelaba que la llamada no era esperada ni mi voz le resultaba familiar, al menos por teléfono, pero que el receptor aguardaba noticias de alguien y pensaba o esperaba que ese alguien fuera yo.

—Max quiere verlo. Le dará todo el material. Esta noche, a las ocho, en el parque junto al colegio. Lleve a Gilberto.

Al otro lado de la línea se hizo el silencio. Novo soplaba en la bocina, no sé si furioso, sorprendido o intrigado nada más. Seguro que lo que esperaba no era ni remotamente parecido a eso.

—¿Quién llama?

—De parte de Max. Lo espera para hacer la entrega del material —repetí tembloroso y colgué.

Confié en que el asunto le escociera lo suficiente como para asistir.

Al final, llamé a Max. No respondió en los primeros tres intentos, pero tras un par de mensajes alarmantes (el primero de ellos, el peor de todos, decía solamente: "Ya sabemos todo y tenemos tu material") se comunicó. Sabía bien de quién era el número pero no se tomó la molestia de saludarme.

Abandonó toda cortesía y todo paternalismo cuando oyó mi voz.

—¿Qué te pasa, pinche vato? ¿Qué putas madres tienes?

—Todo. Tengo todo, cabrón. Y se lo voy a dar al padre Novo si no vienes al parque junto al colegio Alpes. A las ocho.

—Chinga tu madre. No tienes nada. Nadie sabe dónde está. Se lo robaron a Carlitos y Hugo en el mercado.

—¿Y quién crees que se lo robó? ¿Qué quieres que te diga para que me creas? ¿Que ya vi los videos de Carlitos? O los de los niños del colegio. Eres un hijo de puta. Y si no vienes y me los compras, te voy a entregar.

Max sollozaba en la línea. Ya no era el tipo de pecho al descubierto y sonrisa de gorila dominante.

—Tienes que darme todo, cabrón. Me están buscando. Me van a chingar si no se los doy. Ya les saqué la vuelta mucho tiempo y no me creen. Pero el material se lo robaron a Carlitos y al Hugo. Te lo pinches juro. No pudiste robártelo tú...

—Pues yo lo tengo, cabrón. Si lo quieres, ven. Y trae mucho varo. Todo el que creas que vales, hijo de tu puta madre.

Colgué de golpe.

Luego respiré.

Mis amigos, descubrí en ese momento, me contemplaban con una mezcla de pánico y desconcierto. Javi se tallaba los ojos. Maples, de plano, me dio un sope que hizo que la cabeza me chicoteara. Sólo Gabriela, pese a que se le sacudían ligeramente labios y manos, se mostró conforme.

—Algo hay que hacer. Mejor que se topen todos y salga la verdad.

Maples volvió a estallar.

—¿Cuál verdad? No es un caso policiaco, pinche Gaby. Todos tienen la culpa. Lo que tendríamos que hacer es matarlos.

Javi soltó una risa irónica, corta y desagradable como un eructo.

Ninguno más rió.

Nuestra falta de reacción envalentonó a Maples lo suficiente como para trazar, en menos de cinco minutos, un plan detallado para armarnos con bombas molotov, pistolas, palos con clavos, machetes y hasta chacos, cercar a los inculpados y liquidarlos en el parque.

Lo callé con un mero "no mames, cabrón" que quizá debió ser mucho más enfático de lo que fue.

Quedamos de reunirnos a las siete y media en el parque. Le prohibimos a Gabriela ir y ella nos miró con una sonrisa. No llegó a decir el consabido: "¿Y ustedes me van a detener o qué?", pero todos lo entendimos así.

Yo, por no dejar, le dije a Javier.

—Ni se te ocurra llevarte a Gina —para ver, desde luego, si se le ocurría llevarla.

Él volvió a reír.

—No mames. Ni loco.

Volví a mi casa ligeramente decepcionado. Otra vez.

14

...y mi voz que se ahogue en ese mar de miedo...

"NOCTURNO MUERTO"
Xavier Villaurrutia

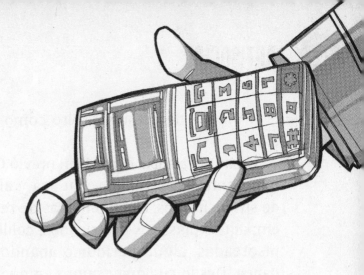

ME ENCONTRÉ con Maples en la puerta de la casa. Había regresado ya de la Gran Papelería Unión y se había bañado y cambiado. No intercambiamos saludos ni nada por el estilo. Yo seguía echando de menos la sudadera, como si fuera el uniforme de un equipo de futbol y me faltara para jugar la esperada final. Maples se había puesto una chamarra como para un clima polar y un gorro de lana que le daba aspecto de velador de bodega. Creo que esperaba ser elogiado por su atuendo de francotirador, pero en realidad parecía lo que era: un adolescente que atendía una papelería. Se me ocurrieron varios chistes a su costa pero no tenía humor como para soltarle uno ni siquiera.

Nos apresuramos a caminar a la avenida. Maples hizo un berrinche de antología cuando le dije que tomáramos el metro, así que caminamos otras dos cuadras para tomar un camión que nos acercara al Alpes Suizos.

—Allí hay detectores —soltó como toda explicación.

El parque estaba, como bien previó Gabriela, absolutamente desierto. Se veían acá y allá las huellas de sus visitantes, eso sí. Botellas de refresco vacías, empaques plásticos destripados, colillas de cigarro pisoteadas, algún periódico abandonado en una banca. Desde cualquier punto en que uno se detuviera era visible cada rincón del lugar.

Maples y yo ocupamos unos columpios. Eran un tanto pequeños, para niños, y mi amigo tuvo dificultades para acomodarse. Lo acusé de tener el trasero demasiado grande y se ofendió. Comenzamos a discutir.

Gabriela nos miraba con algo parecido a la pena. Tenía aún puesta la ropa del trabajo (blusa de volantes, falda corta, zapatos de tacón) y el cabello recogido como en la *boutique* del Ultramarina donde trabajaba; era como una edecán depositada allí por un ovni.

Faltaban varios minutos para las ocho y decidimos quedarnos en ese punto, parcialmente ocultos por unos matorrales pero con "alcance visual completo", según unas palabras tomadas por Maples de alguna de las series policiacas que veía en la tele cuando no había partido.

Javier fue el siguiente en aparecerse. Venía solo, apresurado, con una chamarra que parecía una coraza y que, hasta que lo tuve enfrente y le vi la marca europea y costosa, tomé por una especie de prenda antibalas.

Algunas nubes tapaban la luna y sólo las farolas del parque, colocadas a lo largo de las banquetas, iluminaban la escena. Pero el centro del lugar, un prado rodeado de matorrales, rosales y algunos aislados árboles frutales (unos naranjos sin injertar, contó Javi, cuyas frutas amargas habían sido utilizadas como arma arrojadiza por los alumnos del Alpes Suizos a lo largo de generaciones), se mantenía en la oscuridad.

El primero de nuestros invitados ya estaba allí. Era el padre Novo. Claro: él únicamente debía cruzar la calle. Llevaba sus eternas ropas de cura y el alzacuello. Pese a las sombras, pude notarle unas ojeras profundas y negras y las arrugas que cruzaban su frente y se le abrían como ramilletes en las comisuras de los ojos y la boca.

Tras él, silencioso y enorme, estaba el padre Gilberto. Ninguno saludó ni intentó alguna exclamación de sorpresa. Nos miraron y nos reconocieron sin ninguna clase de alegría. Maples y yo nos levantamos de los columpios (a Maples se le quedó colgando unos segundos en el trasero, en lo que se desencajaba: en cualquier otro momento me hubiera reído muchísimo de él).

Nos reunimos en círculo.

El padre Novo sumió las manos en los bolsillos del pantalón. Se encorvó, como un ave a punto de dar un picotazo.

—¿Y bien, hijos? Ya veo que son ustedes. ¿Qué es lo que me piensan contar esta vez?

No era su habitual voz comprensiva, sino algo más parecido a un gruñido amenazador, como el que empleó alguna vez con Max en el mercado. Lo reconocía bien. A sus espaldas, Gilberto se hinchaba como un sapo presto para entrar en acción.

Enmudecimos. Ni Maples ni yo teníamos experiencia en salir bien librados de ese tipo de charlas. Y qué decir de Javi, que había sido llevado a rastras a la Dirección del Alpes Suizos y regañado tantas veces que ya entornaba los ojos, como un perro habituado a los chanclazos, sólo de oír esa voz colérica y sibilante.

Pero estaba allí Gabriela.

Dio dos pasos al frente y se cruzó de brazos. Bufó como un boxeador antes de oír la campana inicial de su pelea. Todos, instintivamente, nos pertrechamos detrás suyo.

—Buenas noches, padre. Sí, somos nosotros. ¿Recuerda la charla que tuvimos sobre el video de Carlos y los chavos del colegio? Pues citamos aquí a alguien que le va a dar algunas explicaciones. Y a pedirle también explicaciones a ustedes.

Novo tenía en la cara un gesto inolvidable: la boca contraída en un puchero, los ojos abiertos, las cejas juntas y apretadas. Incluso Gilberto, pese a su aspecto de tótem invencible, se amilanó.

—No sé qué explicaciones les debo a ustedes —escupió el padre.

—¿Ni a mí?

Era Pablito.

Estaba solo y debía llevar ya algunos minutos detrás del árbol desde donde entró a nuestro "alcance de visión completo". Su temperamento dramático debía estar girando como la bola de luces de una discoteca ante la posibilidad que se le abría de convertirse en el centro de la escena.

Novo había sacado las manos de los pantalones. Le temblaban.

—Sobrino —murmuró sin afecto.

—Qué bueno que estás aquí, tío. Y qué bueno que trajiste a este hijo de puta —señaló a Gilberto con desprecio.

El padre volteó a mirar a su ayudante con aprehensión. Nunca fue demasiado astuto pero aquella noche iba a llevarse más de una sorpresa.

—Respeto para tu confesor.

—Mi confesor, claro. Tipazo. Aunque un poco tímido ¿no?

Gilberto retrocedió un paso, la cabeza obstinadamente agachada. A Novo se le habían puesto, al parecer, los pelos de punta.

—Tímido y calladito. Porque no te contó que él sabía perfectamente quién filmó lo de los chavos del colegio ¿no? Y que él se convirtió en socio del puestito de Max. ¿Nunca lo pensaste? ¿De verdad creías que era yo? No niego que salí en algunos de esos, pero no para venderlos. El que hizo negocio y el que debe tener extorsionados a quince chavos del colegio es tu ayudante.

Gilberto callaba. El padre Novo había dejado caer los brazos y parecía pálido, lacio, a punto del desmayo.

—¿Sabes cómo se enteró de todo? Porque es un confesor. Alguien le confió el pecadito. Y mira: en vez de mandarlo a rezar aves marías, lo mandó a filmar más cosas. Y hubiera seguido pero estalló el escandalito, el material no llegó a manos de quien debía, mataron a Carlos, la cosa se puso complicada ¿no? Creo que así fue.

Los dos curas terminaron recargados contra el tronco de un árbol. Pablito había avanzado tres o cuatro metros y agitaba el dedo índice, como uno de esos arcángeles vengadores con que ilustraban los catecismos en nuestros tiempos en la doctrina.

—Fuiste tan pendejo, tío, que mandaste a indagar al único que sabía todo.

Novo cerró los ojos, como si orara. Repentinamente, un rayo de decisión los atravesó. Se incorporó con las manos empuñadas y una mirada de cobra. Pero su ira no iba dirigida contra su pariente ni contra nosotros, sino contra su acólito.

—¿Otra vez, Gilberto? ¿Otra vez, estas cosas? Te salvé ya, una vez te salvé. Y juraste que nunca más. No quiero que digas nada —agregó, interrumpiendo con las manos las palabras que intentaba comenzar a ensayar el gigantón—. Cállate. Voy a regresarte al

sur. Nunca debiste irte de allá. Debiste quedarte encerrado con el hermano Zárate.

Al oír ese nombre, que a ninguno de nosotros le decía nada, Gilberto se desmoronó. Comenzó a gemir en voz baja y a llorar como un escuincle.

Novo, envalentonado, le cruzó la cara de un bofetón. Y cuando el sacerdote rompió en gritos, le acertó otras tres o cuatro.

—¡Arrástrate, serpiente!

Gilberto cayó de rodillas.

—¡Vas a volver con el hermano Zárate! ¡Y que Dios se apiade de tu alma!

Tembloroso, extrajo un teléfono de su saco y marcó un número.

Murmuró varias órdenes terminantes en unas pocas frases.

Como si hubiera ordenado abrir las puertas del infierno, cuatro o cinco padrecitos salieron del enrejado colegio Alpes Suizos y alcanzaron el centro del parque. Rodearon al lloroso y caído Gilberto, ese Luzbel de quinta categoría, y lo levantaron a jalones.

—Por favor —se limitó a decir Novo.

Y se lo llevaron.

Pablito no había movido un músculo. No suavizó el tono ni siquiera cuando los padres y su colega caído en desgracia se esfumaron tras las rejas.

—Tienes que contarme exactamente lo que pasó —deslizó el tío.

—Tuve suficiente de ti. Que te lo diga tu esbirro.

El hombre asintió.

—Dirá muchas cosas. Él no importa.

—Ni yo. No vamos a hablar. Y puedes despreocuparte. El material de estos pinches puercos ya no existe. Destruí todo y no creo que haya copias. Max lo vendió antes de entregarlo y les prometió un archivo enorme pero ya no lo tiene. Carlos se lo escondió con ayuda de Hugo. Y prefirieron morirse que entregarlo.

El padre Novo se persignó.

—Bendito sea Dios, hijo. Bendito sea Nuestro Señor. Que Dios se apiade de ellos —y agregó seductor—. Tengo que darte las gracias. Salvaste a muchachos buenos.

Pablo escupió.

—No mames. No salvé al mejor.

Cuando el cura se fue y dejamos de mirarnos entre todos como idiotas y de soltar risitas nerviosas, reparé en que Max no había aparecido. Quizá se había mantenido oculto, me dije, y sin dar explicaciones me puse a recorrer el parque, a asomarme tras cada árbol y matorral, a voltear a cada esquina. No había señales de él. Marqué a su teléfono diez o doce veces pero jamás respondió.

Mis amigos, entretanto, se arremolinaban en torno a Pablito Novo y lo interrogaban.

—¿Entonces no era idea tuya?

—¿Cómo fue que Gilberto conoció a Max?

—¿Neta no tuviste que ver?

Pablo, creo que aún agotado por la escenita con su tío, respondía distraído, con monosílabos.

—Oigan, cabrones —los llamé dando una palmada, como una maestra a los niños que no dejan de platicar cuando suena la campana de la clase.

Voltearon a verme.

—Max no vino. Falta él.

Con diez minutos de retraso, repitieron mi itinerario de asomarse entre las plantas e interrogar con la mirada las esquinas.

Sin resultado.

Javi se sentó en el pasto. Gabriela, ceñuda, siguió asomándose hacia las bocacalles cercanas. Maples pateó un bote de basura y se lastimó el tobillo.

Pablito estaba al teléfono.

Hablaba con alguien.

Cortó abruptamente y nos encaró.

—Lo agarraron, a Max. Quico lo estuvo siguiendo. Los tipos de la Tabaca lo encontraron. Me voy para allá.

—Todos vamos —se interpuso Gaby—. No vamos a quedarnos.

Ni Javi ni Maples dieron señales de estar ansiosos por seguirla. Pablo no discutió: agarró camino hacia un automóvil negro (el mismo en el que Quico me había arrebatado de la calle hacía tan poco tiempo...).

ANTISOCIAL

Lo seguimos, dubitativos primero, a la carrera después.

No hubo ningún acuerdo o plan. Nos acomodamos en los asientos, Gaby adelante y nosotros atrás, y emprendimos el camino hacia un lugar que Pablito no se tomó la molestia de develarnos.

Para mí, ir sentado en aquel automóvil evocaba memorias recientes y molestas. Me sofoqué un poco, debo reconocer. Maples, repentinamente excitado por la cacería, se removía en el asiento y asomaba por la ventanilla como un perro que fuera de paseo al bosque.

Javier tenía el teléfono en las manos pero ni lo consultaba ni marcaba a ninguna parte. Al fin se decidió y tecleó un mensaje, supongo que para Gina. Imaginé que la mantenía al tanto de nuestros movimientos. A lo largo del camino, que no fue nada corto y nos llevó a través de calles oscuras y anchas, a veces repletas de tráfico y a veces vacías, siguió enviando mensajes. Actualizaba su posición, me dije, en algo parecido a ese lenguaje falsamente profesional que Maples aprendía en la tele.

Al fin, luego de algunas vueltas, reconocí las callejuelas chamagosas de la colonia Tabacalera; sus casitas sin cochera, de ventanas bajas y enrejadas, sus bodegas y bardas kilométricas ahogadas de graffiti, sus mallas eléctricas y sus innumerables botes de basura desbordados, sus gatos y ratas disputándose los restos de comida y mierda orgánica diversa.

Pasamos frente al Bar Bosque (Madura Variedad) y, por esa misma calle, pero mucho más cercanos al corazón del barrio (en donde las casas y locales comerciales cedían cada vez más el paso a enrejados misteriosos, bardas derruidas y portones de lámina industrial), terminamos por detenernos en una esquina.

Pablo apagó el automóvil en silencio.

Quico salió de las sombras en donde se encontraba agazapado. Parecía sudoroso y espantado, el rostro húmedo y el cabello en mechones empapados sobre los ojos.

Tomó a Pablo, que se preparaba para salir del auto, por el cuello de la chamarra y lo contuvo.

—Se puso cabrona la cosa. Vinieron por él.

Todos volteamos a donde Quico señalaba: un umbral negro abierto en la cortina metálica que impedía la entrada a una nave industrial. No había mayor indicio de actividad: ni automóviles, ni un sonido siquiera.

Quico señalaba con el dedo.

—Vinieron en dos carros. Creo que lo pescaron afuera del mercado. A mí se me perdió por los andadores, cuando salió de su casa. Creí que se iba a ir derecho al parque. Pero no. Lo pescaron. Alcancé a verlos casi por accidente, me los crucé en un semáforo.

Pablito volteó a vernos con la expresión pálida del que sabe que su plan se ha ido al carajo.

—Los dejé adelantarse porque eran dos autos llenos de esos cabrones. Al Max lo llevaban atrás, creo que lo iban encañonando, por lo bajo, estaba suelto de las manos. Lo metieron allí. Di con ellos nomás porque reconocí los autos, cabrón. La verdad es que me dio culo seguirlos de cerca. Hace como quince minutos, después de que te hablé, salieron y se fueron. Quedó la puerta cerrada. Se abrió hace poquito, la abrió alguien. Pero luego oí gritos y dos balazos, cabrón. Y luego nada. No ha salido nadie más.

—Pues vamos.

Pablo (en ese momento no me parecía de ningún modo un Pablito) había conseguido ponerse de pie. Con la quijada apretada y las manos temblorosas, desplazó a Quico (que le doblaba el ancho y le sacaba una cabeza de alto) de su camino hacia la puerta negra.

Bajamos del vehículo. Javi era, creo, el menos convencido de seguirlo. Pero no quiso dejarnos solos cuando caminamos en fila india detrás de Pablo. Cerraba la marcha Quico, inmenso, que maldecía por lo bajo y predecía que iban a chingarnos a todos.

15

¡Qué será, Muerte, de ti
cuando al salir yo del mundo,
deshecho el nudo profundo,
tengas que salir de mí?

"DÉCIMA MUERTE"
Xavier Villaurrutia

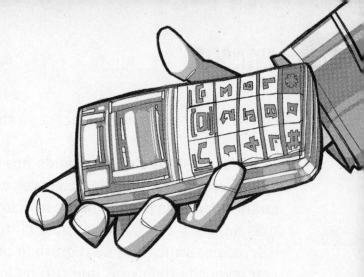

LA PUERTA DABA entrada a un largo pasillo desierto, en cuyo fondo resplandecía la línea morada de un neón. Dos o tres moscas se le habían acercado, descubrí cuando nos acercamos, y sus cuerpos tiesos seguían adheridos al plafón que lo rodeaba, más por la luz que por el inexistente calor.

El pasillo se convertía en una T: a derecha e izquierda se abrían otros dos corredores, igualmente oscuros. En uno, otro cazamoscas electrónico daba cierta perspectiva y visibilidad. El otro era totalmente negro.

Nos dividimos, luego de acordar avisarnos por los teléfonos lo primero que encontráramos. Quico, Pablo y Gabriela tomaron la izquierda y su total incógnita, mientras que Javi, Maples y yo nos aventuramos por el otro pasillo, un poco más alumbrado. Oíamos nuestros pasos, aunque tratábamos de no hacer ruido alguno. También se escuchaban las lentas aspas de uno o dos ventiladores industriales, chirriantes y perezosos, quizá a su mínima velocidad.

Javier pegó un chillido cuando nos dimos cuenta de que estábamos pisando un charco de sangre justo cuando la oscuridad daba paso a una habitación más amplia y clara. Ahí se fue a la mierda nuestra discreción. Brincamos de regreso al pasillo. Maples, con manos temblorosas que casi no lo dejaban operar, quiso marcar el número de Gabriela. No pudo. Con cierta desesperación volvió a intentarlo.

—No hay recepción, puta madre. ¡No jala esta mierda!

La tenue luz morada emitida por el cazamoscas era suficiente para dar cuenta de su mueca de terror. Javi estaba helado. Yo no sé qué expresión habría en mi rostro pero estoy seguro que no era de valentía.

Entonces oímos la voz.

Luego de toser y de rasparse la garganta, como si necesitara tomar un kilómetro de impulso para lanzar un gargajo, alguien habló.

—Vengan, putos, si son tan hombrecitos. Acá estoy.

Era, sin duda y pese a la deformación del ahogo, la voz de Max.

Obedecimos en silencio y, tratando de dar la vuelta al rastro sanguinolento, nos dirigimos hacia allá.

Había un cuerpo en el suelo. Un tipo, de manos requemadas por el sol, con la cara totalmente destrozada por una mancha negra y roja, yacía boca arriba (aunque esto no deja de ser una simple frase, porque ya no tenía nada parecido a una boca), los brazos en cruz y una mancha de orina enorme en el frente de un pantalón clarito, de esos de pinzas que usaban los gerentes en la Gran Papelería Unión o tantos y tantos vendedores en las tiendas del Ultramarina.

Fuera quien fuera la víctima, era probable que hubiera recibido el balazo justo al entrar a la habitación (una larga estancia sin mayor adorno, con algunas mesas repletas de papel en rollos y con una máquina ignota para mí al fondo). La víctima quizá alcanzó a dar dos o tres pasos vacilantes antes de caer.

Rodeamos el cuerpo, atenazados de miedo. Era imposible reconocerlo. Y era imposible, claro, que esa carroña hubiera podido dirigirnos la palabra.

No.

Era Max.

Salió de la sombra. Llevaba un pistolón en la mano. Era el arma con que, deduje apenas verla, había mandado al otro mundo al sujeto a nuestros pies.

El hermano de Carlitos tenía los ojos hinchados, la nariz hecha un guiñapo negro, la boca batida de sangre y, pese a ello, sonreía. Nos hizo la seña de que nos arrodilláramos. No quedó más remedio que hacerlo.

—Qué bien que vinieron. Me ahorraron el viaje al puto colegio.

Todavía le quedaban ánimos para bromear.

Noté que en su vientre latía una herida enorme. De la cintura para abajo, un derrame le había llenado de sangre la cintura y los muslos, hasta las rodillas. Aquello era negro y repulsivo como el boquete en la cara del muerto.

Max, pues, estaba malherido.

Se dio cuenta de que le estaba mirando la yaga enorme (que, aunque sé que es imposible, todavía recuerdo que arrojaba humo por ella). Se agitó levemente, como para cobrar fuerzas y nos apuntó a las cabezas a Javi y a mí.

Mi amigo con las manos sobre la cabeza, cerró los ojos. Lloraba. Yo debía estar babeando de miedo. No creo haber podido decir una sola palabra. Max nos agarró de los pelos a los dos con una sola de sus manos enormes de chango e hizo oscilar el cañón del arma entre nuestras cabezas.

—Muy chingoncitos salieron. Muy chingoncitos. Me robaron y querían venderme mi mercancía, putitos.

Cuando a uno le apuntan con un arma, el tiempo no se detiene ni pasa en cámara lenta. Pero la cabeza se llena de pensamientos, se llena de terrores simultáneos y uno se debate en el llanto de su familia, rememora la cara de su padre el primer día de clases, al dejarlo a uno en la puerta de la escuela, sueña

con Gina y sus piernas blancas e inalcanzables, pasea por el recuerdo de Carlitos y en lo que debió pensar mientras le tocaba la frente la pistola que se la perforó.

El disparo nos hizo aullar. Recuerdo haber caído al suelo sin poder interponer las manos y haberme golpeado la boca justo como esos bebés que no aprenden aún a caminar y tropiezan y caen al suelo desde su propia altura.

Javi berreaba, eso lo recuerdo perfectamente.

Maples, en cambio, descubrí al abrir los ojos, se hacía perfectamente cargo de la situación.

De pie, pistola en mano, apuntaba al cuerpo de Max, que había caído de costado. El tipo, con muchos trabajos, trataba de rehacerse recargándose contra el muro. Su muslo izquierdo era ya otro boquete negro.

Su propia pistola había salido volando, al recibir el disparo, y había terminado muy cerca de las manos del muerto, inalcanzable ya para el mayor de los Serdán.

Abracé a Maples como si hubiera anotado el gol ganador del Mundial, como si hubiera sido la más querida de mis tías, como si hubiera sido mi propio padre recibiéndome en la puerta de los cielos. Él temblaba como una cortina en un huracán. Pero trababa la boca y seguía apuntándole a Max.

—Es la pistola de la mesera.

—¿Qué pinche mesera?

—La mesera de la pizzería. Iba a contarte pero han pasado muchas cosas.

—¿Contarme qué?

—Luego te digo.

Guardó silencio.

Max producía sonidos sibilantes por lo bajo y el aire parecía írsele definitivamente. Había quedado de espaldas a la pared, casi sentado, con las manos intentando cubrir, grotescamente insuficientes, su vientre roto.

El disparo había sido una alarma y Quico, Pablito y Gaby aparecieron en la puerta.

Pegaron algunos gritos cuando vieron al muerto y otros más cuando descubrieron a Max allí. Gaby se lanzó sobre Javier, que seguía arrodillado, llorando, y lo abrazó. Me di cuenta, de pronto, que era probable que en la mitología personal de Gabriela, mi amigo ocupara el mismo sitio que Gina guardaba en la mía.

Quico se ocupó de recuperar todas las armas, incluida la pistola de la mesera, que tomó cautamente de la mano crispada de Maples.

Pablito caminó hacia Max y se acuclilló frente a él.

Lo imité.

El mayor de los Serdán, pálido pese a lo renegrido de su piel, trataba de hablar, pero le salían burbujitas de sangre de la boca.

—Me... Me... Me dejaron por muerto —dijo—. Se fueron luego de darme el balazo. Este cabrón se quedó

a limpiar. Pero fui más pinche listo... Fui más pinche listo y le salté encima. Y me lo chingué.

—¿Quiénes son? —pregunté, no sé si cándidamente.

Sus ojos se abrían como tratando de resistirse al cierre final.

—Ellos, los cabrones de la Tabaca. Les vendí muy caro un material. Lo compraron por el puro demo, unas fotos que tenía en un celular y les mostré. Iba a ser un lote gigante.

El aire se le estaba terminando. Hizo un esfuerzo.

—Carlos y Hugo se rebelaron. No quisieron. Me mintieron y ocultaron el material y tuve que retrasar todo. Y comenzaron a amenazarnos. Ellos... no entendían que no era un pinche bisnes cualquiera. La cagamos. Jodimos a la gente equivocada.

—Ya destruimos todo —le dijo Pablo—. No queda nada. Ni una foto.

Max asintió con la cabeza.

—¿Se los dio Carlos?

—No. Ellos lo tuvieron siempre. Siempre te lo escondieron.

Todos teníamos mil dudas que ya no iban a ser resueltas.

—Llamen a la ambulancia —propuso, casi con una sonrisa, Max.

—No mames —se rio Pablo.

Yo sólo le dije con la cabeza, como un niño, que no.

No sé si aún habría sido momento de pedir ayuda y salvarlo.

Vivió otro rato.

Aunque terminó por deslizarse al suelo y cerrar los ojos, aún respiraba cuando nos reunimos en la puerta.

Quico guardaba las armas. Gaby ayudaba a Javier a tenerse en pie y avanzar. Maples, con la cabeza gacha y una mirada pensativa que nunca antes se le había visto, fue el primero en dirigirse a la puerta.

Pablo y yo nos quedamos allí, junto a Max mientras los demás se retiraban.

La única en voltear fue Gaby, quien, incomodada por el brazo de Javier que le rodeaba el cuello, me lanzó una mirada inquisitiva que no supe interpretar.

Cuando se fueron al fin, Max casi no resollaba.

Pablo le pateó el costado de la cara y consiguió que abriera los ojos.

—¿Tú lo obligaste, a Carlos?

A Max se le iba la mirada.

—¿Obligar?

—A grabar.

La garganta se le cerraba. A nosotros, debo confesar, también.

—Yo le hice todo a Carlos. Todo. Yo fui.

Cerró los ojos y no habló más.

Quiero creer que cuando comenzamos a patearlo estaba vivo todavía.

Salimos, al fin, a la noche.

Agotados.

Pablito resoplaba.

Quico le sacudió la chamarra y los costados con abnegación de madre preocupona.

Supongo que debía sentirse como esos presos que, una vez liberados, no tienen la menor idea de qué hacer o de si el mundo sigue girando en el mismo sentido. Si la razón de su vida, como juraba, había sido vengar a Carlitos, ya no había más por delante.

A menos que, como una suerte de justiciero obsesivo, un Spiderman de por esos barrios, se dedicara a cazar uno por uno a los cabrones de la bodega en la Tabacalera y, cuando los hubiera chingado a todos, comenzar con sus jefes, con los verdaderos e inimaginables dueños del bisnes.

No lo creía capaz.

Pero nadie está en condiciones de decir qué es lo que va a pasar al siguiente minuto.

Pablo Novo dio un último vistazo a la bodega que guardaba el cuerpo destrozado de Max y echó a andar hacia su automóvil, cojeando un poco, apoyado en el firme brazo de su escudero. Lo seguimos.

La calle lucía callada y oscura. En el cielo despuntaban unas estrellas.

—Vámonos —dijo Pablo, curiosamente tarde.

Lo miré.

Parecía diez años más viejo. Su arrogancia se había esfumado y sólo quedaba un tipo demasiado joven, demasiado cansado, las últimas gotas de infancia alojadas apenas en la voz.

—Me voy ya —repitió, no sé si para que Quico lo jalara hacia el automóvil o para despedirse.

No teníamos nada que decirnos.

Javi estaba frente a él. Se habían malquerido por años. No hubo un apretón de manos ni palabras de aprecio. Se limitaron a mirarse allí, unidos en esa hora final, inclinaron un poco las cabezas, como dos borregos que deciden no trenzarse en una embestida, y volvieron a ignorarse.

Maples y Gaby permanecían un poco apartados. Murmuraban entre sí. No habían llegado a tomarle ninguna clase de aprecio a Pablo y entendían que lo mejor es que todos nos fuéramos lo más pronto posible.

El sobrino del padre Novo se volteó hacia mí. Me extendió el aparato telefónico que fue de Carlitos. Era un teléfono simple, pequeño, con la pantalla opaca de tanto manoseo. Con cejas levantadas pareció preguntarme si lo quería. Agité la cabeza. Ni loco.

—No, no, quédatelo —dije, estirando las manos con las palmas levantadas en un gesto un poco torpe de resistencia.

—Tampoco lo quiero, no mames.

—Tíralo, pues.

Lo miró con alguna pena. Era una reliquia dolorosa, sin duda, pero no dejaba de ser uno de tantos recuerdos. Al fin, decidido, lo dejó caer al suelo. Y lo piso diez o veinte veces, hasta quebrarlo y empujó los restos a una coladera abierta. Se hundieron entre la basura acumulada y se escuchó el ¡plop! con que las aguas los engullían.

Así terminó aquel puto telefonito infernal, luego de pasar por tantas manos.

Quico encendió el motor del automóvil. Se despidió con una inclinación de cabeza que respondí. Pese a la paliza que me había dado, alguna simpatía se le debía por la lealtad para con su patrón.

El aire olía a aceite.

—Quico va a deshacerse de las pistolas y mañana le marca a la policía —prometió Pablo.

Tampoco le estreché la mano. No sabía qué pensar. Él me dio una palmada en el hombro y me dijo solamente "suerte" con un hilo de voz. Me estaba extendiendo la sudadera negra. Su pecho desnudo, flaco, al aire, parecía el de un pobre pollo sin plumaje. Tomé la prenda sin dudarlo. Y cerré los ojos. Cuando volví a abrirlos ya se dirigía a su asiento, trastabillante y pálido, pero sin desviarse.

El automóvil rugió. Se perdieron por el fondo de la calle.

Javi, recargado contra el muro, hablaba por teléfono.

Gaby y Maples se acercaron.

—Deberíamos irnos —dijo ella—. No parece que vaya a venir nadie pero no lo sabemos.

—A ver si no regresan los pinches asesinos y nos hacen carnitas —agregó, con ironía y pánico de sobreviviente, Maples.

Un vehículo dio vuelta en aquel preciso momento y se acercó rechinando por el asfalto. La sangre se nos fue a los pies. Íbamos a saltar de regreso a la bodega cuando Javi nos detuvo. Corría hacia las luces, como una polilla atraída por un foco.

—¡Acá! ¡Acá estamos!

El automóvil dio un frenazo justo a su lado.

Su tío Adán, recargado en el volante, nos miraba con preocupación. En el asiento del copiloto iba Gina, los ojos enormes y dubitativos.

—¡Súbanse! —ordenó Adán y saltamos al asiento trasero.

Pocas veces en la vida me he sentido tan contento de oír a alguien. La táctica de Javi de mantenerlos informados había resultado, a fin de cuentas, la mejor.

Nos apeñuscamos los cuatro en el espacio para tres. Maples se ofreció de asiento móvil para Gaby pero ella, melindrosa, prefirió las piernas de Javier. Le sonreí discretamente.

Ella, muy seria y propia, me sacó la lengua.

Como nadie hablaba, Adán tomó el micrófono.

Nos anunció, durante el trayecto de escape, que se iría a una casa de rehabilitación a la playa por un par de meses y de allí a un largo viaje. Acababa de decidirlo y se explayó en detalles sobre sus planes y

las escalas que tomaría (Cuba, Uruguay, Holanda...).
No pidió detalles de lo que acababa de pasarnos y
evitó minuciosamente referirse a cualquier cosa que
pudiéramos relacionar con nuestros muertos.

Gina se encaramó al asiento y nos hizo una serie
de señas, en especial a Javi, que más o menos querían decir algo como "no le dije nada, no sabe nada,
déjenlo que hable y no le cuenten ninguna cosa que
lo espante".

Como no entendimos con precisión, y como la verdad es que cada segundo nos remachaba en la cabeza
el horror que habíamos presenciado y, sobre todo, el
que pudo llegar a abatirse sobre nosotros, optamos
por seguir con la boca cerrada.

Una mano apretó la mía y me di cuenta de que
Gaby, montada en las rodillas de Javi, temblaba.

Maples, desde luego, hizo una interpretación muy
diferente de la escena y una risotada, que quiso convertir en una tos, le sacudió el pecho. Javi le recar-
gaba la cabeza a Gabriela en la espalda, dándole
cierto sustento a las conclusiones de mi vecino.

—¡Agárrense! —gritó Adán, al dar una vuelta un
poco cerrada y proyectarnos contra las ventanas.

Maples y yo reíamos como idiotas.

Javi levantaba las manos al aire, en el gesto inconfundible del futbolista que dice "yo no fui".

Gabriela nos amenazó con el puño.

Pero también reía.

16

Que no está muerto lo que duerme eternamente; y en el paso de los eones, aún la misma muerte puede morir.

H. P. Lovecraft

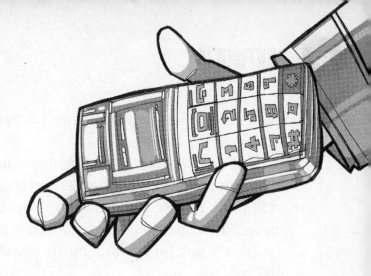

LA RADIO ANUNCIÓ el descubrimiento de los cuerpos de Max y su víctima desde muy temprano. Quico debió madrugar para alertar a las autoridades antes de salir el sol. Supuse que habría llevado a Pablo a un aeropuerto, con su maletita y su pasaporte, y habría esperado a saberlo ya en los aires, camino a Estados Unidos o a la Patagonia antes de marcar el número de la policía.

Junto con el descubrimiento de los cuerpos se informó del incendio de una bodega de películas pirata en la colonia Tabacalera, que se había desatado durante la noche, y que convirtió en cenizas el lugar. No tuve que pensar demasiado para darme cuenta de que los culpables habían decidido esfumarse y no dejar huella alguna.

Los tipos habían ganado.

Una fría rabia me agarrotó la mandíbula y el estómago. Por otro lado, no había modo de que perdieran. Nunca iban a perder. Estaban en las fuerzas políticas, en los negocios, eran los beneficiarios de todas las ganancias.

Tenían el mundo en las manos y lo sabían. Controlaban el mango de todas las sartenes. Sus empleados podían caer, sus socios y clientes podían ser desechados, pero ellos estarían siempre allí.

Ellos y sus hijos y sus putos nietos: los dueños del país y su gente.

Me senté en la cama. Era tarde. Mis padres fingieron no estar preocupados cuando regresé pero no dejé de notar que estaban sentados en la mesa de la cocina los dos, uno junto al otro, con el teléfono al alcance de la mano.

Mi abuelo me había pedido agua, como siempre, pero cuando le entregué el vaso, me tomó la mano y la apretó contra su cara, como si supiera de algún modo lo que había estado a punto de suceder.

Su propia mano era fría y lisa como un plato de porcelana. Le di un abrazo y él se esforzó en apretarme. Nunca, que yo recordara, había hecho algo así.

Mis padres se miraron entre sí, igual de sorprendidos.

La luna proyectaba una tira de luz a lo largo de mi habitación.

Me quité los tenis y la camisa.

No tenía fuerzas ni para buscar un pijama.

En una ventana en casa de Maples, una rellena silueta de mujer, seguramente desnuda, se paseaba frente a las cortinas.

A. DEL VAL

El mundo, en suma, seguía su rumbo, con nuestras preocupaciones o sin ellas, con nuestra aprobación o no, como un mecanismo enorme que machaca toda piedrecita que se atreve a colarse en los engranes.

Alguna vez, luego de un partido especialmente duro, dormí doce horas consecutivas.

Esa noche rompí todas mis marcas.

La puerta de casa de los O'Gorman era como un arco del triunfo: un frontón de piedra labrada rodeaba un portón semicircular de madera finísima y tallada. Una enredadera augusta y de un verde oscuro y polvoriento, que recordaba las que abundan en los panteones, la cubría casi por completo, aunque el boquete de ramas arrancadas demostraba que las camionetas y autos de los O'Gorman no se detenían ante nada para entrar y salir cada día de aquel paraíso. El comunicador era el único aparatejo moderno que rompía la ilusión de monumento antiguo que se creaba en las sombras de la noche temprana.

Lo apreté. Respondió la voz aflautada de la empleada. No: el joven Javier estaba dormido, tenía una gripa muy fuerte. "¿Quiere hablar con la señora?", me preguntó. Le di vueltas por unos segundos a la idea de echarle un ojo a la muy saludable madre de mi amigo, fuente de la belleza de su hija y objeto, creía yo, de las ansiedades nocturnas de Maples. Pero no. Lo que quería era diferente y mejor.

—¿Estará la señorita Gina?

Un bufido, como una risa suave, golpeó el comunicador.

—Espéreme. Ahorita la llamo.

Me quedé allí, de pie, sin temblar. Habían pasado tantas cosas que ya no me preocupaba hacer el ridículo con Gina o ser echado de la casa de los O'Gorman por algún guarura del tamaño de un refrigerador industrial.

A esas horas, quizá Adán estaría ya echado en la playa, llenándose el cogote de cocos con ginebra. Y Maples, si lo conocía bien, encerrado en casa, miraría pornografía en la computadora. Y Javi dormiría quince horas, seguro. Que le pongan una pistola en la cabeza a uno debería ser motivo como para que se pasara en la cama cuando menos un mes. Claro: a mí me había pasado lo mismo, pero yo tenía pasta de orate y estaba allí y no echadito como un gato. Me sentía, creo que injustificadamente, un tipo más valiente que mi amigo. Sonreí sin timidez.

Gina me miraba desde una puertecita lateral. La que sus parientes llamaban "la de servicio". Primero me ofendí porque no me abriera el portón principal (como sí hacían los empleados cuando visitaba a Javi). Luego me di cuenta de que lo que ella quería era salir y que la puerta se cerraba suavemente, como para no llamar la atención.

Me llamó con la mano y caminamos hacia una amplia sombra que la enredadera proyectaba entre el portón principal y los árboles, a salvo de la amarilla y redonda burbuja de luz de la farola callejera.

Gina había sido compañera de escuela de mi hermana Raquel. Era, pues, un año mayor que nosotros y su hermano. Tenía, entonces, unos dieciséis.

Era tan alta como yo, tostada por el sol, deslumbrante.

—¿Cómo está Javi?

—Bien. Lleva dormido todo el día —dijo con una voz lenta y sinuosa—. Me contó todo. Entretuviste a Max y lo salvaste.

No era momento de hacer los matices del caso y resaltar a Maples como el verdadero salvador. A fin de cuentas, todos, de algún modo, nos habíamos salvado entre nosotros.

Pero la heroicidad, aunque falsa, a veces paga.

Gina me apretó contra el muro y nos besamos. Supongo que duró, aquello, cinco segundos. Perdí el aliento. Ella dio unos pasos atrás, como si tratara de distinguirme la cara (que habrá estado ocupada por una mueca de absoluta idiotez babeante). La oscuridad lo impidió, espero. Gina brillaba en la luz de la farola.

—Ya me tengo que ir.

Hice un gesto de desamparo y reclamo como los que hacía en el futbol cuando me marcaban una falta dudosa o algún pase de mi equipo se iba directo a los pies del contrario en vez de caer en los míos.

—Estoy haciendo tarea —justificó, rascándose la cabeza, como si todavía decidiera si largarse o no.

Debe haberse decidido pronto, porque avanzó a la puertita lateral y, sin darme una mirada final, se perdió tras ella.

Escupí.

Pateé el muro de piedra y quebré una ramita de enredadera.

Lo sentí como si me hubiera roto un hueso.

Eso había sido Carlitos para los que le dispararon.

Una pinche ramita.

Caminé al metro arrastrando los pies. La estación estaba casi vacía. Unas mujeres pasaban sus trapeadores por el piso, conversaban, tarareaban canciones de amor y reían. Me pusieron de un humor pésimo.

Tampoco había gente en el vagón al que subí. Apenas una parejita, unos veinteañeros que se manoseaban en los asientos finales y, frente a ellos, una tipa gorda y con el cabello muy pintado de rojo, que leía un libro de aspecto serio y doctoral.

"La consolación por la filosofía", leí en su portada.

Primero me reí, como habría hecho cualquiera, por la palabra "consolación", que sonaba a una actividad ideal para la solitaria tía de Maples. Quizá, pensé, sería uno de esos libros absurdos de autosuperación que mi madre se compraba para apilarlos en el estante junto al baño y jamás leer.

O quizá era algo más académico, algo que las personas inteligentes comprenderían con esfuerzos y que yo, que era un papelero y no el estudiante que debería ser, ni siquiera estaba en condiciones de entender. Cada palabra me sonaría a chino. Eso pensé.

Pero no era capaz de saberlo si no lo intentaba. Decidí que lo buscaría por las librerías de usado del centro de la ciudad y trataría de asomarme y entender lo que pudiera. Porque siempre podía recurrir a Gaby y la biblioteca inmensa del Alpes Suizos, pero eso sería tanto como confesarme ante ella y no quería hacerlo. No tenía ganas de más confesiones.

Lo que quería era volver con Gina al muro y la sombra. Pero bueno, ella jamás podría pasar de ese sitio con un "asociado" de la Gran Papelería Unión, a decir verdad. ¿Cómo me presentaría con sus padres, que me conocían como el amiguito pobre de Javi, como su novio o su algo? ¿Qué dirían sus amigas, tan bellas y seguras de sus futuros, de que saliera con un tipo menor, pobre, que ni siquiera estudiaba?

Ahora bien, me dije, y mi cabeza comenzó a lanzarme preguntas insolentes y afiladas como cuchillos, como las que haría Gabriela: ¿Por qué carajos eso tenía que importarle a esa edad y no podría hacerme caso? Yo tenía quince y ella dieciséis. No se trataba de casarnos y tener hijos o de viajar a un crucero en este momento. Estábamos al borde de las vacaciones. Y yo tendría que elegir entre volver a hacer trámites a la prepa o en pagarme alguna mala escuela técnica con mi salario de papelero y lo que mis padres pudieran donarme.

O podría dedicarme a trabajar y esperar a que algún talento, hoy oculto, se desarrollara en mí y me permitiera sostenerme y no acabar por convertirme en una suerte de reliquia desagradable, como aquel exhibicionista de los andadores, al que llamaban el Patas.

Trenzados en su abrazo, los chicos del final del vagón no se dieron cuenta de que se habían pasado de estación. Tuvieron que bajarse conmigo. Se reían y se detenían para seguir besuqueándose. Los envidié.

Caminé con alguna velocidad hacia los andadores. Rodeé un par de calles para evitarme el mercado Comonfort y eludí también la cuchilla hacia la calle Angostura.

Los caminos habituales eran demasiado complicados y dolorosos ahora.

Tendría que usar otras calles, tendría que andar otros pasos.

La casa de los Serdán estaba, de nuevo, enlutada. Diez o doce coronas de flores de los puesteros del mercado se encimaban frente a la puerta. Serenos pero humillados otra vez por el horror de la vida,

los padres de Carlitos estaban en la sala, rodeados de vecinos y chismosos del barrio.

El cuerpo de Max lo tenía la policía aún y tardaría bastantes días en entregárselos (y aún entonces, no hubo funeral: les devolvieron las cenizas en una cajita de cartón que decía el nombre y el número de expediente y nunca hubo investigación). Pocas cosas resultan tan grotescas como un velorio sin cuerpo. Y allí, sencillamente, no lo había. Los zopilotes se batían en torno de unos dolientes demasiado solos.

Habían perdido a sus hijos y no les quedaba siquiera uno vivo para convencerlos de que la vida no había sido un largo error.

Mis padres, supe luego, habían pasado más temprano por allí pero apenas se quedaron unos minutos. Las que estaban bien instaladas eran la madre y la tía de Maples, enlutadas y parlanchinas, bebiendo café con rostros impenetrables. No había mucho que decir. Tomé las manos mustias de los padres de Carlitos, frías como el dolor, y murmuré cualquier cosa.

Esta vez no compartía su pena.

Esta vez, por eliminación, por tener que elegir, estaba del lado de los asesinos.

Salí de allí todo lo pronto que pude.

A dos o tres metros me topé con Gaby. Iba vestida de oscuro pero no con sus viejas ropas de *blackie*, sino con un vestido largo y suelto que parecía de otra persona. Estaba ojerosa, inusualmente despeinada, cortante en la palabra y con la mirada obstinadamente gacha. Caminamos, con naturalidad, a los jardines del fondo, solitarios y polvorientos como siempre.

Al menos habían cambiado los focos del alumbrado y se veía la escena con mayor nitidez que de costumbre. Aunque eso no le hacía ningún favor al lugar. Las paredes estaban cubiertas de largos churretes negros, percudidas por la lluvia. Había montones de escombro que nunca había visto pero que llevarían centurias allí. No era imposible que fueran los cascajos de alguna pirámide. Con razón, me dije, nadie más que nosotros pasaba por allí.

Gaby me miraba.

—¿Se acabaron los mensajes?

Suspiré.

—Sí. Ya no ha caído ninguno. Creo la versión de Pablito: que la idea fue de Hugo, el ayudante de Max. O del propio Max. Para ver qué tanto sabía o para joderme, no lo sé. Quizá las dos cosas. Luego de que mataron a Hugo, Pablito se quedó con el teléfono y las contraseñas y usó todo.

Ella asentía con lentitud.

—Entonces ya estás en paz. ¿O no?

Me reí.

—¿Eso importa?

Pero ella no se iba a dejar llevar por su misma táctica de hacer preguntas incómodas y responder con más preguntas a las que se le hicieran.

—Importa, sí, porque todo comenzó con los mensajes. Y porque lo que pasó después, la verdad, pasó por los mensajes.

Nos habíamos sentado en una jardinera. Gabriela parecía muy cansada —había velado, después de todo, la noche entera— y tampoco es que tuviera fuerzas para alegar indefinidamente.

Me dieron ganas de irritarla un poco.

—Pareces la tía de alguien —le dije, sin provocación previa—. La verdad es que no sé cómo te aguantaba Carlitos.

En otras circunstancias todo habría parado en una discusión o directamente cuando ella me abofeteara. Pero los días recientes, tan cargados de horrores, nos tenían demasiado agotados.

Nos reímos, durante mucho tiempo, al principio despacio y luego incontrolables, como una olla desbordada cubriendo la cocina de gotitas de aceite y palomitas carbonizadas.

Terminamos sentados en la tierra, entre los escasos y resecos rastros de pasto y la pedrería habitual.

—No, quién sabe cómo nos aguantaba —dijo ella.

Un viento frío nos golpeó las caras. Debimos entornar los ojos para que no se nos llenaran de tierra.

Yo llevaba la sudadera negra de Carlitos encima. Me la quité y se la puse encima de los hombros. Ella no la rechazó. Supe, de pronto, que no volvería a ponérmela. Que era mejor que se la quedara, porque ella la había elegido antes que nadie.

Gaby cerró los ojos. Luego me dio un puñetazo débil en el hombro.

Y se quedó con la sudadera.

Oscurecía.

Miramos las siluetas negras de los tejados y sus largas sombras en los andadores.

Maples me esperaba en la puerta de la casa. Se le veía exaltado: daba pasos sin sentido a un lado y otro mientras cazaba mi regreso. Había crecido o eso me pareció. Lo vi más alto que de costumbre, con la quijada más cuadrada y los hombros más anchos. Una de esas impresiones repentinas sobre alguien que ves todos los días y que, supongo, son las mismas que lo llevan a uno a darse cuenta de que envejece.

Mi amigo sacó unas latas de cerveza de la chamarra y las señaló con la cabeza.

—¿Una chelita?

Lo seguí. Nos sentamos en la sala de su casa. Era un espacio minúsculo pero carnavalesco: muebles viejos cuajados de figuritas de vidrio y barro y paredes cubiertas centímetro a centímetro por fotos enmarcadas de Maples bebé (feo y ceñudo), Maples infante (chimuelo y sonriente) y hasta de Maples ya desarrolladito, del brazo de su orgullosa madre y su enigmática tía.

Mi amigo, desde luego, no quería reflexionar sobre la vida y la muerte. Parecía vacilante. Se bebió dos cervezas a la velocidad de un automóvil fórmula uno antes de dar un suspiro (¿un suspiro él, que parecía tallado en una sola pieza de piedra?) y abrir la llave de su confesión.

—¿Sabes qué he estado haciendo?

Era una pregunta inepta. Es decir, podría responderse cualquier cosa, sí o no o más o menos y sería verdad. Maples debe haberlo entendido porque se corrigió y siguió adelante luego de manotear como si fuera a borrar su frase.

—Hace un tiempo que voy a la pizzería por las noches, la de la calle Angostura. Y platico mucho con... ella.

Mientras todo sucedía, mientras indagábamos, le dábamos vueltas interminables al asunto, como polillas en los focos, mientras éramos raptados a golpes o a punta de pistola y la historia de Carlitos se tornaba cada vez más densa y espantosa, Maples se daba espacio para visitar la pizzería y ligar.

Su historia era ejemplarmente zonza y más que su brillantez mostraba su persistencia y fortuna.

Comenzó por presentarse cada día, aprovechando la carta blanca que nos habían dado nuestros encuentros con Max. A veces se lo topaba allí, narró Maples, pero a medida que el cerco de los tipos de la Tabacalera en su contra se cerraba, se esfumó. Y allí fue donde entró en escena la ambición de Maples. La mesera, además de hermana del difunto Hugo, era una de las chicas de Max. Eso yo lo sabía y lo sabría cualquiera que se hubiera pasado más de cinco minutos allí.

La desaparición de Max del cuadro comenzó a inquietarla. Maples la vio muchas veces llamándolo por celular sin tener respuesta y muchas tardes y noches la miró acomodada en el quicio de la puerta, la mirada en la calle, en espera de que su galán apareciera. Pero no lo hizo. La mujer comenzó a quejarse: no la apreciaban, decía al principio. Luego fue concluyente: un día que se tomó algunas cervezas, refirió que por culpa de Max se le había presentado allí un tipo enorme, vestido de cura, que le había dado de empujones y bofetadas y la había hasta amenazado con hacerle algo peor si no le contaba sobre algunos negocios raros que traía Max. Ella se negó a decir nada y Gilberto le hizo amenazas muy concretas sobre la salud de su alma y la integridad de sus dientes. Por eso, ella se consiguió una pistola.

Mi amigo comenzó a avanzar, con su torpe estilo, sucio y lleno de obviedades, pero en unas condiciones que le daban alguna ventaja. La primera es que, a diferencia del mayor de los Serdán, Maples estaba allí cada tarde, al salir de la Gran Papelería Unión. La segunda es que no tenía culpa alguna en la aparición de las sucesivas mujeres que comenzaron a llegar a pedir novedades sobre Max.

Una a una, pero casi cada tarde, empezaron a asomar por la pizzería. Eran tres o cuatro al principio. Luego llegaron más. Al final eran unas ocho. Algunas no volvieron desde la primera vez. Otras persistieron. Una vendedora de jugos del mercado. La hija de los dueños de la refaccionaria del barrio. La esposa de un mecánico que se había marchado a Estados Unidos cinco años atrás, dejándola con dos niños y una hipoteca, que vivía a la vuelta de los andadores, sobre el callejón llamado Zaragoza. Una mujer vestida de blanco, con pantalones entallados, a la que nadie había visto antes. Todas preguntaban, luego de pasear la vista con desagrado por el local y sus carteles de encueradas, por el paradero de Max, pedían referencias o hipotéticos recados para ellas o los niños que a veces las acompañaban (uno de ellos, con los pelos teñidos con manzanilla, había sido bautizado como Maximiliano en honor a Max, pero la mesera no creía en la filiación, porque el verdadero nombre de su amante era Máximo). Todas, tarde o temprano, rogaban, pedían o exigían dinero.

El desfile había pasado ya por el mercado y por casa de los Serdán sin ningún éxito y como las mujeres pensaban que Max era, de hecho, el dueño de la pizzería, se dirigían allí a tratar de dar con él.

—Imelda les decía que no, que el dueño es un viejito que rara vez asoma para otra cosa que no sea llevarse el dinero de la caja y que ella se encarga de servir y de cobrar y que Max sólo era un cliente. Pero ellas volvían y volvían —narró Maples.

No dejé de notar que llamaba por su nombre propio a la mesera, hasta entonces sólo conocida entre nosotros por su oficio.

Total: una a una, las mujeres comenzaron a hacer confesiones. A la muchacha de los jugos, Max le había prometido llevarla a la playa. A la de la refaccionaria le debía varios miles de pesos en equipo que había sacado fiado debido a su cercanía, pero que ella debía justificar ante sus padres. A la esposa del mecánico le daba dinero que, claro, ella extrañaba, "para comprarle cosas a Maxi"; el niño supuestamente de su sangre. La mujer de los pantalones blancos estaba peor: a ella le había jurado que se casarían unas noches antes de desaparecer.

Imelda pasó de la preocupación al miedo, del miedo al fastidio y del fastidio a la cólera. Maples no se había atrevido a preguntarle si también tenía alguna deuda monetaria o moral con ella, pero era claro que algo bastante grave le debía.

Finalmente, Max asomó una tarde, justo el día que me secuestró Quico y la víspera de que se produjera el horroroso episodio de la Tabaca. Ante los instantáneos reclamos de la mesera, que se lo llevó a un rincón y comenzó a rezarle todo un rosario de injurias, a Max no se le ocurrió mejor idea que echarla al suelo de un empujón y largarse otra vez. Era, finalmente, un machito de mercado.

En la pizzería no había a esa hora más almas que el cocinero, allá metido en los hornos, y Maples, en su propio rincón, instalado ante la cerveza y la pizza en la que se gastaba todo el salario. Imelda lloró durante cinco minutos y luego, en voz de soprano, se dijo a sí misma pendeja, idiota, vieja tarada y mil cosas más. Luego se sentó en la mesa de Maples y se bebió de un sorbo toda la cerveza que le quedaba.

Y fue a la cocina y volvió con una jarra más. Primero volvió a llorar, primero habló sola por algunos minutos, repasando su infancia, su vida, sus desgracias. Arañó el plástico de la mesa con sus uñas largas y cubiertas de piedritas. Ambos, la despechada y su pretendiente, quedaron allí, bebiendo, hasta que el cocinero se fue (era un hombre ya viejo, que caminaba lentamente y estaba medio sordo, pero de todos modos estorbaba). Cerraron la puerta del local y abrieron otras dos cervezas.

Al tercer trago, Imelda se puso a besar a Maples.

Que, claro, se derritió.

—Tengo unas fotos poca madre en el celular. ¿Quieres verlas? —dijo el susodicho, llevándose la mano a la bolsa con todo entusiasmo.

Lo detuve en ese punto del relato.

Cualquiera de nuestros compañeros del futbol pensaría en Maples como en un héroe de nuestro tiempo por la hazaña de seducir a aquella cimbreante mesera. Pero a mí la historia de Carlos me seguía retumbando en la cabeza y me taladraba lo suficiente como para hacerme enfurecer.

—¿Estás pendejo? Neta no te funciona la cabeza. ¿Cómo te metes en eso? ¿Cómo te pones a tomar fotos, además? ¡Eres un puto menor de edad! A ella la mandarán a la pinche cárcel si alguien ve las fotos o le cuentan que existen. ¿Qué vas a hacer, pendejo? ¿Llevarlas al fut para que te aplaudan todos los pinches niños y el entrenador y los árbitros? Estás bien pinche pendejo, Maples. Neta que sí.

Contra su costumbre, mi amigo bajó la cabeza. Negó todo, aseguró que estaba enamorado hasta los pies de la mujer y, con manos temblorosas, se puso a borrar las imágenes de su teléfono.

—Pinche Maples —le repetía yo, una y otra vez, como una oración.

No pude evitar sentirme un poco como mi madre. Vaya: en el fondo, apenas pasaran quince días, envidiaría cada noche la suerte de Maples y su habilidad para meterse en un problema como ese, uno de esos peligros que lo dejarían a uno pensando en caderas y labios todavía cincuenta años después.

—Ya, pues —dijo él, luego de un rato—. Somos cuidadosos.

Sacudí la cabeza. No quería discutir.

"No aprendemos nada", me decía la voz de mi cabeza.

—Estás bien pinche loco.

Maples volvió a suspirar.

—De todos modos, ya se va de acá. Se va a regresar a Nayarit. Le mataron al hermano y al novio. Piensa eso. Le fue de la chingada en la ciudad. Le pasó lo peor que le puede pasar a alguien. Ya habló en la pizzería y se va a su pueblo en unos días. O sea que va a valer madre todo.

—Al menos no terminarán en la pinche cárcel —insistí.

Mi amigo destapó otra cerveza.

Guardamos silencio por un buen rato.

—Y además, Imelda nos salvó. Porque cuando íbamos a ir al parque, al del colegio Alpes Suizos, fui a despedirme y ella insistió en que me llevara su pistola. Yo no quería pero se empeñó. Por eso no quise irme en metro, por si sonaba algún control de algo y nos detenían con el arma.

Maples, supongo, esperaba mi aplauso. Y quizá se lo habría dado.

Pero qué sentido tiene la amistad si no torturas a tus amigos.

—Pobre morra —concluí, luego de beberme lo que quedaba de mi lata—. Le matan a su gente y termina contigo. Algunos nacen de plano jodidos.

Cerré lo ojos y me reí antes de que el bote de cerveza de Maples se me estampara en la cabeza y, aparte de darme un buen madrazo, me empapara la playera y los pantalones.

Todavía reía mientras mi amigo trapeaba y recogía el desastre y lo seguía haciendo mientras se destapaba otra cerveza y volvía a su sillón.

—¿Para eso te cuenta uno, cabrón? ¿Para que te rías? Por eso Carlitos no confiaba en ti —escupió él.

Y quizá era verdad.

Pero eso está cambiando, me dije.

Eso también estaba cambiando.

Mi habitación, inusualmente arreglada, me pareció la de otro. Esa ropa bien doblada, esos zapatos en orden, la cortina lamiendo el suelo sin la interrupción de ninguna clase de amontonamientos de basura, zapatos, cuadernos. Abrí la ventana. El andador entero se mantenía en silencio. Las luces de la casa de los Maples estaban ya apagadas: mi amigo se habría marchado a despedirse de su amada y las señoras de la casa no habrían vuelto aún. Escuché incluso a una cigarra. Nunca, en los muchos años que había vivido allí, había percibido el canto de una desde mi habitación.

Mi computadora estaba encendida, eso sí. La ignoré: me dejé estar en la cama, agarrotado por un cansancio que me recordaba al que lo tumba a uno luego de pasarse el día en la alberca o el cerro, ese agotamiento suave del que no tiene preocupación, esa resbaladilla negra que nos hunde en los sueños.

Miré mis pies emerger de los calcetines. Removí los dedos, dos, tres veces. Estaba vivo. Mis manos podían tocar mi nariz o rascar mi cogote; los dedos, entrelazarse; lo brazos, apretarse y soltarse. Y podía respirar. Estaba vivo.

Apagué la luz. Sólo el ojo azul del monitor daba un toque de actividad a la calma absoluta. Cerré los ojos. No tenía más dudas. No tenía, por lo tanto, tampoco ninguna esperanza. La mente en blanco. ¿Eso tendría Maples en la cabeza? ¿Nada? Me reí solo, como un niño, por la mínima y estúpida broma sobre mi amigo.

Pero parte de mi tranquilidad consistía en que Maples estuviera todos los días allí, al otro lado del corredor, en su propia recámara, y comiera como puerco y diera de gritos y roncara, con la cabeza vacía. O llena de mujeres, tanto cruelmente carnales como dulcemente lejanas.

Como todos los demás.

Debo haberme dormido porque sólo reaccioné al tercer o cuarto campanillazo. Levanté la cabeza. Una ventana de comunicación parpadeaba en mi máquina. Cerré los ojos y me reí. A esa hora quién podría ser. Javi estaría dormido ya, noqueado de cansancio. Gina seguramente no se atrevería a dirigirme la palabra por algún tiempo, luego de nuestro encuentro en la puerta de su casa, y eso si es que volvía a hacerlo en vez de contarle a su hermano sobre mis torpes intentos de seducirla. Gaby había hecho la paz conmigo, y quizá ya éramos amigos, pero no era de ningún modo su estilo, mandarme algún mensaje a esas horas. Pablo debía estar ya lejos de la ciudad y, a decir verdad, luego del rito de destrucción del aparato de teléfono y la devolución de la sudadera, me parecía difícil que quisiera comunicarse para dar fe de que había llegado con bien a donde fuera que hubiera decidido establecerse ahora, con su extraño pasado sobre los hombros.

Era, claro, un mensaje de Carlitos.

> **CARLOS**　　　　　　　　　00:58
> List.

> **LIST**　　　　　　　　　00:59
> Hola

Sacudí la cabeza con molestia. Mi imaginación ya no daba para resolver otra vez el asunto de la identidad de la persona detrás de la ventana. O de aceptar que las soluciones a las que había entregado mi confianza eran solamente parciales. Hugo estaba muerto. Max también. Pablo juró nunca volver a hacerse pasar por Carlos. Y unos u otros, sin duda, habían sido los autores de los mensajes que recibí a nombre de mi muerto.

¿O no?

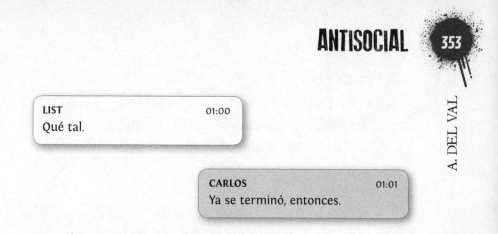

LIST　　　　01:00
Qué tal.

CARLOS　　　　01:01
Ya se terminó, entonces.

Me tallé la cara con las manos varias veces. Volteé hacia mi cama. No me habría sorprendido verme allí, durmiendo, y saberme en una especie de alucinación, producto del cansancio, el alcohol, las puras ganas de seguir hablando con mi amigo a través de esa oscuridad que para nadie se abre.

LIST　　　　01:03
Sí. Creo que sí.

Pude o quizá debí preguntarle sobre el inframundo, sobre el cielo o infierno o limbo en donde se suponía que tendría una máquina en las manos y ganas de charlar. Pude o debí preguntarle sobre el castigo divino, si es que tal cosa existía, que se abatiría sobre Max, que ahora lo acompañaba en la nada, o sobre Gilberto, que algún día lo alcanzaría allí. O sobre las misteriosas mentes y manos que perpetraban toda la mierda de grabar o robar, esclavizar y usar a la gente. Pero me resistía a creerle. No

ANTISOCIAL

podía ser Carlos. Ya había sido estafado y desconcertado antes y no quería serlo de nuevo.

Aquel debía ser Pablo, jugando al puto juego otra
vez.

| CARLOS | 01:05 |
| No soy Pablo, si es lo que piensas. | |

| LIST | 01:05 |
| ¿Estás seguro? | |

Era una pregunta totalmente idiota para un muerto.
Quizá por eso la respondió.

| CARLOS | 01:06 |
| Jajaja. Sí. | |

| LIST | 01:07 |
| No sé qué decir. | |

| CARLOS | 01:09 |
| Ni yo. | |

A. DEL VAL

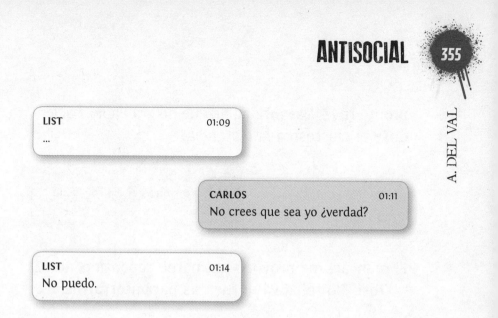

> **LIST**   01:09
>
> ...

> **CARLOS**   01:11
>
> No crees que sea yo ¿verdad?

> **LIST**   01:14
>
> No puedo.

Permaneció en silencio durante algunos minutos. Al contrario de lo que pasaría con cualquier ventana de charla normal, ningún letrero indicaba si estaba escribiendo o no, o siquiera si había visto mi último mensaje. Las palabras, más que ser escritas, parecían simplemente brotar allí, en la pantalla

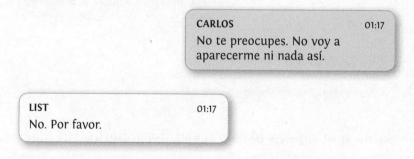

> **CARLOS**   01:17
>
> No te preocupes. No voy a aparecerme ni nada así.

> **LIST**   01:17
>
> No. Por favor.

La espalda me dolía. Me dolía muchísimo, como si me hubieran aporreado con una plancha: ardía. De

pronto tuve la seguridad de que no era Pablo, haciéndose el chistoso a la distancia.

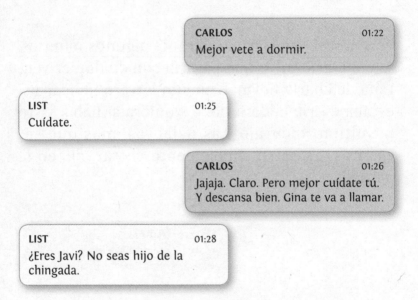

> **CARLOS** 01:18
> ¿Ya te convenciste? No soy Pablo.
> Ni Quico.

El mensaje me provocó un mareo repentino, atroz.
Tosí. No tenía ya ni fuerzas para aterrarme.

> **CARLOS** 01:22
> Mejor vete a dormir.

> **LIST** 01:25
> Cuídate.

> **CARLOS** 01:26
> Jajaja. Claro. Pero mejor cuídate tú.
> Y descansa bien. Gina te va a llamar.

> **LIST** 01:28
> ¿Eres Javi? No seas hijo de la
> chingada.

Sabía que no era pero necesitaba saberlo.

> **CARLOS** 01:31
> Jajaja. No. Descansa.

Sólo quedaba una especie de tristeza, la capa turbia de crema que queda pegada a una olla donde calentamos leche.

Una nata.

> **CARLOS** 01:33
> No estés triste.

No seas Carlos, pensé.

No me hagas esto.

No puedo con esto.

> **CARLOS** 01:35
> Tranquilo ya. Descansa. Yo acá sigo.

> **LIST** 01:37
> Adiós.

Escribí y, sin voltear, me eché a la cama. El dolor me torturaba la espalda.

Apreté los ojos y me esforcé en dormir.

El remolino de pensamientos se disolvió en negro.

Lo conseguí.

Dormí sin sueños hasta bien entrada la mañana. Me sentí mucho mejor al despertar. Pude incorporarme con alguna dificultad pero en el primer intento. Me estiré y la espalda respondió. Bebí un largo trago de agua que me devolvió a la vida.

Era sábado.

Decidí, tal como si con hacerlo mi vida fuera a componerse, que haría otra vez los trámites para la Universidad. No iba a pasarme la vida metido en la Gran Papelería Unión, que no dejaba de ser lo que era: el agujero para esconderse de la realidad y de lo que fuera que la vida me tenía reservado.

Quería café, quería saludar a mi abuelo, quería incluso abrazar a mis padres.

Me bañé, me puse ropa limpia.

Antes de salir de la casa apagué la computadora.

Había, por cierto, un último mensaje allí, esperando.

CARLOS   01:38
Hasta luego.

Lo miré por unos segundos.

Respondí con un escalofrío.

LIST	09:11
Acá te veo, viejo.	

Apagué la computadora.

Sonó el teléfono.

El nombre en la pantalla era el de Gina.

Sonreí.

Por la ventana entraba la voz destemplada de Maples que, a grito pelado, tarareaba una rima obscena y brutal.

Pero que era, indudablemente, una canción de amor.

ANTISOCIAL

BLACKBOY

PARTE II

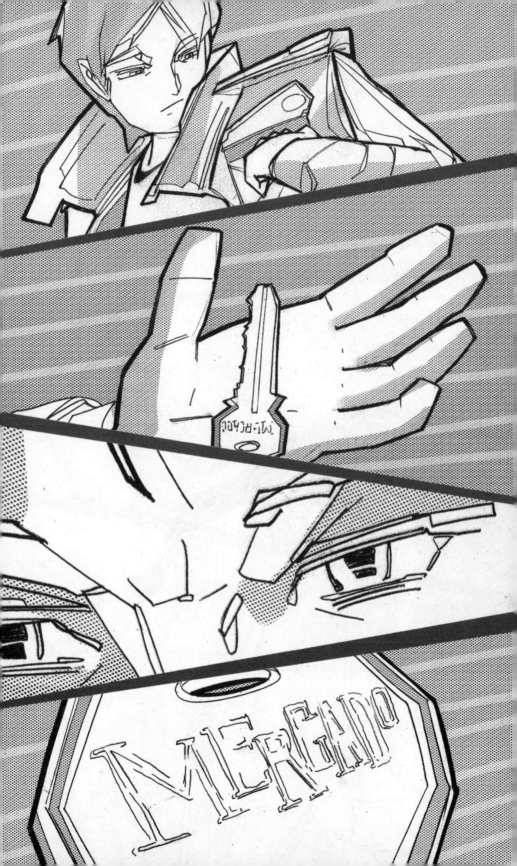

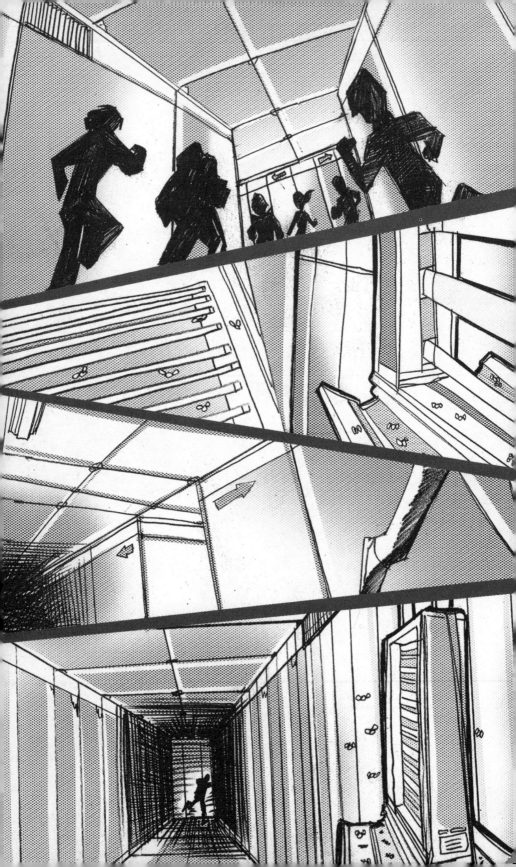

BLACK BOY
ANTISOCIAL

Blackboy, de A. de Val
se terminó de imprimir y encuadernar en julio de 2014
en Quad/Graphics Querétaro, S.A. de C.V.
lote 37, fraccionamiento Agro-Industrial
La Cruz Villa del Marqués, QT-76240

Dirección editorial, Yeana González López de Nava
Cuidado de la edición, Carmen Ancira
Corrección, Alma Bagundo
Diseño gráfico y formación, Víctor de Reza
Ilustraciones, Erik Gutiérrez